동아
COMMUNICATION
GROUP

빙의로
최강요원

빙의로 최강 요원 3권

초판 1쇄 인쇄일 | 2022년 5월 20일
초판 1쇄 발행일 | 2022년 5월 26일

지은이 | 박현수
펴낸이 | 박성면
펴낸곳 | (주)동아

출판등록 | 제406-2007-000071호
주소 | 경기도 파주시 문발동 223-1 2층
전화 | (031)8071-5201
팩스 | (031)8071-5204
E-mail | lion6370@hanmail.net

정가 | 8,000원

ISBN 979-11-6302-586-3 (04810)
ISBN 979-11-6302-578-8 (Set)

빙의로 최강요원

박현수 현대판타지 장편 소설
DONG-A MODERN FANTASY STORY

동아
COMMUNICATION
GROUP

빙의로
최강요원

목차

빙의로
최강요원

1. 그것만은 절대 용서 못 해

빙의로
최강요원

며칠의 날짜가 흘러 용인 투기장 사장인 장익조에게서 연락
이 왔다.

[이봐, 케라! 경기가 잡혔어! 우리 한 번 만나야지!]

나는 장태열과 최소현을 데리고 장익조의 투기장에서 그를
만났다.

"근데 같이 온 사람들은 누구야?"

"내 매니저들이요."

"매니저? 훈련에 관한 거나 서포트는 우리 쪽에서 다 해 줄
건데……. 굳이?"

나는 과하게 비웃어 보이며 말했다.

"내 수준에 맞는 훈련 상대가 있기나 하겠어요? 장 코치. 한번 보여 주자고."

나는 장익조 앞에서 장태열과 잠시 싸우는 모습을 보여 주었다.

파밧! 팟!

서로 주먹과 발을 주고받는 그 빠름에 장익조는 깜짝 놀라는 눈치였다.

"어때요?"

"어우, 이 사람도 실력이 보통이 아니네. 어디서 선수 생활 좀 했나?"

"이 정도나 되니 내 훈련을 맡기는 거겠죠. 형님 밑으로 이만 한 사람 있겠어요?"

"음음, 그냥 그 사람이 하는 게 낫겠군. 자네가 편한 대로 해. 나야 자네가 이기기만 해 주면 되니까."

"경기는 언제쯤이죠?"

"앞으로 일주일 뒤. 장소는 아직 미정이야. 정해지면 알려 줄게. 약도 구해 놨으니까 걱정 말고."

알고 있다.

최소현이 당신을 미행했다가 그 일을 당한 거니까.

"네, 그때 보죠."

"어이, 동생! 혹시라도 펑크 내고 그러면 곤란해. 알지? 이거 이미 선납금으로 열 장이나 들어간 일이라고."

"지금도 기대가 되어서 막 피가 끓어오르는데, 제가 그럴 리가요."

"아~ 역시 마음에 들어. 그럼 그날 보자고! 훈련 제대로 해 두고 말이야!"

"네."

밖으로 나오는데 최소현과 장태열이 나를 빤히 쳐다봤다.

"동생~?"

"아니, 언제 이런 인맥을 만들어 뒀어요? 나한테는 그런 말 없었잖아요?"

나라고 그러고 싶어서 이렇게 된 거 아니거든?

밤이슬 맞고 다니는 어떤 엉뚱한 아저씨 때문에.

"부스터에 관해 알아보다 보니, 어쩌다가 한 번 경기에 참가 한 적이 있어서……."

"네에에……? 최강 씨가 저런 싸움에 참가한 적이 있었다고 요?"

사무실로 돌아가는 길에 변명을 하느라 아주 진땀을 뺐다.

그래도 최소현은 조금 이해해 줬다.

"아~ 그때 나한테 정보를 주려다가?"

"뭐…… 그랬죠."

그러나 장태열은 그녀처럼 쉽게 넘어가질 않았다.

"아무리 그래도 투기장 사장이랑 형님 동생을 한다고? 그게 정상적이지는 않지 않나?"

"장익조가 제가 싸우는 걸 보고 감탄을 했던지라. 그렇게 되었네요."

"허……! 대체 뭘 어떻게 싸웠기에 투기장 사장이 의형제를 맺자고 해?"

최소현도 의외라는 듯이 말했다.

"그러고 보니까 장태열 씨를 처음 만났을 때도 그렇고, 최강 씨가 원래 싸움을 그렇게 잘했어요? 나는 근래 들어서 자꾸만 다른 사람 보는 줄?"

"그냥 개인적으로 여러 훈련을 좀……. 아무튼 그 덕분에 작전 수행의 틀은 마련됐잖아요?"

"그렇긴 한데요. 너무 순탄한 게 이상해서 그러죠."

-내 덕분인 거지. 크흐흐.

케라 이 형님, 또 우쭐해하신다.

그러네요. 당신 때문에 여러모로 일이 잘 풀리고 있는 건 사실이니까.

* * *

나는 혼자 국가정보원에 왔다.

입구부터 안으로 들어가기까지 이젠 신분 확인 없이 완전 하이패스다.

"얼…… 과장이 되니까 대우가 달라지네."

그렇다고 자만에 치우쳐서 뭐라도 된 양 행동할 생각은 추호도 없다.

이번 일은 그저 가까운 사람들이 자꾸만 피해를 보니까 화가 나서 나선 일이다.

자꾸 짜증나는 일이 겹치다 보니 눈앞에서 치워 버리고 싶은 그런 약간의 충동이라고 해야 할까?

뭐 그 정도.

아무튼 언제 그만둘지 알 수 없는 자리에 욕심을 내서 붙어 있을 생각은 조금도 없었다.

일이라는 게 원래 돈 때문에 하는 거잖아?

뭐 내 관점에서겠지만, 아무튼 여유가 생기고 보니까 별 욕심이 안 생기는 게 내 입장이다.

"저기, 말 좀 물을게요."

"앗! 네, 과장님. 안녕하십니까."

"아, 네. 뭐, 안녕은 하죠."

나는 과장이란 말에 어색한 느낌을 받으며 물었다.

"근데 여기 개발부서가 어딘가요?"

개발부서.

현장요원들이 임무를 함에 있어서 필요한 도구 같은 걸 개발하고 만들어 주는 곳이었다.

그렇다고 007 같은 거 생각하고 그러지는 마라.

영화가 사람들의 상상력만 부풀려 놔서는.

개발부서라고 해서 무슨 첨단 과학 연구소 같은 그런 게 아닌 거다.

그냥 간단히 도청 장치라든가, 벽에 간단히 붙이는 카메라, 벽을 관통해서 볼 수 있는 망원경, 바늘 크기의 추적 장치 같은 그런 것들이 있을 뿐이다.

스윽.

나는 개발부서로 들어가며 전시되어 있는 개발품들을 조금 들여다봤다.

그런데 대뜸 여자 하나가 다가와 물어 왔다.

"어머, 최강 과장님?"

"저, 저를 아세요?"

"그럼요. 며칠 전 현장 요원들 훈련 때 있었던 일로 아주 유명 인사인 걸요. 거기다가 최연소 과장까지. 아마 벌써 국정원 내에선 인기 순위 1위일 걸요?"

"제가요? 에이, 설마요. 너무 띄우신다."

"제가 초면에 없는 소리 하지는 않죠. 호호, 근데 여긴 무슨 일이세요?"

나는 직원 신분증을 살짝 보며 물었다.

"김지윤 연구원님? 그게…… 좀 필요한 물건이 있어서요."

"네. 말씀해 보세요."

"이번에 새로 맡은 임무로 잠입을 할 생각인데 말입니다. 간단하게 붙이는 카메라가 있다고 들어서요. 핸드폰으로 어플만 간단히 설치하면 곧바로 다 볼 수 있다고 들었는데요."

"있죠. 정말 작은데 일주일 정도 자체 전력으로 사용이 가능한. 그냥 봐서는 냉장고에 붙이는 작은 자석처럼 보이는데, 이 바깥 부분의 코팅이 안쪽 카메라를 완전히 가려 줘서 뜯어 보기 전까지는 아무도 모르죠. 써 본 사람은 당연히 알겠지만요."

"그럼 그것 좀 한 스무 개 정도만 챙겨 가겠습니다."

"연결은 기기마다 7개까지만 가능해요. 그 점 알아두시고 사용하세요?"

"네."

그런데 주변을 슥 보고 그녀를 따라가는데, 갑자기 왼손이 멋대로 움직이더니 한쪽 유리를 턱 하고 붙잡았다.

억! 이게 왜 이래.

케라 형님?

-저거!

시야가 향하는 곳을 보자 날과 손잡이 길이가 비슷한 칼 같은 게 있었다.

-저게 뭔지 물어봐라.

누가 다른 세상 국가 공인 암살자 아니랄까 봐.

칼 같은 것에 관심이 가는 모양이다.

"왜 그러세요?"

김지윤 연구원이 이상해 하며 물어 오자 나는 얼른 오른손으로 왼손을 억지로 떼어 내며 어색한 미소를 지었다.

"저기 궁금한 게 있는데요. 이건 뭐죠?"

"아, 그거요? 저희가 몇 년 전에 개발한 칼인데요. 솔직히 쓸 곳이 그렇게 많지는 않아서. 지금은 방치나 다름없죠."

"근데 특이하게 생겼네요. 날 길이하고 손잡이 길이가 왜 똑같아요?"

합하면 총 길이는 60cm 정도 될 것 같았다.

그런데 김지윤 연구원이 칼을 꺼내어 보였다.

"이게 보기엔 이래도요. 아래쪽 버튼을 누르면, 이렇게."

차르르릇!

갑자기 날이 90센티까지 확 하고 늘어났다.

"우와!"

"3단봉 아시죠? 그것처럼 날 안쪽에 다른 날이 있어서 늘어나는 형태로 만들어 본 겁니다. 다 넣으면 손잡이 안쪽으로 날이 전부 들어가고요."

케라가 신기해하고 난리가 났다.

-이거 좋구나! 이걸 달라고 해라! 어서!

하지만 나는 이게 무슨 소용이 있나 싶었다.

"저기 근데 말이에요. 이런 거면 베는 것만 가능하지, 찌르는 건 불가능한 거 아닌가요?"

"그렇지는 않아요. 튀어나올 때 위로 저절로 튕겨져서 서로 고정이 되거든요."

"아······. 그럼 접을 때는요?"

"아래쪽 버튼을 누른 다음 칼등 부분을 다른 곳에 턱 한 번 치면 풀려요. 그런 다음에 칼끝을 어딘가로 두고 이렇게 밀면 다시 안쪽으로 접히게 되는 거죠."

보니까 신기하고 좋아 보이기는 하다.

근데 이걸 어디다가 쓰려고?

결국 가지고 다니다 보면 이걸로 사람을 막 썰고 다니게 되는 거 아닐까?

아무리 남이 하는 거여도 그 촉감은 온전히 내가 느낄 것인데…….

"드릴까요?"

그녀가 묻자 나는 거부감을 나타냈다.

"아뇨, 그런 건……!"

찰싹!

그런데 갑자기 왼손이 내 뺨을 때렸다.

김지윤 연구원이 깜짝 놀라며 나를 쳐다봤지만, 나도 당혹스럽기는 마찬가지였다.

"아……!"

-달라고 해, 얼른!

이 양반이 진짜……!

그렇다고 다른 사람이 보는 앞에서 뺨을…….

짜증과 화가 막 치밀어 올랐지만, 상대가 이상하게 쳐다보고 있으니 일단 이 상황은 모면하자.

"하, 하하하……! 제가 원래 이 주둥이하고 손이 따로 움직이는 터라. 그거 저한테 주실 수 있을까요?"

"올라갈 보고서에 이름만 잘 작성해 주시면…… 가져가셔도 되긴 하는데. 근데 의외로 특이한 분이시네요. 호호…….'"

"혹시 주기적으로 반납을 해야 하는 걸까요?"

"그건 기조실장님한테 허락을 받아 봐야겠죠?"

"그렇군요. 여쭤봐 주세요."

기획조정실장.

작전에 들어가는 활동비와 국가정보원에서 사용하는 자금을 모두 관리하고 있으니 작전에 활용되는 연구소 작품들도 다 그의 소관인 것이다.

아무튼 케라가 이렇게 원하고 있으니 챙겨 두도록 하자.

나는 국가정보원을 나와 차에 오르면서 참았던 화를 표출했다.

"아이, 진짜……! 그렇게 다른 사람이 보는 앞에서 뺨을 때리면 어쩌자는 겁니까! 와, 나 진짜 황당했네."

-미안하다. 하지만 마음이 급해서. 그리고 네가 거절하려고 하지 않았느냐?

"아니, 이깟 게 뭐라고 다른 사람 앞에서 자학까지 하게 만드냐고요. 아까 그 연구원이 저 이상하게 쳐다보는 거 봤어요? 진짜 한순간에 사람 돌아이 만들지 맙시다. 네?"

-생김새를 보고서는 뭔가 안에서 칼날이 나오는 형태가 아닐

까 싶었다. 나에게 유용한 물건이어서 네가 챙겼으면 했어. 기분 나빴다면, 미안하다.

정말 얼마나 가지고 싶었으면 그랬을까.

그래, 평소에 그런 행동을 하는 사람은 아니니까 한 번은 봐준다.

"근데요. 이런 걸로 사람 막 베고 다니면 안 돼요. 알죠? 그럼 진짜 곤란하다고요."

-그래도 총 든 놈들을 은밀히 상대할 때에는 이거보다 유용한 것도 없을 거다.

"사람이 죽잖아요."

-네가 하는 일이 언제까지 사람을 안 다치게 하고 임무를 수행할 수 있을 것 같으냐?

"그거야……."

그래, 나도 총을 지급받아서 가슴에 차고 있기는 하다.

위급한 상황이 되면 나도 언젠가 총을 쓰게 되겠지.

총격전이 벌어지고 있는데 맨몸으로 달려들었다가 총알구멍이 날 순 없으니까.

그렇지만 여전히 거부감이 먼저 드는 건 어쩔 수 없었다.

"그건 그때 가서 생각해 봅시다. 아무튼 이걸 함부로 쓰는 건 자제 부탁할게요. 알았죠?"

-알았다.

* * *

　신정환은 작은 농가의 창고에서 전화를 걸고 있었다.

　"어, 나야. 아빈이는 좀 어때?"

　신정환의 아내는 6살 아이와 병원에 있었다.

　신아빈은 심장병으로 현재 위독한 상태였다.

　발라스의 도움으로 이미 한 차례 이식 수술을 받았으나, 이식 받은 심장도 문제가 생겨 아내와 딸은 언제나 병원에 있어야 했다.

　신정환의 아내 이소라는 잠을 자고 있는 신아빈을 보며 말했다.

　"아이야 잘 놀기는 하는데. 가끔씩 애가 아플 때면 심장이 철렁 내려앉죠. 근데, 심장은 어떻게 되어 가요? 당신 회사에서 다시 힘을 써 볼 수 있다면서요? 언제쯤 가능한 거예요?"

　신정환은 암담해하며 눈을 질끈 감았다.

　"그게 말이야. 조금 기다려야 할 것 같아."

　[기다려야 한다니요. 금방 될 거라고 했잖아요.]

　"너무 걱정은 말고. 곧 해결될 테니까."

　[당신 괜찮은 거죠? 무슨 일 있는 거 아니죠? 그리고 이 번호는 뭐예요?]

　"아, 내 꺼 핸드폰이 고장 나서. 아무튼 다시 연락할게."

　급하게 전화를 끊은 그는 얼굴을 쓸어내리고는 손으로 벽을 쳐 댔다.

쿵!

"빌어먹을……."

그는 김종기 의원과의 통화를 떠올렸다.

[의원님, 저 좀 도와주십시오!]

[도와? 뭘 도와 이 배신자 새끼야!]

[배신자라니요? 그게 무슨 말씀이십니까?]

[네가 네 밑으로 있는 국정원 요원들 전부 팔아넘겼잖아! 고무겸 밑에 있는 놈들까지 전부 다! 그래 놓고 이제 와서 뭐? 도와 달라고? 넌 이 실장한테 잡히면 바로 처분인 줄이나 알아!]

"최강, 그 새끼한테 잡히고 난 이후로 이렇게 됐어. 난 아무 기억도 없는데 왜 내가 배신자가 되어 있는 거야?"

국정원에서도, 발라스에서도 버려진 몸.

그 어느 쪽이든 잡힌다면 좋은 꼴은 보지 못할 것이다.

거기에 딸 문제까지 해결해야 해서 그는 무척 암담했다. 자신이 이 일을 해결하지 못하면 제때 치료받지 못한 딸이 죽을 것이기 때문이다.

때마침 그때, 그가 있는 곳으로 두드리는 소리가 들려왔다.

퉁퉁!

처걱.

총을 장전하고 조심스럽게 밖을 쳐다본 그는 그제야 안심하며 문을 열었다.

"왔냐."

"형님, 근데 잠복이 너무 길어지시는 거 아닙니까?"

도주 중이었으나, 평소 관리하던 조직에 사실대로 말할 수는 없어 작전 중이라도 둘러댄 상황이었다. 자신이 이런 처지가 되었다는 걸 알면 더는 따르지 않을 것 같아서다.

"어, 그렇게 됐다."

"아~ 근데 이거 꼭 제가 배달 복장까지 하고서 음식을 날라야 하는 겁니까? 동생들 보기에 체면이 말이 아닙니다, 형님."

"너야 믿을 수 있지만, 네 밑에 놈들이 주둥이 잘못 놀렸다간 내 일이 망가져. 그걸 몰라?"

"에이, 우리 새끼들 입 무거워요. 형님 말씀처럼 제가 얼마나 잘 훈련을 시켜 놨게요."

신정환은 음식을 들인 다음, 그에게 물었다.

"그래서 최강 그 새끼 소재는 알아냈어?"

"네. 이사한 곳도 알아 났고, 최근에 어딘가로 출근을 하는 것 같던데, 근데 경찰하고 같이 다니던데요."

"경찰?"

"최소현이라고, 강남서 강력반인데, 이 방면에서는 아주 미친년으로 통해요. 얼굴은 반반한데, 미친년 소리만 들으면 그냥 막 총도 쏴 대고 칼도 휘두르고, 하여간 보통 미친년이 아니라니까요."

"그 새끼가 경찰하고는 왜……."

"그래서 작업하기가 좀 애매한데. 정말 작업해요?"

신정환은 가만히 생각에 잠겼다.

최강, 단순한 방법으로는 잡기 힘든 놈이었다.

일전에도 함정을 파서 잡으려 했다가 보기 좋게 실패하고 오히려 도망을 치지 않았던가.

아무리 생각해도 힘으로는 잡기 어려움이 많았다.

"너…… 개미굴 박 사장 아직도 연락 되지."

"되죠. 사업적으로 서로 윈윈 하는 사이인데."

"그럼 말 잘 듣는 애들 몇 좀 섭외해 놔. 될 수 있으면 어린애로. 플랜은 내가 짤 테니까, 그대로만 해. 알았어?"

"쩝, 알겠습니다, 형님."

* * *

비공식 7과 사무실.

무지개 색깔 중에 일곱 번째는 보라색이다.

그래서 항상 퍼플이란 이름으로 불렸던 곳이 바로 7과였다.

'근데 내가 여기 대빵이 되었다고. 와, 일단 덤벼들긴 했는데 이렇게 여기서 밖을 내다보니까 기분 진짜 묘~하네.'

8과나 9과는 없냐고?

왜 없겠어.

그들 모두가 국가정보원 내가 아닌, 외부에 사무실을 두며

보다 활동적인 업무를 위해 힘쓰고 있었다.

때론 선을 넘나들며 사선을 걷는 이들이 있어야 내부에서 일하는 이들이 보다 원칙을 지키며 제대로 일처리를 할 수 있는 것이다.

"우선 비공식 7과가 공식 7과가 되려면 실적을 쌓아야 하는데. 아무리 그래도 신종 마약은 좀 세단 말이지."

거기다가 경찰과의 공조까지.

마약 조직을 모두 잡아들인다면 세상이 시끄러워질 테니 몇몇은 승진과 포상도 있을 거다.

보통은 소문난 잔치에 먹을 게 없다고 표현하지만, 이런 경우엔 소문이 날수록 그 성과를 크게 받을 수 있는 게 이 바닥 습성이었다.

쉬는 것도 잠시.

근데 왜 내 복장이 체육복이냐고?

녹이 슨 기계에 기름칠 중이라고 하면 이해가 될까?

"자, 그럼 다시 일어나시죠. 너무 오래 쉬면 기껏 늘려 놓은 폐활량 다시 쪼그라듭니다."

7과 사무실 옆문을 열면 여러 운동기구들과 함께 격투 훈련이 가능한 장소가 나온다. 그리고 그 훈련장 바닥에는 지금 최소현과 장태열이 숨을 몰아쉬며 주저앉아 있었다.

"야, 넌 무슨 괴물이냐? 아니, 이렇게 움직이고도 숨도 안 차?"

"자기 몸 썩은 걸 왜 남 칭찬으로 무마시킵니까?"

"뭐? 썩어? 이 새끼 말하는 것 좀 봐. 나 아직 멀쩡하거든!"

"하던 실력이 있어서 빨리 돌아오긴 하는 것 같은데, 현장에서 뛰려면 그 체력으로는 좀 후달리지 않겠어요? 그러다가 파트너한테도 밀리면 쪽팔려서 살겠냐고요?"

"이 새끼, 여린 마음에 칼을 찌르네. 너 원래 말을 그렇게 짜증나게 하는 타입이었어?"

이번엔 최소현이 말했다.

"저기요, 최강 씨."

"어허, 직장 내에선 친구 아니라니까."

"아, 미안요. 과장님?"

"네, 최소현 요원?"

"근데 왜 저까지 이래야 하는 거죠? 나는 무슨 죄인데?"

"최소현 씨도 태권도, 합기도, 킥복싱까지 각종 무술 유단자인 건 알지만, 좀 더 현실적인 훈련이 필요할 것 같아서요."

"아니, 두 사람이 나보다 수준 높게 강한 건 알겠는데, 아무리 그래도 그렇지 작전 앞두고서 꼭 이래야 돼요?"

"몸에 무리가 되는 것도 아닌데 뭐가 어때서요? 신비의 마사지면 다 해결되는데."

손가락을 움직이는 나를 보며 둘은 앓는 표정을 지었다.

신비의 마사지. 마법 같은 비법으로 고된 몸을 회복시킬 수 있다는 나만의 신종 마사지였다.

실제로는 수면 마법을 걸어 재운 후에 회복 마법으로 회복시켜 주는 게 다였지만, 이 둘이 그걸 알 리는 없었다.

잠시 자고 일어나면 몸이 개운해지니 그냥 마사지를 잘 받았다고만 이해하는 것이다.

"자, 그럼 얼른 일어납시다! 그리고 최소현 씨는 칼에 대한 방어가 너무 느려요. 분발하세요."

"아니, 내가 무슨 크라브마가를 배워 본 것도 아니고, 전문가인 장태열 씨를 무슨 수로 따라 가냐고요."

"그래서 로브샤를 가르쳐 준 거 아닙니까?"

"며칠 배운다고 그게 되요?"

"그러니 더 훈련에 임해서 익숙해져야죠."

훈련을 마친 후, 샤워까지 끝낸 두 사람이 복장을 갈아입고 휴게실로 왔다.

둘은 커피를 잔에 따른 후에 내 앞으로 앉았다.

그리고 곧 장태열이 의문이 가득한 얼굴로 물어 왔다.

"근데, 최 과장. 그 로브샤라는 건 대체 어디서 배운 거야?"

"네?"

"보기엔 굉장히 전문화되어 있는 실전 무술 같긴 한데, 어디에서도 그런 걸 본 적이 없어서 말이야."

케라가 곧장 큰 소리를 냈다.

-흥! 너희가 하는 장난질과는 차원이 다른 고도의 암살술이지!

나는 어색한 웃음을 살짝 짓고는 말해 주었다.

"아, 그거요. 자기가 왕실 특수부대 수장이었다는…… 아주 거칠디 거친 아저씨한테서요."

"어디, 중동 쪽인가? 그렇다고 해도 그렇게 굉장한 걸 내가 못 들어 봤을 리 없는데."

"상대해 보니까 어땠어요?"

"싸울수록 말려든다고 해야 하나. 손목 놀림으로 칼을 휘어서 쳐 내는 게, 알면서도 자꾸 당하게 되더라고."

나는 최소현을 보았다.

"이런 말을 듣고 보니 어때요? 배워 보길 잘했단 생각이 들지 않아요?"

"그렇긴 한데. 아직 두 사람을 따라가기엔 까마득해서."

"고작 며칠 배워서 따라오면 오랜 세월 수련한 사람이 뭐가 됩니까? 차차 배우면서 숙달되어 가야지. 뭐하면 집에서도 훈련을 도와줄 수도 있고요."

최소현이 눈을 동그랗게 뜨더니 벌떡 일어나 손사래를 쳤다.

"아뇨! 그건 사양할게요. 진짜 여기서 하는 것만도 죽을 맛이란 말이에요. 뭘 그걸 또 집에서까지 하제……. 미쳤나 봐, 진짜."

나는 두 사람을 보며 진심으로 말했다.

"현장이란 곳이 얼마나 시시때때로 위험에 노출되는지는 나도 조금 알고 있어서……. 늘 지켜보기만 했던 거지만, 현장을 뛰는 사람 능력이 좀 더 좋으면 위기는 잘 넘기지 않을까, 그런 생각이 들었던 적이 몇 번 있었거든요. 제 밑에서 일하는 사람이 다치는 거, 그걸 보는 건 좀 힘들 것 같아서."

장태열이 피식 웃었다.

"그래서 이렇게 죽자고 우리를 훈련시키는 거다? 마음은 이해하는데 말이야, 최 과장. 현장 일은 언제 어떻게 변할지 아무도 몰라. 작전을 짠다고 해서 그대로 흘러가리라는 법도 없지. 그러니까 미리부터 일 잘못 될 거에 대한 죄책감부터 생각하지는 말자고. 그리고 어떤 일이 생기더라도, 뒷일을 자꾸만 생각하면 절대로 앞으로 못 나아가는 법이야. 지난 일은 지난 일로 넘겨야 하지."

지난 일은 지난 일로 넘겨라.

그 말을 듣더니 갑자기 최소현이 씁쓸한 표정을 머금는다.

아무래도 이번에 잃은 파트너에 관해 떠올리는 게 아닐까.

그래, 말이 쉽지……. 떠나보낸 이를 잊는 게 어떻게 쉬울 수 있겠어.

장태열의 말이 옳다는 건 알지만, 사람에 따라선 거의 불가능에 가까운 일이 그런 것일 거다.

트라우마에서 잘 벗어나는 사람도 있을 테지만, 안 그러는 사람도 많은 법이니까.

사무실로 갔더니 김지혜가 말해 왔다.

"과장님, 경기도 방성광과 충청도 지배훈이 수상한 이들과 접선 중인 게 포착되었습니다."

"그래요?"

장태열과 최소현도 함께 나왔고, 모두가 김지혜가 띄우는 화면을 확인했다.

오호, 하나둘 걸려들고 있다 이거지.

"아마 곧 열릴 경기에 대비해서 부스터를 급하게 구하려는 시도일 겁니다. 판매책 중에서 누가 중요 인물인지 모르니까 접선하는 사람들 인상착의는 물론이고 타고 온 차, 그 경로까지 전부 수집하세요. 접선하는 판매책이 어디서 누굴 만나는지 전부 다요."

"네, 알겠습니다."

"작전까지 이틀 남았습니다. 힘들어도 그때까진 다들 노력 좀 합시다."

"네."

최소현이 물어 왔다.

"근데요, 과장님. 장 사장한테서는 왜 아직도 연락이 안 와요? 위치를 알아야 참가도 할 거잖아요?"

"그러게요. 장익조가 벌써 연락을 줬어야 하는데."

장태열이 말했다.

"그렇다고 먼저 초조해서 연락하지는 말고. 그쪽에서도 너만한 선수 구하기 힘들다는 걸 아니까, 딴 마음을 먹고 그러진 않았을 거야."

"네. 기다려 보자고요."

대체 언제 연락을 주나 싶었는데, 오후쯤 되어서야 연락이 왔다.

"주소가 아니라 좌표를 보내네."

"어디로 나와요?"

"어디 농경지로 나오네요."

"이런 장소에 경기장이 있다고요?"

저도를 살펴봐도 정말 농지밖에 보이지가 않았다.

커다란 하우스가 몇 보이긴 했지만, 경기장이라고 볼 법한 곳은 보이지 않았다.

"가 보면 알겠죠. 사전 답사는 웬만해서는 새벽에 움직이고 싶은데. 일찍 일어날 수 있죠?"

"왜 하필 새벽? 나 아침 잠 많은 거 알면서."

"아하하! 별명이 겨울잠 자는 곰이라고 했던가?"

"진짜 꼭 새벽이어야 해요?"

"그쯤이 경계가 가장 허술할 때일 것 같아서요. 장태열 씨도 새벽 4시에 목적지에서 1킬로 쯤 떨어진…… 아, 이쯤. 이 주유소 앞에서 보자고요."

"어, 알았어."

해가 지고, 다음 날 사전 답사를 위해 김지혜와 이형석만 놔두고 우린 퇴근을 했다.

그런데 각자 차를 타고 막 집에 도착했을 때였다.

차에서 내려 현관으로 들어서는데.

투둑. 툭. 툭.

저만치에서 공이 내려왔다.

위쪽에서 놀던 아이들이 공을 떨어뜨린 거였다. 공은 최소현의 다리로 부딪치고 다시 아래로 굴러갔다.

뒤이어 아이가 막 쫓아 내려오고 있는 게 보였다.

"얘들아, 공이 도로로 내려가면 위험해."

최소현은 아이들이 공을 쫓아 위험한 곳까지 갈까 싶어 얼른 공을 쫓아 내려갔다.

"공 좀 찾아올게요!"

나도 내려오는 아이들을 보며 머리를 쓰다듬었다.

"이 녀석들! 이런 경사진 곳에서 공놀이를 하면 안 되지. 저 언니 말처럼 도로로 공이 나가기라도 하면 위험하기도 하고."

그런데 아이가 손을 내밀었다.

"이거 줄게요."

"이게 뭔데?"

"사탕."

"사탕?"

무심결에 손을 내미는데 아이가 무언가를 쥐어 주듯 손을 펴 눌렀다.

따끔.

"아야."

"헤헷!"

장난스럽게 웃던 아이들이 도망치듯 올라가 버렸다.

손을 보니 바늘 자국 같은 게 있었다.

"이 녀석들이 사탕을 준다더니……? 아우, 아파. 뭐로 찌른 거야?"

그런데 이게 뭘까.

갑자기 현기증이 밀려왔다.

-최강!

-설마, 저 아이들이……!

"어……."

그렇게 나는 눈앞의 어지러움을 느끼며 정신을 잃었다.

* * *

신정환이 도축장으로 들어오며 의자에 묶인 누군가를 살폈다.

"잘 잡아온 거 맞아?"

그의 물음에 김춘석이 답했다.

"네, 형님께서 시키는 대로 했더니 쉽게 잡던데요. 오오~ 어떻게 그런 생각을 하셨어? 진짜 천재라니까."

"아무리 난 놈이라도 해도 애들한테는 방심할 수밖에 없으니까."

"그래서 이제 이 새끼 어떻게 할 건데요?"

"자기 입으로 실토부터 하게 만들어야지."

"실토?"

"나한테는 중요한 일이니까 카메라든 뭐든 좀 찍어 봐."

"넵, 알겠습니다. 야, 뭐하냐. 찍으라잖아. 뭐 좀 고정할 거 없어? 핸드폰 말고 없냐고 인마들아."

몇몇 사내들이 분주하게 움직이고 나서야 카메라 몇 대와 핸드폰이 준비되었다.

신정환이 최강의 고개를 들어 보이고는 씨익 웃었다.

쉽게 잡았다는 만족감에서 오는 미소였다.

그는 뒤로 물러나며 김춘석에게 말했다.

"야, 깨워."

"거칠게 갈까요, 부드럽게 갈까요?"

"알아서 해."

"그럼 무릎 하나 작살 내고 시작해 보겠습니다."

김춘석은 한쪽에서 야구방망이를 들더니 스윙을 해 보였다.

부웅-! 부웅-!

"아주 정신이 번쩍 들 거다. 흐히히!"

그런데 막 그가 야구방망이를 높이 치켜들었을 때였다.

무릎을 겨냥하고 내려치려고 하는데, 목소리가 흘러들었다.

"그거 조용히 내려놔."

최강의 입에서 흘러나온 말이었다.

"음마? 형님, 이 새끼 깼는데요?"

신정환이 뒤돌며 최강에게로 다가왔다.

"최강, 내가 누군지 알아보겠어?"

최강이 슬쩍 그를 올려다보더니 씩 웃었다.

"최강한테 누명을 씌웠던 그놈이군."

"그래, 나야 신정환. 네가 아주 제대로 엿을 먹인."

"그래서? 최강한테는 무슨 용건이지?"

"저 카메라들 앞에서 내 결백을 좀 증명해 줘야겠어. 내가 말이야, 너 때문에 입장이 많이 곤란해졌거든."

"결백…… 후후후, 크그그극……."

신정환은 초조했다. 약으로 기절시켜 납치까지 했는데, 이 녀석은 왜 웃고 있을까?

그리고 왜 남 이야기를 하듯 '최강'을 말하는 걸까?

"내가 시간이 좀 없어. 그러니까 솔직하게 말하자. 나한테 대체 무슨 짓을 한 거야? 내가 조직 사람들을 전부 불어 버렸다고 하는데, 나는 그런 기억이 전혀 없거든."

스멀스멀 피어오르는 불안감에, 신정환의 언성이 절로 높아졌다.

"그때 나 잡았을 때, 나한테 대체 무슨 짓을 한 거야? 어? 말해, 똑바로 말하라고, 이 새끼야!"

최강이 킥킥대고 웃었다.

"크그극! 재밌는 놈이군. 너희 조직은 그런 걸로 용서란 걸 해 줄 만큼 허술한 모양이지?"

"뭐?"

"그게 아니면…… 네 그 하찮은 머리가 딱 그 수준이거나. 큭큭큭큭……."

"이 새끼가……."

"생각이란 걸 해 봐. 네가 최강한테 한 짓이 있는데, 최강이 너한테 득이 되는 일을 해 줄 것 같아? 등신 같은 새끼……. 큭큭큭."

"이 새끼, 왜 이래? 아직도 약에 취해 있는 거야? 네가 최강이잖아, 이 새끼야. 근데 왜 말을 그딴 식으로 해?"

최강이 갑자기 더 크게 웃기 시작했다.

"후후후, 흐하하하하하……!"

김춘석이 말했다.

"이 새끼 지금 쇼하는 겁니다. 지금 도망칠 방법도 없고 하니까, 미친 척 연기하는 거라고요. 맞지, 이 새끼야?"

최강이 매서운 눈길로 신정환을 보았다.

"아직도 약에 취해 있냐고? 맞아. 최강은 아직 약에 취해 있어."

최강이 고개를 강하게 비틀더니 답했다.

"그래서…… 지금 이 몸의 주인은 나야. 너희들에겐 불행하게도……. 킥킥킥!"

"뭐?"

그는 최강이 아니었다.

최강이 잠들어 있을 때마다 나오는 존재.

바로 케라였다.

"내가 왜 순순히 잡혀 준 줄 알아? 대체 어떤 인간 같지도 않은 새끼들이기에 아이들을 이용해서 이런 짓까지 하나, 그게 궁금해서. 그래서 여기로 끌고 올 때까지 얌전히 있었던 거야, 일부러……. 근데 걸려든 놈이 너로구나. 신, 정, 환."

"어이, 최강. 개수작 부리지 마. 강한 척해 봐야, 지금 네가 여기서 빠져나갈 방법은 없어. 넌 내 결백을 말할 때까지 절대로 온전히 여기 못 빠져나가. 알아?"

"그건 네 생각이고."

케라가 자신을 찍고 있는 카메라들을 보며 제라로바에게 말했다.

"어이, 노인네. 여기서 내가 일을 치면 최강이 곤란해질 텐데. 저기 찍는 것 좀 어떻게 해야 하지 않을까?"

-맡겨 둬라. 쓰레기 처리에 방해 없이 해 줄 테니!

곧 최강의 입에서 주문이 흘러나왔다.

"아루투무카!"

빠지지직-!

퍼석-!

번쩍-!

"앗! 뜨거!"

"뭐야!"

퍼엉-!

쩌정-!

갑자기 주변에서 전기불꽃이 일어나더니 전자기기들을 전부 터져 나갔다.

그것은 최강이 최소현을 수술실에서 구할 때 일어난 것과 동일한 현상이었다.

그것은 최강이 몸에 지닌 것들을 제외하고, 오로지 주변으로만 튀기는 전기불꽃이었다.

천장에 있던 등도 터지듯이 나가 버리며 온 사방으로 전기불꽃이 튀었다.

"크윽! 뭐야, 이거?!"

"형님, 이게 다 뭡니까? 이 새끼, 초능력자야 뭐야?"

최강의 입에서 다시 주문이 흘러나왔다.

"아스라무크스……."

최강은 묶여 있던 쇠사슬에서 쑥 하고 빠져나오더니 몸을 비틀어 댔다.

벽을 통과하던 마법을 응용하여 결박에서 풀려난 거였다.

"노인네…… 우리가 함께하니 일이 재밌어지는군. 안 그래?"

-닥치고 가서 저 건방진 것들이나 해치워라. 최강의 몸에 손을 댄 대가를 치르게 해 줘야지!

"그건 괜찮은데, 내가 진짜 열 받는 게 뭔지 알아? 그 아무것도 모르는 아이들을…… 사람을 해치는 데 이용했다는 거야.

그것만은 절대로·용서 못 해."

신정환과 김춘석은 놀라 뒷걸음질을 쳤다.

"뭐야, 이 새끼……. 방금 전까지 묶여 있었는데! 어떻게 빠져나온 거야?!"

"야 이 새끼들아! 제대로 묶은 거 맞아? 풀려났잖아!"

김춘석의 수하들도 분명 잘 묶었는데 이상하다며 당혹스러워했다.

바로 그때, 희미한 빛만이 있는 어둠 속에서 최강이 무시무시한 눈빛을 쏘아 냈다.

"여기에 있는 새끼들 전부…… 살아서 돌아갈 생각은 버려야 할 것이다…… 흐흐흐, 흐하하하하!"

* * *

김춘식이 서둘러 명령을 내렸다.

"뭐 하고 있어, 이 새끼들아! 어서 저 새끼 다시 잡아!"

"네! 형님!"

신정환은 크게 외쳤다.

"야! 죽이면 안 돼! 조심해서 잡아! 저 새끼가 입을 열어야 내가 산다고! 조심해!"

최강은 가만히 신정환을 쏘아봤다. 그의 얼굴에 비웃음이 깃드는 것도 잠시, 그가 주변을 둘러봤다.

저만치 탁자 위로 자신의 칼과 총이 놓인 걸 확인, 그는 짐승처럼 그곳으로 날아들었다.

파앗!

휘익!

부웅-!

곳곳에서 쇠파이프와 각목이 날아들었지만 그는 마치 춤을 추듯 통통 뛰며 모조리 피해 냈다.

그리고는 잽싸게 칼을 낚아채고는 각목을 휘두르는 사내를 향해 빠르게 내리그었다.

위로 치켜 올리며 검을 늘어나게 만들고서는 그대로 각목과 사내를 통째로 베어 버린 거였다.

서걱-!

"꺼억! 끄어어억······!"

눈부터 가슴까지 깊숙이 베인 사내가 그대로 쓰러졌다.

"이야아앗!"

뒤에서 쇠파이프가 날아들었으나 최강이 가볍게 등 뒤로 검을 찔러 넣어 막고는 가볍게 휘둘러 목을 베어 버렸다.

투둑!

동료의 목이 떨어져 내리자 달려들던 모두가 섬뜩해 하며 주춤거렸다.

"어우, 씨······!"

"이런 미친 새끼가······!"

최강의 얼굴에 잔인한 미소가 걸렸다.

"왜? 니들도 나 죽이려고 했던 거 아냐? 방금 전까지 해도 다리 못 쓰는 병신으로 만들려고 했으면서. 뭘 이런 걸 가지고 그래?"

"야, 뭐해! 어서 저 새끼 좀 잡아 봐!"

김춘식이 죽어라고 소리를 지르자 그의 수하들은 동시에 마구 덤벼들었다.

그래도 떼거지로 덤비면 지 혼자서 무슨 수로 당하나 싶어서였다.

그러나 최강의 검 앞에 견뎌 내는 자는 아무도 없었다.

서걱!

스핫-!

그는 바람처럼 곳곳을 누볐다.

어둠 속에서 간간이 빛에 반사되는 검이 곳곳으로 넘나들기를 잠시.

곳곳에서 쓰러지는 소리가 연달아 들려오더니 스무 명쯤 되던 사내들 모두가 바닥에 누워 미동도 하지 않았다.

도축장 내부는 진한 피 냄새만 진동할 뿐이었다.

"흐흐흐……"

"이런, 씨팔……. 이 괴물 새끼……! 뭐냐고 진짜!"

김춘식은 여전히 탁자 위에 있는 최강의 총을 급하게 집어 들었다.

그는 주저 없이 최강을 향해 총을 겨누고는 인정사정없이 마구 쏘았다.

탕! 탕!

챙! 청!

최강은 검을 휘둘러 총알을 쳐 대더니 기둥 뒤로 숨었다.

총을 쏜 김춘식은 놀라 눈이 휘둥그레졌다.

"그걸…… 쳐 냈다고?"

갑자기 검은 그림자가 걸어 놓은 고기들 사이사이를 넘나들었다.

탕! 탕! 탕!

총을 쏘는데 하나도 맞질 않았다.

김춘식은 그제야 겁이 났다.

"혀, 형님…… 저는 도저히 여기에 못 있겠습니다. 죄, 죄송합니다."

"뭐? 야, 김춘식!"

"저걸 무슨 수로 죽입니까? 저건 사람이 아니라고요!"

김춘식이 출입구로 마구 달리자 신정환이 소리를 질렀다.

"야이, 새끼야! 어디가!"

그러나 이미 죽이기로 마음먹은 케라가 그를 살려 둘 리 없었다.

스이이잉-!

퍼억!

어둠속을 뚫고서 칼이 날아들더니 정확히 그의 뒤통수를 꿰뚫어 놓는 것이었다.

철푸덕.

하나 남은 그마저 쓰러지자 신정환은 두려움에 깃든 얼굴로 얼른 총을 꺼내 주변을 겨누었다.

"뭐야…… 정말 사람 새끼가 아닌 거야? 정체가 뭐냐고, 이 새끼야—!"

어둠속에서 잔잔한 목소리가 흘러나왔다.

"지금까지 수천을 죽이면서도…… 내가 죽이고자 마음먹은 놈치고, 죽지 않은 자가 없었다. 있다면 오직 하나…… 천 명을 죽인 마법사, 그 하나뿐."

스윽.

잠시 주문과 비슷한 희미한 중얼거림이 흘러나왔을까, 최강이 어둠 속에서 모습을 드러냈다.

그리고는 성큼성큼 걸어 신정환에게로 다가왔다.

"그리고 나에게 이빨을 드러낸 자는 반드시 죽여 왔지. 이렇게……."

"오지 마…… 오지 마!"

탕! 탕! 탕! 탕!

걸어오는 최강에게 총을 쏘지만 그는 총알에 맞지 않고 더욱 빠르게 다가왔다.

그렇게 다가오는 그의 모습에 느껴지는 두려움이란, 온몸에 소름이 확 번질 정도였다.

"이잇……!"

바로 앞까지 가까워져 이마에도 총을 몇 번이나 쐈지만 소용 없었다.

처걱. 처걱! 처걱!

곧 눈앞에서 최강이 사라지더니 귓가로 목소리가 스며들었다.

"다 했어? 그럼 이제 죽어야지."

사라락-!

최강이 덮치는 그 순간, 신정환은 살면서 느껴 보지 못한 공포를 느꼈다.

* * *

어느 한적한 장소에서 눈을 뜬 나는 내가 차 안에 앉아 있다는 걸 알 수 있었다.

"뭐야, 내가 왜 여기에 있어."

-이제 정신이 들어?

"뭐예요? 제가 왜 여기에 있어요?"

케라에 이어 제라로바가 말해 왔다.

-그 아이들, 기억 안 나느냐?

"아이들……."

굴러떨어지는 공.

따끔했던 손.

그리고 정신이 어지러웠던 것까지.

나는 나도 모르게 머리를 뒤로 저치며 허탈하게 웃었다.

"와……. 진짜 그렇게까지 한다고? 그건 정말 몰랐는데. 후우……."

그 어린 아이들이 뭘 안다고 그런 일을 시켰을까.

아이들은 그저 장난쯤으로 알고 있던데.

그 결과가 사람을 해치는 거란 걸 알기나 했을까?

아이들을 그렇게 이용하다니, 진짜 악마들이다.

묘하게 서글프면서도 분노가 치미는 이 감정을 어떻게 해야 할지…….

그래도 이렇게 차에 있는 걸 보면 두 사람이 뭔가를 하긴 했을 것 같고.

그럼 이제 결과를 물어볼까?

"그래서 진행 상황이 어떻게 되는지 누가 설명 좀 해 줄래요?"

잠시 후, 도축장에서 있었던 일을 들은 나는 충격에 휩싸였다.

"자, 잠깐만요. 그래서 지금 그 사람들을 제 몸으로 전부 죽였단 말이에요? 진짜요?"

-시신은 제라로바가 마법의 불꽃으로 깨끗하게 태워 버렸으

니 뒷일을 걱정할 필요는 없을 거다.

"케라 형님……! 지금 문제가 그게 아니잖아요! 내 몸으로 살인이라니요?! 진짜 이러시면 곤란하죠!"

-네 마음은 이해한다만, 아이들을 이용해 사람을 해치는 놈들을 도저히 가만히 놔둘 수가 없었다.

"그렇지만……!"

제라로바가 말해 왔다.

-네가 이해해라. 케라의 딸이 그렇게 희생되었거든. 왕자가 준 과일을 정인에게 주었다가 그만 왕족 살해로…….

-그만! 거기까지만 해라. 그 얘기가 여기서 왜 나와.

아픈 사연으로 분노 조절 장애가 생길 수 있으니까 날더러 이해하라고?

돌아 버리겠네, 진짜.

하지만 이미 엎질러진 물.

이제 어떻게 하지?

"거기가 어디에요. 얼른 다시 거기로 가요."

-거기는 왜?

"뭐가 찍고 있거나 했을 수도 있잖아요. 안 그래요?"

-그건 걱정 마라. 놈들이 찍던 카메라들을 전부 한곳에 모아 녹여 버렸다. 도축장 내에 있던 카메라의 저장 장치도 네가 하던 걸 봐 둔 덕분에 전부 뽑아서 태워 버렸다.

"정말요?"

-시신은 가루가 되어 발견조차 못 할 것이고, 도축장도 불을 질러 아무것도 나오지 않을 거다.

뭐야, 정말 그렇게 완벽하게 흔적을 지웠다고?

나보다 나은데?

이 사람들, 서당 개 3년이면 풍월을 읊는다고, 내가 하던 걸 봐 둔 걸로 참 많은 일처리를 해 뒀다.

케라야 익숙한 일일 테지만.

"그래서 신정환은요? 그 인간도 죽였어요?"

-아니. 그놈은 그래도 네가 처리해야 할 것 같아서 차 뒤 짐칸에 넣어 두었다.

차 뒤로 가 트렁크를 여니 그가 정신을 잃은 채 묶여 있는 게 보였다.

한때는 참 높은 사람 같고, 감당할 수 없을 것만 같았던 사람 이었는데.

그런 그가 이런 꼴로 묶여 있는 걸 보니 참 기분이 뒤숭숭하다.

그래서 사람 일은 앞날을 모른다고 하는 것일까.

"잘하셨네요. 안 그래도 국정원에서도 신정환을 못 잡아서 곤욕스러워하고 있던데. 이참에 잡아가면 점수는 좀 따겠네요."

다시 차에 올라 한참을 운전하는데, 뒤에서 발길질하는 소리가 들려왔다.

그러거나 말거나.

노래를 크게 틀어 놓고 신경 쓰지 않기로 했다.

쿵! 쿵!

그렇지만 차가 흔들릴 만큼 차 댈 때에는 신경이 쓰였다. 행여 신호 대기 중에 옆 차에서 들을까 걱정스럽기까지 했다.

나는 결국 한적한 곳에 가서 차를 세웠다.

트렁크를 열자 그가 애타는 시선으로 나를 쳐다보고 있었다.

"왜, 아~ 뭐⋯⋯?"

"엄엄엄!"

"아~ 진짜⋯⋯."

입을 풀어 주자 그가 물었다.

"나를 어디로 데려가는 거야?"

"국가정보원."

"안 돼⋯⋯. 거길 가면 나는 죽어!"

"그건 내 알 바 아니고, 근데 한 번만 더 차기만 해. 확 다리랑 목이랑 연결해서 묶어 버릴 테니까."

입을 막고 트렁크를 닫는데 다시 그가 발길질을 했다.

나는 다시 열었다.

"아, 뭐⋯⋯! 어쩌라고 진짜!"

"음음음!"

입을 풀어 주자 그가 다시 말했다.

"한 가지만 부탁하자."

"이 인간, 진짜 뻔뻔하네. 이보세요, 신정환 씨. 당신하고 내가 그렇게 친한 사이가 아니에요. 당신, 나 죽이려고 납치한 거잖아. 근데 뭐? 부탁? 뒤지실래요?"

다시 입을 막으려는데 그가 급하게 말해 왔다.

"딸이 병원에 있어!"

"뭐?"

"마지막으로 한 번만……. 부탁이다. 마지막으로 한 번만 보게 해 줘. 심장 수술을 못 하면 이제 곧 죽을 아이라서……. 아이가 죽기 전에 아빠의 얼굴 한 번만 보게 해 주면 안 될까? 이렇게 부탁할게."

"싫은데. 당신 같은 사람 하나도 안 불쌍한데. 그렇게 딸이 걱정됐으면 나 붙잡을 시간에 딸한테나 가 보지 그랬어. 이제 와서 무슨 딸을 걱정하는 척인데. 어?"

"발라스가 지키고 있을 거라서……. 갈 수가 없었어. 어떻게든 너의 입에서 내가 배신한 게 아니라는 말을 실토하게 했어야 했다고!"

"이봐, 우리 엄마가 점 같은 거 가끔 보러 다니시는데, 언젠가 이런 말씀을 하시더라. 그 부모가 삶을 잘못 살면 그 업보가 다 후손에게 가는 거라고. 아이가 아파? 당신이 딱 그 짝 아닐까? 그동안 나쁜 짓도 참 많이 했잖아? 안 그래?"

"최강, 제발!"

"닥치세요, 좀!"

콰당!

나는 트렁크를 강하게 닫고서는 멀미 좀 해 보라고 아주 차를 거칠 게 몰았다.

"사람이 양심이 있어야지 말이야. 나한테 부탁 같은 걸 할 입장이 돼? 웃기는 인간이네, 진짜."

* * *

싫다고 할 땐 언제고, 기어이 병원에 와 있는 나는 뭘까.

케라와 제라로바도 한 소리씩 했다.

-물러 빠진 놈.

-그 오지랖이 나중에는 결국 너의 목숨을 노릴 거다.

나는 버럭 화를 냈다.

"당신들한테 그런 말을 듣고 싶지는 않거든요, 이 살인자님들아!"

조용해진 그들에게 나는 다시 말했다.

"그래도 내가 할아버지는 조금 믿었다. 근데 그렇게 똑같이 노셨어요? 뭐? 시신을 재로 만들어서 흔적이 없어? 와, 이 무서운 사람들 진짜……."

생각할수록 화가 치밀었다.

"당신들이 그 다른 세상에서 무슨 짓을 해 왔건, 어떻게 살아왔건 그건 제가 상관할 바가 아니에요. 근데, 여긴 제 세상이고,

이건 제 몸이라고요. 제 몸으로 그렇게 무지막지한 살인, 절대로 안 된다고요.. 알았어요?"

-하지만 죽어 마땅한 놈들이었다.

"아우 그건 저도 인정하지만 글쎄 안 된다고요!"

내 손으로 살인이라니, 너무 끔찍했다.

그렇지만 계속 화만 내면서 이들을 몰아붙일 순 없다.

내 감정만 앞세웠다가 이들과 사이가 틀어지기라도 하면 일은 더 복잡해질 거다.

특히, 결정적인 순간에 힘을 안 빌려준다거나 내 의지와는 다른 짓을 하면 정말 곤란해진다.

성질 같아서는 당장에 서로 분리될 방법을 찾고 싶지만, 아직까지는 이들의 능력이 필요하기에 적당한 선을 지킬 필요가 있었다.

"아무튼 지금은 진짜 애만 살짝 보게 해 주고 데려옵시다."

나는 신정환을 데리고 병실 앞까지 갔다.

그곳에 신아빈이란 이름이 쓰여 있었다.

"진짜 얼굴만 보고 나오는 거야, 신정환. 당신이 도망쳐 봐야 내 손안이라는 거 잊지 말고."

"알아……. 네가 얼마나 무서운 놈인지 다 봤으니까."

이건 또 무슨 말?

"뭐……. 들어가 봐."

그를 들여보내고 뒤를 돈 나는 상황을 물었다.

"저기요, 두 분? 저 인간한테 무슨 짓을 했는데 저렇게 고분고분해요?"

설명을 듣고선 나는 또 한 번 빡 돌았다.

"아우……! 그러니까 저 인간 앞에서 사람도 죽이고, 마법도 막 쓰고 이랬다는 거예요? 내가 미쳐, 진짜!"

그제야 신정환을 살려 둔 이유를 알 법했다.

"잠깐. 뭐야, 그럼. 혹시 저 인간만 남겨 둔 건 마지막은 날더러 처리해라, 뭐 이런 생각이었던 거예요?"

대답이 없는 거 보니까 그런가 보다.

"이 사람들이 진짜……!"

소리가 너무 컸던지 병원 복도가 내 목소리로 울렸다.

나는 이를 꽉 물고 조용히 말했다.

"이거 큰일 날 사람들이네. 당신들만으로도 모자라서 나까지 살인자로 만들려고 그랬어요? 그럼 내가 아, 그래요? 고맙습니다. 마무리는 제가 할게요. 저도 복수할 게 많으니까. 이럴 줄 알았냐고요!"

그동안 지내 왔으면 내 성격이 어떻다는 것 정도는 알 텐데. 대체 무슨 생각으로 이랬을까?

악인에 대한 경멸로 정의감이 넘쳐서?

아니지. 한 사람은 피해 의식에 사로잡혀서 광기에 들렸을 거다.

그리고 제라로바 역시 그렇게 정의로운 사람과는 거리가 먼 사람이다.

그냥 나쁜 놈이니까 죽여도 된다.

뭐 그런 생각이었을까?

어이쿠야, 설마 더 단순한 이유일까 봐 겁이 난다.

아무튼 자제시키지 않으면 조만간 일을 크게 칠 사람들이지 싶었다.

"근데 이렇게 되면…… 신정환이 국가정보원에 가서 나에 대해 떠벌리면 나만 곤란해지는 거잖아."

-그래서 너에게도 죽이라는 제안을 하려 했던 건데.

"아유, 진짜……."

드르르륵.

갑자기 병실 문이 열리더니 신정환 아내가 나와 나에게 인사를 했다.

"회사 동료하고 같이 와서 금방 가 봐야 한다더니, 동료분이 신가 봐요."

"네? 아, 네……."

동료가 아니라, 철천지원수인데…….

"저기 그런데 혹시 말이에요. 우리 애기아빠, 회사에서 무슨 일 있어요?"

"네? 아…… 아무 일 없는데요."

"아니, 안색이 저런 사람이 아닌데. 오늘따라 표정이 안 좋아서요."

"아, 네……."

"성격이 조금 깐깐하긴 해도, 나쁜 사람은 아니니까 이해해 줬으면 해요."

"아뇨. 그런 거 없는데……."

"에이, 없기는. 내가 저 사람 성격 아는데. 아무튼 반가웠어요?"

그녀는 환자복을 바꾸려는지 간호사들이 있는 곳으로 향했다.

이 무슨 어색한 상황인지.

"후우. 사람 난감하게……. 이 인간, 얼른 안 나오고 뭐 해?"

병실 문 유리로 안을 보는데, 신정환 앞으로 예쁜 여자 아이가 그를 껴안고 앞에서 춤을 추고 있는 게 보였다.

그 모습을 보는데 왜 이렇게 마음이 안타깝고 답답한지.

아니지.

약해지지 말자.

저런 악인에게 아픈 손가락이 있다고 해서 내가 왜 신경을 써!

"근데 그러면서도 참……. 애는 예쁘네……."

아이가 신정환의 얼굴에 마구 뽀뽀를 하는데, 나도 모르게 절로 미소가 지어진다.

이래서 아이의 미소는 천사 같다고 하는 건가.

"근데 저 애가 심장 때문에 곧 죽는다고……."

신정환은 죽이고 싶을 만큼 미운데, 아이는 무슨 죄란 말인가.

아, 맞아. 이럴 게 아니라 차라리 딜을 해 볼까?

신정환이 나오자 나는 그를 옥상으로 데려갔다.

"거두절미하고, 하나만 말할게. 당신 딸, 내가 아픈 거 고쳐 주는 대신에 당신도 약속 하나만 해."

"뭐? 내 딸을…… 고칠 수 있다고?"

"당신, 아까 내가 어떤 능력이 있는지 다 봤지."

"음……."

꼬랑지를 말 듯 시선조차 못 마주치는 걸 보니 아주 겁을 제대로 먹은 모양이다.

"당신 아이, 내가 고쳐 줄 수 있어. 어때?"

"내게 원하는 게 뭐지?"

"오늘 본 건 모두 잊어. 이게 내 조건이야."

그가 쓰게 웃었다.

"후후, 결국 나는 죽게 되겠군."

"발라스에서 배신자로 낙인찍었으면 어디에 있든 죽게 되겠지. 근데 당신 돕자고 내가 사지로 들어갈 순 없는 거거든. 애가 불쌍해서 도와주는 것도 여기까지야. 자, 어떻게 할 거야? 평생 무덤까지 가져간다고 하면, 당신 딸은 살 수 있어."

"내가 약속을 지킨다고 했다가 다 말해 버리면. 그땐 어쩔 거지?"

"더는 당신 딸이 나를 보지 못하게 되겠지."

"뭐?"

"설마 그 치료가 영구적일 거라고 생각한 거야? 몇 달에 한 번, 내 손이 닿으면 안 아픈 사람처럼 살아갈 수 있어. 하지만 당신이 약속을 어기면, 다시 아파지겠지."

신정환의 얼굴에 아빠의 미소가 떠올랐다.

"안 아픈 사람처럼 살아갈 수 있다고……. 내가 죽어도 계속 그래 줄 수 있는 건가?"

그를 보며 확신에 찬 목소리로 답해 주었다.

"당신이 끝까지 목숨으로 약속을 지킨다면, 완전히 치료시켜 줄 거야."

"좋군. 어차피 사라질 목숨, 그걸로 딸아이의 목숨이라도 구할 수 있으면 충분하겠지."

"그래. 부모로서 마지막으로 좋은 일 한 번은 하는 거지."

"좋아. 너의 제안을 받아들이지."

나는 몸을 돌렸다.

"됐군. 그럼 갈까?"

"지금?"

"당신 아내가 보면 곤란하니까, 잠깐 데리고 나가 있어. 그사이에 나는 내 할 일을 할 테니까."

"음. 그러지."

* * *

아이가 반짝이는 눈으로 나를 보았다.

"아저씨 누구예요?"

"아저씨라니. 아직 장가도 안 간 사람한테."

"아빠가 회사 같이 다니는 사람이라고 했는데."

"그랬지. 얼마 전까지만 해도."

"나 오늘, 우리 아빠 봐서 진짜 좋았어요."

"그랬어?"

얘가 뭘 아나?

마음 약해지게 왜 이럴까.

"자주 못 보거든요. 아빠가 많이 바빠서."

"에이, 아빠가 너무했네."

"어쩔 수 없었대요. 아빈이가 수술 받고서도 잘 안 깨어나서.
엄마가 그러는데, 그거 때문에 아빠가 많이 울었대요."

악마도 자기 새끼는 소중한 것인가.

악마에게 이런 천사가 나오다니, 이건 무슨 운명의 장난인가.

"이제는 엄마도, 아빠도 아빈이 때문에 우는 일은 없을 거
야."

"거짓말. 나 이제는 수술하기도 어렵다고 하던데. 아빈이가
죽으면, 엄마하고 아빠하고 또 울 텐데."

"이 오빠가 아빈이 안 아프게 해 줄게. 그러니까 잠깐만 자고

있자?"

아이를 치료해 주고 병실 밖으로 나오자 제라로바가 말했다.

-완전히 치료를 해 줬으면서, 아이의 치료를 명목으로 놈을 속였구나.

"그렇게 말해야 놈이 내 말에 따를 테니까요. 주기적으로 내 손에 닿을 필요가 없어도 한 번 신비한 걸 봤으면, 그 다음 거짓말은 믿을 수밖에 없으니까."

잠시 후, 신정환이 병원에서 나를 따라 나왔다.

"어떻게 됐어? 다 된 거야?"

"어. 그러니까 아내한테 퇴원해도 된다고 해. 앞으로 내가 찾아오면 아이랑 놀아줄 테니까 걱정하지 말라고 말해 두고."

"그렇군. 이제야 아빈이가 더는 아프지 않게 되었어. 후후훗."

그는 어떻게 그랬는지, 정말 다 나은 게 맞는 건지 확인을 해야겠다든지, 그런 걸 묻지 않았다.

온전히 나는 믿는 것 같았다.

"당신이 내게 무슨 짓을 했는지 잊지 마. 당신 같은 사람 이렇게 해 줄 가치도 없는 사람이란 거 알지만, 아이는 죄가 없으니까. 그래서 도와준 것뿐이야. 알아들었어?"

"고맙다, 최강. 이 은혜는 죽어서도 꼭 갚으마."

"아니. 오늘 이후로는 평생 보지 말자고. 별로 보고 싶은 얼굴도 아니고."

그는 딱히 결박을 하거나 한 것도 아님에도 순순히 나를 따라 주차장까지 왔다.

딸의 목숨이 내 손에 걸려 있다는 걸 철썩 같이 믿는 모습이다.

그는 그러면서 아내에게 마지막으로 전화를 걸었다.

"검사해 보면 알 거야. 그러니까 아이 잘 챙기고. 한 동안 내가 연락 안 되어도 걱정하지 말고. 잘 지내고 있어. 어, 난 진짜 괜찮아. 아무 일도 없어. 그러니까 걱정 마."

그사이 막 차를 세우고 내린 여자 하나가 나를 스쳐 지나갔다.

그런데 뒤에서 두 사람이 부딪치는 소리가 들려왔다.

파앗!

"앗! 죄송해요. 제가 뭐 좀 찾느라."

대수롭지 않게 뒤돌아서는데, 신정환의 떨리는 목소리가 들려왔다.

"최, 최강······."

"아, 왜?"

뒤돌아보는 순간, 그가 부들부들 떨더니 쓰러졌다.

털썩.

나는 깜짝 놀라서 다가갔다.

"뭐야! 왜 그래?"

"방금 전 그 여자가······ 부딪칠 때 주사를······. 미안하게 됐군. 커윽! 그래도 내 딸은…… 부탁…… 해…….”

몸을 부들부들 떠는 것이 꼭 독주사를 맞은 것 같았다.

“이런, 잔인한 새끼들……!”

발라스.

그놈들인 게 틀림없었다.

신정환이 한 번은 병원에 올 거라고 보고 누군가를 배치시켜 둔 것이다.

배신자를 처리하라고.

“아니! 내가 허락하지 않는 한, 당신은 내 앞에서 절대로 못 죽어. 이렇게 죽도록 내가 내버려 둘 것 같아?!”

* * *

신정환을 치고 지나갔던 여자가 멀리서 신정환이 쓰러진 것을 재차 확인하며 전화를 걸었다.

“암호명 R3J2301, 목표물 신정환. 잘 처리했습니다.”

[알았다. 생활로 복귀해도 좋다.]

“네.”

전화를 받은 사람은 다름 아닌 이진석.

그가 전화를 내려놓으며 미소 짓고 있었다.

“배신자 새끼 하나는 처리됐고. 그럼 이제 정이한, 그 새끼만 남은 건가…….”

그러던 그가 의아한 듯 표정을 찌푸렸다.

"근데 왜 신정환이 최강과 함께 있었던 거지? 분명히 서로 원수지간일 텐데, 그것도 신정환의 아이가 있는 병원에……. 그동안 둘 사이에 뭐가 있었는지를 모르겠군."

하지만 곧 의문을 접었다.

"뭐, 어차피 죽은 놈은 말이 없지. 깔끔하게 끝냈으니 김종기 의원도 조금은 조용해지려나……."

* * *

차를 몰고 가는데 옆에서 숨넘어가는 소리가 들려왔다.

"크허어어어업!"

"아유, 깜짝이야!"

그는 잠시 앞을 보는가 싶더니 심각해져서는 자신의 몸을 마구 만져 댔다.

"뭐야……. 나 살은 거야?"

"내가 말했지. 내 앞에서 당신 못 죽는다고."

"분명 VX에 맞았을 텐데……. 어떻게……."

"VX? 그 신경독 말하는 거야? 어우, 무서운 새끼들. 발라스는 그런 걸로 사람 막 죽이고 그러는 거야?"

"암살을 목적으로 키워진 놈들은 하나씩 다 가지고 있을 테니까."

솔직히 감탄스러운 게 사실이다.

"진짜 아무 의심도 못 했는데. 와, 그 여자가 발라스 킬러였어?"

신정환이 확인하듯 물어 왔다.

"그럼, 나 이제 괜찮은 거야? 안 죽는 거 맞아?"

"왜. 죽는 건 또 무서운 모양이지? 죽을 땐 제법 태연해 보이더만."

"죽는 거 안 무서운 사람이 어디 있어. 막상 닥치니까 어쩔 수 없어서 받아들였던 거지."

"안 죽으니까 걱정 마. 그리고 혹시라도 죽더라도 내 앞에서는 그렇게 안 돼."

"후우……."

운전을 하던 중 나는 그제야 궁금했던 걸 그에게 물었다.

"근데 말이야. 그 아이들."

"아이들?"

"내 손에 마취제 찔렀던 애들 말이야."

"아, 그 아이들."

"대체 뭐하는 애들인데 그런 걸 아무렇지도 않게 시키는 대로 해?"

"마약 제조나 운반에 쓰이는 개미굴 애들이야."

"개미굴? 혹시 영화에서 나오고 하던 그 개미굴 말이야? 그게 실제로 있었어?"

"그럼 없는 내용을 상상으로 만들었을까. 세뇌 잘 시켜 두면 잡혀도 절대로 말 안 하지, 미성년자라서 처벌 안 받지, 거기다 가 쓸모가 없어지면 장기 다 빼다가 돈 벌어다가 줘. 개미굴 놈들이 써먹기엔 그보다 값진 도구도 없는 거지."

"그래서 나한테 그러고도 아무 죄책감도 없이, 장난처럼 ……."

케라가 흥분을 했다.

-이 쓰레기 같은 놈들……!

끼이이이익!

달리던 차가 갑자기 멈추며 나나 신정환이 앞으로 쏠려 버렸다.

"뭐야, 왜 이래?"

나도 알고 싶다.

왜 이러는지.

"뭡니까, 또……."

-아이들이 그렇게 잡혀 있다는 걸 알았는데, 그냥 가겠다고? 제정신이야? 최강, 너 이따위 인간밖에 안 되는 놈이었어!

"그거야 국정원 들어가서 그때 대대적으로 사람 보내면 될 일 아니냐고요."

-그렇게 지체되는 사이에 아이 하나라도 죽으면! 할 수 있으면서도 안 하는 거면, 너도 그 살인에 일조하는 거야! 똑같은 쓰레기가 되는 거라고!

"미치겠네, 진짜."

신정환이 물어 왔다.

"너, 뭐야? 왜 혼자 말하고 그래? 아까 도축장에서도 그러더니. 다중이야, 뭐야?"

"다중이? 아…… 다중인격……. 그러네. 큭큭. 그렇게 보만도 하겠어."

빙의가 됐다느니, 다른 영혼이 겹쳐 있다느니 그런 말을 하느니 차라리 다중인격으로 봐 주는 게 낫지 싶었다.

"당신은 잠깐만 차에 있어 봐. 나는 이 다중인격들하고 얘기를 나눠야 할 것 같아서."

차에서 내린 나는 둘과 대화를 나눴다.

-케라의 말도 맞다. 지금 이 순간에도 어떤 아이들이 희생당하고 있을지 알 수 없는 것이 아니냐?

-가자, 최강! 그런 것들은 당장에 찢어 죽여 버려야 해!

이 두 사람, 전생에 애들 못 구해서 한이 되기라도 했나?

그래, 케라야 딸이 남에게 이용돼 그런 나쁜 일을 당했으니까 그렇다고 쳐.

아이를 이용해서 나쁜 짓 하는 놈을, 못 죽여서 안달이 날 만하다고.

근데 제라로바는 또 왜 이래?

아무튼 논리적으로 진정 좀 시켜야겠다.

"제 말 못 들었어요? 지금 바로 국정원으로 갈 거라니까요?

가서 설명하고, 팀 짜서 대대적으로 개미굴을 덮치면 되잖아요.
아니, 나 혼자 가서 뭘 어쩌라고…… 구한 애들 관리는? 사람들
이 많이 가야 그 구한 애들도 잘 챙길 수가 있을 게 아닙니까.
네?"

-그딴 건 전화 통화로 부르면 되는 거잖아! 국정원에 장소
알리고, 당장 네가 먼저 가라고!

"그놈들 총도 가졌어요, 케라 형님! 위험하다고요, 진짜! 그
리고 난 총알도 없어요. 아까 그 새끼가 다 쏴 버려서. 뭘 어쩌라
고 나 혼자."

왼손이 갑자기 가슴 속의 칼을 붙잡았다.

척!

나는 오른손으로 얼른 그 손을 막았다.

"손 때요, 당장. 뭐하는 짓입니까?"

-나를 실망시키지 마라, 최강.

어째 불안하다.

케라 설마, 내 목숨으로 협박이라도 하려고 이러나?

일단 진정부터 시키자.

나까지 불안해진다.

"저기요. 내가 안 가겠다고 하는 거 아니잖아요. 국정원에
갔다가 바로 간다고 하는데…… 왜 이렇게……!"

-지금 당장 가지 않으면 통제 불능의 나를 보게 될 것이다.

"하아, 진짜 이렇게 나온다고요?"

-결정해라! 당장!

아우! 이 융통성 없는 인간 같으니!

무식하고 자기 고집만 강한!

내가 안 하면 멋대로 몸의 통제권이라도 빼앗아 가려나?

그래, 내 몸이 어떤 일을 하게 될지 아무것도 모르는 것보다야 차라리 보고 절제라도 시키는 게 낫지.

제라로바도 아무 말 안 하는 걸 보면 케라와 한뜻인 것 같고.

"진짜 이 말도 안 되는 걸 내가 또 하게 되는구나. 그동안 겪은 일로 생각이 많아졌으면 뭐해. 결국 이 두 사람한테 끌려다니는데……."

다리가 앞으로 저절로 끌려가려 하자 나는 버럭 소리쳤다.

"알았어요! 갑니다, 가! 대신, 내 허락 전까지는 내 몸 멋대로 움직이지 마요. 경고입니다, 이거."

나는 차에 올라 신정환에게 물었다.

"거기 위치가 어디야?"

"뭐?"

"거기 위치가 어디냐고!"

그렇게 막 출발하려던 순간, 케라가 작은 목소리로 말해 왔다.

-……억지를 부려 미안하다. 그래도, 내 말을 들어줘서 고맙다.

이 사람이 왜 이러는지 몰라. 안 어울리게.

단순히 싸움만 좋아하고 거칠기만 한 사람은 아니다 이거지 그래.

이렇게 나오는 걸 보면 정말로 아이에 대한 마음은 진심인가 보다.

"뭐……. 그래도 나쁜 일 하는 건 아니니까 어울려는 줍니다. 계속 도움 받은 것도 있고."

* * *

밤늦게 잠에 들려던 신우범 원장은 전화를 한 통 받았다.

"뭐? 최강이 지원 요청을? 왜?"

가만히 듣더니 그가 고개를 끄덕였다.

"개미굴……. 알았어. 해 달라는 대로 해 줘."

그는 전화를 끊으며 의아해했다.

"부스터 퍼트리는 놈들 잡으라고 했더니, 왜 이상한 걸 들쑤시고 다니는 건지. 아무튼 최강도 알긴 해야겠지. 자기가 얼마 만큼의 힘을 부리고 움직일 수 있는지."

국가정보원에서 각 요원들에게 지시가 내려졌다.

"현장에서 이동 가능한 요원들은 지금 지명하는 장소로 지원 바란다. 다시 말한다. 현장에서 이동 가능한 요원들은 지금 바로 지명하는 장소로 지원 바란다."

집에 있다가 최강의 전화를 받은 최소현도 깜짝 놀라기는 마찬가지였다.

"네? 그게 무슨 말이에요. 아니, 아까도 그냥 막 혼자 사라지더니, 지금 뭘 한다고요?"

그녀는 아까 봤던 아이들과 개미굴에 관해 설명을 듣고는 깜짝 놀랐다.

"정말요? 그 애들이? 일단, 알았어요. 지원 병력 요청할 테니까 장소부터 알려 줘요. 네, 알았어요. 저도 당장 거기로 갈게요."

* * *

서울 도심의 한복판에 차를 세운 나는 지하로 통하는 오래된 간판의 헌책방을 보았다.

"저기 맞아?"

"나도 예전에 춘석이한테 얘기만 들었지, 정확하게는 몰라. 국정원 과장이나 되는 내가 저런 놈들하고 직접적으로 연결이 닿아 있을 리가 없잖아."

"그 애들 이용해서 나 잡으려고 한 사람이 무슨……."

"그래서 여기까지 와서 이제 어쩔 건데? 설마, 저길 혼자 들어갈 생각인 건 아니지? 웬만하면 지원을 기다리지 그래."

"나도 그러고 싶은데, 내 안의 다중이들은 지금 막 애가 타서 말이야."

나는 그를 보며 웃어 주었다.

"그래서 하이패스 하려면 누구 인맥 좀 이용해야 할 것 같은데."

"뭐?"

* * *

덩치 큰 사내의 안내를 받아 복도를 걷는데, 곳곳에 있는 방 안에서 여러 사내들이 보였다.

힐끔 보니 마스크를 쓴 아이들도 다수 보였다.

"어이, 보지 말고 앞으로 가. 사장님 기다리시니까."

뒤에서 툭 치는 바람에 자세히 보진 못했지만, 작은 봉투에 마약을 담는 것 같았다.

-이 개자식들! 이런 것들은 죽여 버려야 해, 최강!

안에서는 얼마나 분노를 해 대는지.

억지로 멈추는 몸을 끌고 가느라 아주 식은땀이 다 흘렀다.

잠시 뒤, 사무실로 안내되며 중년의 남자를 만났다.

"이쪽으로 앉아요. 그래, 춘석이 소개로 왔다고?"

"당신이 박 사장인가?"

"뭐, 다들 그렇게 불러요. 내 성이 박 씨인 것도 맞고. 그래서 무슨 일 때문에 왔을까? 춘석이하고는 어떻게 되는 사이고?"

신정환이 답했다.

"그 녀석이 내 밑에서 일하거든."

잠시 생각을 하던 박 사장이 눈을 크게 떴다.

"오오~! 아, 그래! 언젠가 내가 들어는 봤지. 춘석이가 자꾸 그분~ 그분~ 했거든. 아니, 그 잘나가는 놈도 자기는 하수인일 뿐이라는 거야. 우리는 안 믿었거든. 그 새끼 정말 내일은 없다 는 듯이 살잖아. 잔혹하고 앞뒤 안 가리고. 근데 춘식이가 말하 던 그분이 바로 이분이셨어?"

"아까 낮에 썼던 애들. 이쪽 애들 맞지?"

"그렇지. 춘석이가 애 둘만 교육시켜서 보내 달라고 했고. 사람 하나 잡는다더니, 그 새끼는 잡았나? 애들은 잘했다고 하던데."

그 새끼가 바로 나다, 이 새끼야.

나는 속내를 감추고 그에게 물었다.

"그 애들, 지금 어디에 있지?"

박 사장이 나를 힐끔 쳐다보더니 신정환에게 물었다.

"근데 이쪽은 뭘까? 암만 이 바닥이 예의는 씹어 먹고 산다지 만, 어린놈이 어른들 얘기에 막 끼어들고 이래도 되나?"

신정환도 내게 경고를 해 왔다.

"가만히 있어. 왜 이래?"

가만히 있으면 자기가 다 알아서 할 건데, 내가 나서서 일을 망칠까 싶은 모양이다.

"나는 가만히 있으려고 하지. 근데 다중이 님들께서 아주 난리라서."

나는 자리에서 일어나 박 사장에게 물었다.

"그 애들, 어디에 있냐고? 지금 바로 볼 수 있나?"

박 사장이 입가를 매만졌다.

그러더니 무척 장난스러운 표정을 머금기 시작했다.

마치 재미있는 구경거리 하나 생겼다는 듯이.

"볼 수 있기는 한데…… 어떻게, 비위는 좀 좋은 편인가?"

"뭐?"

"큭큭큭! 얘들아, 안내해 드려라."

사무실은 나와 아래로 한 층 더 내려갔다.

근데 건물이 어떻게 된 게 방의 문이라는 건 하나도 보이지가 않았다.

아마도 오고 가기 쉽도록 모두 떼어 버린 모양이었다.

걷는 와중에 한쪽으로는 권총과 산탄총이 여럿 보였고, 총기들을 옮기는 자들도 잔뜩 있었다.

거기다가 뚫린 벽 너머로 짐들을 옮기는데, 아무래도 두 개의 건물이 지하를 통해 서로 연결된 모양이었다.

"많기도 하다……."

지금까지 여길 들어와서 본 인원만도 족히 서른 명.

그래서 내가 지원을 기다리고 싶었던 건데.

괜히 사고라도 쳤다가 안전이 확보되지 않은 애들이 다치기라도 하면 어쩌려고 이러는지.

"자, 이쪽으로."

근데 이 사람들 뭐지?

왜 우리를 냉동고로 데려와?

그 앞에 서서 의문스러운 표정을 지어 갈 때쯤, 뒤에서 박 사장의 목소리가 들려왔다.

"우리가 말이야. 외부에서 일 시킨 애들은 빠른 처리가 규칙이라서."

터덕.

스으으으으…….

문이 열리는 순간, 나는 내가 본 것을 믿을 수가 없었다.

"이게 뭐야……."

분명 낮에 봤던 그 아이들이다.

하지만 그 아이들은 지금 텅 비어 있었다.

마치 도축장에 걸린 고기처럼, 내다 팔 수 있는 모든 것들이 빠져나간 채 거기에 있었다.

"크윽!"

나는 너무도 큰 충격에 손발이 마구 후들거렸다.

겨우 벽에 손을 대고 고개를 숙이는데 박 사장의 구역질나는 목소리가 들려왔다.

"아이고~ 많이 놀랐나 봐? 뭘 이런 걸 가지고 그래. 이 바닥에서 이 정도는 보통이지. 봐, 얼마나 아름다워. 버릴 거 하나 없이 싹 도려낸 저 모습. 막 계산기가 머릿속으로 돌아가지 않아? 큭큭큭!"

신정환도 헛구역질을 하며 욕지기를 내뱉었다.

"이런 미친 새끼들. 얘기는 들었지만, 진짜 이런다고? 아무리 그래도 그렇지, 어떻게 애들을……!"

나는 절로 거칠어지는 숨을 몰아쉬며 주먹을 꽉 쥐었다.

머릿속에서도 아주 난리가 났다.

-이 죽일 것들아-! 너희가 그러고도 살기를 바라느냐! 으아아아아아-!

-최강! 이것들은 인간도 아니다! 살 가치도 없는 악귀들이야! 전쟁 중에도 이렇게는 안 했다! 포로로 잡아 산채로 태우는 것도 잔혹했지만, 어찌 아이들에게 이런 짓을 한단 말이냐! 죽여라! 당장 죽-여-!

꿀꺽.

나는 마른 침을 삼키며 천천히 몸을 일으켰다.

그래, 둘의 말에 100% 공감한다.

인간이 최소한 같은 인간에게 이래서는 안 되는 거다.

아무리 돈도 좋고, 쉽게 이득을 취하는 일이라고 하지만, 그래도 이렇게 인간성을 버려서는 안 되는 것이다.

태어난 지 고작 9년, 10년.

채 피어 보지도 못한 이 어린 것들에게 어떻게…….

정말 살면서 처음일 거다.

이렇게 누군가를 죽여 버리고 싶은 충동을 느낀 건.

나는 한 사람의 어른으로서, 저 가여운 아이들에게 이런 환경밖에 주지 못해서 무척 미안했다.

　모든 어른들을 대신해서 내가 사과하마.

　미안하다.

　너희들을 보호해 주지 못해서…….

　나는 끓어오르는 분노를 떨리는 몸으로 가득 느끼며 조용히 말했다.

　"형님…… 할아버지……. 오늘 하루, 이 몸은 무료 개방입니다. 무슨 짓을 하건, 오늘만큼은 상관치 않겠습니다."

　그것은 저 잔혹한 쓰레기들에게 내리는 사형 선고였다.

빙의로
최강요원

2. 그렇다고 죽이지는
말고요

빙의로
최강요원

"뭐라는 거야, 이건?"

촤르륵!

스핫!

칼을 꺼내고 나의 행동을 비웃던 박 사장의 울대를 끊어 놓는 것이 0.4초.

칼을 역으로 꺾어 잡아 냉동고 문을 연 덩치의 복부에 찔러 넣는 것이 0.3초.

뽑자마자 당황한 듯 눈이 커지는 놈의 목을 베는 데 0.4초.

몸을 돌려 두 손으로 칼을 잡고 크게 휘둘러 가슴 째로 베어 버리며 마지막 남은 놈을 죽이는 데 0. 6초.

그렇게 넷을 죽이는 데 합이 2초가 걸리지 않았다.

마지막에 죽은 놈이 깜짝 놀라 눈을 크게 뜨고 한 발자국을 미처 움직이기 전에 일어난 깔끔한 살인.

신정환은 눈앞에서 뭐가 잠시 왔다가 간 걸로 모두가 동시에 쓰러지자 입을 다물지 못했다.

"너……!"

"당신은 내 뒤로 따라 붙으면서 애들이나 챙겨."

-이 짐승 같은 놈들, 오늘 피를 뒤집어써 주마!

역시 깔끔하게 가 달라고 하는 건 무리겠지?

케라는 칼을 한 단만 빼고 복도를 누볐다. 나오는 족족 급소와 이마를 꿰뚫으며 조용히 쓰러트렸고, 방으로 들어갈 때면 총기를 만지던 이들이 미처 총을 뽑기도 전에 전부 피를 튀기며 도륙해 버렸다.

방을 나올 때마다 나를 보는 신정환의 얼굴에 맺힌 두려움도 보였다.

그러거나 말거나, 케라에게 맡긴 내 몸은 빠르게 움직여 지하에 있는 모두를 시체로 만들어 버렸다.

"총, 소음기."

-왜, 너도 같이 하려고?

"오늘은 그러고 싶은데. 안 됩니까?"

-안 될 거 없지. 같이 가 보자! 하하!

놈들의 총에서 내 총과 같은 규격의 총알을 찾아 마법의 룬을 새겼다.

마법의 기운을 일으킨 순간, 총알들은 굳이 끼워 넣을 필요 없이 저절로 탄창에 들어갔다.

그렇게 세 개의 탄창을 챙겨 주머니에 넣은 나는 한 손에는 칼을, 다른 한 손에는 소음기가 끼워진 총을 들고 위층으로 올라갔다.

위층에 도착하자 피를 뒤집어 쓴 내게 사람들이 총부터 겨누었다.

"뭐야, 너……!"

"이 새끼……! 야, 사장님 어디 갔어?! 밑에서 무슨 짓을 한 거야!"

타앙! 타앙-!

옆으로 빠르게 움직이자 그들이 쏜 총알이 내 볼 옆으로 지나갔다.

그 매서운 바람이 순간적으로 따갑게 느껴진다.

서걱!

피육! 피육!

"조용히 처리할까 싶어서 소음기를 낀 건데. 괜한 짓을 했군."

둘을 처리한 나는 죽은 이들이 쏜 총소리에 놀라 우르르 복도를 나온 이들을 보아야 했다.

누군가는 칼을, 누군가는 총을 들고 나왔다.

"저 새끼, 뭐야!"

"야, 저거 잡아!"

찌르고, 밀고.

다시 찌르고, 총을 쏘고.

나의 몸은 덮쳐 오는 이들을 하나하나 쓰러뜨리며 앞으로 전진해 나갔다.

챙!

방을 지날 때 방에서 누군가가 총을 쐈지만 케라가 잘 막아 냈다.

대체 총알이 날아오는 걸 어떻게 알고서 쳐 내는 것인지.

가만 보면 사람이 아닌 것 같다.

근데 또 그걸 내 몸이 하고 있다고 생각하니 묘한 희열이 드는 것도 사실이다.

타다다다당!

퍼엉! 퍼엉!

산탄총에 기관총까지.

여기저기서 불꽃이 번쩍번쩍 튄다.

아이들이 놀라 저마다 바닥에 엎드린 게 보였지만, 지금은 그걸 신경 쓸 때가 아니다.

파밧!

타다다당!

좀 더 넓은 공간으로 가, 책들이 많은 책장 사이로 몸을 숨겼다.

양쪽으로 힐끔 보니 내가 고개를 내밀 때마다 놈들이 총을 쏴 대고 있었다.

타다당! 타다다다당!

"나와, 이 새끼야!"

그럼에도 이 가슴속에서 퍼지는 여유는 무엇인지.

두려움도 긴장감도 없다.

피부 안쪽에서 싸늘하게 퍼져 오는 희열과 흥분만 가득할 뿐.

신정환은 아까부터 어딜 갔는지 보이질 않았다.

뭐 상관없겠지.

어차피 도망은 못 칠 테니까.

나는 주먹을 쥐고는 모습을 드러냈다.

타다다당! 타다다다당!

기관총에서 불꽃이 뿜어져 나오며 끊임없이 총알이 날아들었다.

그러나 내가 손을 활짝 핀 순간, 그 날아들던 총알들이 일시에 멈추었다.

순차적으로 날아들다가도 일정 거리 앞에서 모조리 허공에서 멈추는 거였다.

"뭐, 뭐야……."

"뭐 이런 새끼가 다 있어……."

멍하니 서 있는 그들을 향해 나는 총을 쐈다.

피융! 피융!

털썩. 털썩.

그들이 쏜 총알은 허공에 멈춰 있었지만, 내가 쏜 총알은 그들의 이마로 정확하게 박혀 들었다.

따르르르르릇!

손을 거두자 허공에 머물러 있던 총알들이 와르르 쏟아졌다.

-좋구나!

"총 앞에서는 처음 써 보는 거였는데, 효과는 죽이네요."

-룬을 새긴 보람이 있구나. 크흐흘!

마법과 육체적 무력의 조화는 엄청났다.

총알이 날아들며 곳곳의 책들이 찢겨지고 종이들이 사방으로 날아들었지만, 그 어떤 것도 내 몸을 맞추진 못했다.

피융! 피융! 피융!

반면, 내가 쏘는 건 어김없이 놈들의 이마로 박혀 들었다.

그걸로 끝인가 싶은 순간, 두 사람이 문을 박차고 나오며 총을 쏘려 했다.

피융! 피융!

그러나 그들은 방아쇠 한 번 당기지 못하고 쓰러졌다.

그리고 마지막 한 발.

피융!

내 뒤로 책 뒤에서 총을 쏘려는 놈 역시, 내가 천장으로 총구를 들어 쏜 총알에 정수리가 꿰뚫리며 죽고 말았다.

그걸로 정리 끝.

"후우……."

그러고 났더니 그제야 밖에서 경찰의 사이렌 소리가 들려오고 있었다.

위이이이잉~! 위이이이잉~!

참고 기다렸어도 충분했을 일.

그러나 후회는 없었다. 이런 놈들이 감옥에 간다는 것 자체가 불필요한 세금 낭비다. 설사 무기징역을 받는다 해도 피해자들의 아픔에 비하면 너무 과한 선처일 뿐이다.

내가 법을 무시하는 자경단은 아니지만, 오늘의 분노는 도저히 참을 수가 없었다.

"알았으면 그때 움직였으면 좋았을 것을……."

냉동고에 있던 아이들과 내 손을 바늘로 찌르며 웃던 아이들의 눈앞에서 교차가 되었다.

아려 오는 마음은 나만의 몫인가.

하지만 그 뒤로 하나둘 걸어 나오는 아이들을 본 순간, 나도 모르게 진한 미소가 지어졌다.

그래도 내가 아주 쓸모없는 짓을 한 것은 아니구나 싶은 마음에.

* * *

집으로 들어오는데 갑자기 뒤에서 최소현이 등을 밀치며 들어왔다.

내 집을 말이다.

"어, 어……! 뭡니까?"

그녀가 갑자기 소파에 앉더니 말했다.

"여기 좀 앉아 봐요."

"여기 내 집인데……."

꼭 자기 집처럼 들어오더니 날더러 앉으란다.

그럼에도 자꾸만 빨리 앉으라고 눈총을 주는 그녀.

이 여자 참, 대책 없다.

"네, 앉았습니다."

"설명 좀 해 봐요. 그 아이들이 개미굴에서 보낸 애들인 건 들어서 알고 있고. 대체 왜? 무슨 원한이 있어서? 그리고 오늘 최강 씨가 벌인 일은 또 뭐고요?"

굳이 숨길 이유는 없었다.

하여 나는 그냥 있는 그대로 설명을 해 주었다.

아니나 다를까, 그녀가 황당함과 놀람을 동시에 드러냈다.

"와, 그런 일이 있었다고요. 납치를 당했는데, 거기서 탈출을 하고는 개미굴에 관해 듣고서 거길 쳐들어갔다?"

"해맑던 애들이 그런 일에 이용되는 게 안타까워서 데리고 나와야겠다고 생각했던 건데. 정작 그 애들은 구하질 못했네요."

그녀도 무척 슬픈 표정을 지어 보였다.

"그건…… 얘기 들었어요. 그사이에 벌써 나쁜 일을 당했다고……."

정상적인 어른이라면 아이들을 향한 마음이 이래야 하는 게 맞는 건데. 개미굴에 있던 사람들은 우리와는 다른 세상의 사람이었을까?

아이들에게 그곳은 지옥이었고, 그들은 악마였을 것이다.

두렵고, 무서웠을 텐데.

언제 자기를 죽일지 모르는 두려움을 안고서 어떻게 그곳에서 그렇게 해맑게 웃고 지낼 수 있었을지, 지금도 생각만 하면 너무 가여워서 가슴이 막 미어진다.

그런데 잠시 감성에 빠져 있을 때, 그녀가 대뜸 버럭 소리를 질렀다.

"아니, 그런 일이 있었으면 진즉에 연락을 했어야죠!"

"아우, 깜짝이야. 소리 좀 지르지 맙시다. 그리고 개미굴 갈 때 연락했잖아요?"

"일 다 끝났을 때 도착하게 만들어 놓고는 그게 연락을 했다는 거예요? 어디 다친 곳은?"

"없어요. 보다시피."

그녀는 자기 눈으로 봐야겠다는 표정으로 내 옷 이쪽저쪽을 살폈다.

확인을 마쳤는지 그제야 안심한다.

"하아, 정말 사람이 왜 그렇게 무모해요? 아니, 거기가 어디라고 혼자서 가. 죽고 싶어서 환장했어요?"

나라고 그러고 싶었는 줄 알아?

나도 떠밀려 간 거라고.

아주 분노에 차서 제정신이 아닌 두 영혼한테.

"지원이 오면 같이 들어가려고 했죠."

"근데 왜 안 그랬어요?"

밤도 늦었는데 거짓말을 하는 것도, 그렇다고 진실을 말해 주기도 지친다.

"저기요, 소현 씨?"

"왜요."

"오늘 자고 갈래요?"

"미쳤어요!"

얼굴이 붉어지는 그녀를 보니 살짝 재밌기는 했지만, 다시 진지함으로 돌아와 시계를 두드렸다.

"지금 12시가 넘었습니다. 자고 갈 거 아니면 좀 나가 줄래요?"

"아, 시간이 벌써 그렇게 됐어요?"

"우리 내일 새벽 4시까지 약속 장소에 가 있으려면 2시간밖에 못 잡니다. 2시 반에는 출발을 해야 해서. 괜찮겠어요? 항상 잠이 부족한 곰께서?"

"아이씨……! 이게 다 최강 씨 때문이에요."

"시간 계속 갑니다. 잠잘 시간은 줄어들고. 굳이 자고 갈 거면 나야 거절할 이유는 없고."

그녀가 눈을 동그랗게 뜨더니 얼른 나갔다.

그러면서도 나를 황당하다는 듯이 쳐다봤다.

"이 남자 은근히 응큼한 구석이 있네."

"내쫓기에 이거보다 좋은 방법이 있으면 좀 알려 주고."

그녀가 문 앞에서 닫으려는 문을 붙잡았다.

"저기, 나 못 일어날 수도 있으니까 깨워 줘야 해요!"

"네~!"

"아니, 못 일어난다고 해서 또 그냥 혼자 가고 그러지 말고!"

"아유, 알았어요. 그러니까 이 문 좀……! 아유, 무슨 여자가 힘은 왜 이렇게 새. 좀 놔줄래요? 다시 도로 들어올 거면 얘기를 하던가."

최소현이 얼른 문에서 손을 뗐다.

"역시 이게 소현 씨한테는 좋은 약점이네. 그럼 잘 자요?"

쾅!

문을 닫자 밖에서 투덜거리는 소리가 들려왔다.

"아니, 무슨……. 장난을 쳐도 이런 걸로 쳐. 사람 민망하게……. 내일 꼭 깨워야 해요! 꼭!"

주변에서 큰 소리가 들려왔다.

"야! 지금 12시도 넘었어! 잠 좀 자자!"

"아니, 사람들이 왜 이렇게 기본 예의가 없어!"

나는 후다닥 집으로 뛰어가는 그녀의 발소리를 들으며 웃음을 짓게 되었다.

"형사라 그런가. 독특해……. 후훗."

* * *

한편, 신정환은 늦게야 여관방으로 들어오며 난감해하고 있었다.

"그 새끼는 뒤따라오라더니 혼자서 총알이 날아드는 곳으로 몸을 던지고 말이야. 날더러 뭘 어쩌라고?"

방을 지나칠 때마다 엎드려 있는 아이들에게 잘 숨어 있으라고 말을 하며 챙기기는 했다.

그리고 총격전이 끝나서야 아이들을 잘 챙겨 내보내기는 했는데, 그 순간 사이렌 소리가 들려와 자신도 모르게 몸을 피했었다.

밖으로 나와서도 최강을 향해 손을 흔들어 보였지만, 그는 아이들을 챙기는 데 여념이 없어 보였다.

그러다가 훌쩍 떠나 버리기까지.

그래서 홀로 남겨진 그가 이곳까지 들어오게 된 거였다.

"최강 그놈, 설마 날 잊어버린 거야?"

도망치자니 딸이 걱정되고, 그렇다고 자수를 하자니 최강을 먼저 만나 봐야 할 것 같고 참 처지가 난감했다.

"죽을 것까지 각오했더니 사람을 이렇게 방치나 하고 말이야. 뭘 어쩌라는 거야?"

하지만 신정환은 아까 최강의 싸우는 모습이 떠오르자 자신도 모르게 몸서리가 쳐졌다.

그것은 사람을 한두 번 죽여 본 솜씨가 아니었다.

자신도 현장요원으로 있다가 이 자리까지 왔지만, 그렇게 사람을 잘 죽이는 사람은 본 적이 없었다.

"하여간 진짜 무서운 새끼야 그거……."

그리고 도축장에서도 그러더니, 개미굴에서도 칼로 총알을 막아 내는 모습을 보였다.

도축장에서의 일이 결코 우연이 아니라는 것이었다.

"그래, 칼로 총알도 막는 놈을 무슨 수로 당해 내겠어……. 그 새끼는 사람 새끼가 아닌 거야……. 뒈진 놈들만 불쌍한 거지."

그런 놈인 줄도 모르고 지금까지 최강을 상대해 왔다니.

본인 스스로가 안 죽고 숨을 쉬고 있는 게 다행이라고 여겨졌다.

* * *

-속보입니다.

국가정보원과 경찰의 합동 수사 끝에 마약 밀매는 물론, 아이들의 납치와 장기 밀매까지 벌여 왔던 범죄 조직을 모두 소탕했다는 소식입니다.

총기로 무장한 조직원들의 거센 저항에 상황은 매우 위험했다고 전해지는데요, 다행스럽게도 국가정보원이나 경찰의 희생 없이 모두 사살되었다고 합니다.

총 45명의 아이들이 구출되었으나, 7명의 아이들은 장기가 적출된 채 발견되었다고 하는데요, 어떻게 아이들에게 이런 짓을 할 수 있는지 참으로 가슴 아픈 일이 아닐 수 없습니다.

세상이 그 일로 떠들썩해진 가운데, 국가정보원 내에선 회의가 진행되었다.

어둠 속에서 여러 장의 끔찍한 사진들이 빔 프로젝터의 화면에 바뀌어 가며 나타나고 있었다.

"어유……."

보다 못한 누군가가 그러한 소리를 내자 몇몇이 주의를 주는 눈빛을 주기도 했다.

그렇게 100장이 넘는 사진들이 긴 시간 동안 지나가고 2과 과장 이선호가 설명을 시작했다.

"어제 저녁 11시 반경에 벌어진 개미굴 소탕에 관한 일입니다."

1차장 김재혁에겐 매우 큰 충격이었다.

"그러니까 저걸 지금 최강 과장 혼자서 했다는 거야?"

"네, 그렇습니다."

"조력자 하나 없이 혼자서? 아니, 이게 말이 돼? 사진을 보면 알겠지만, 저 새끼들 하나같이 총을 들고 있잖아. 근데 저 많은 놈들을 최강 과장이 혼자서 다 처리했다고?"

"현장에서 듣기로는 그랬습니다."

사무실이 조금 웅성웅성해졌다.

"우와, 어떻게 하면 저게 가능하다는 거야."

"완전 초토화네. 초토화……."

"저기서 아주 액션 영화 한 편 제대로 찍었구먼."

"총알이 어디서 날아올지도 모르는데 보통은 죽는 게 정상이지."

2차장 윤성준이 말했다.

"원장님, 아무리 그래도 최소한 일을 벌인 놈이 직접 와서 설명 정도는 해야 하는 거 아닙니까? 이건 뭐, 자기가 일을 좀 저질렀으니 우리더러 뒤처리나 해 달라. 그거하고 뭐가 다릅니까?"

"안 그래도 아침에 최 과장한테 연락을 받기는 했어. 7과는 지금 잠입해야 할 일 때문에 많이 바쁜 모양이더라고. 다들 알지, 부스터? 그게 대량으로 유통될 경로인 투기장 쪽에 잠입을 할 건가 봐. 어쩌다가 갑자기 개미굴을 소탕하게 되었는지는 모르지만, 꼬리 밟기도 힘든 놈들, 저렇게 깔끔하게 처리했으면 잘된 일이지. 저 일은 나중에 따로 보고받도록 하고, 혹시라도 지원 요청이 있을지 모르니까 대기요원들 잘 배치시켜

두도록 해."

"네, 원장님."

7과 사무실로 최강, 장태열, 최소현이 피곤한 기색으로 들어
왔다.

"하아암……."

하품까지 하며 들어오는 그들을 김지혜와 이형석이 몸을 바
짝 세우며 맞이했다.

"오, 오셨어요, 과장님?"

"아, 네. 새벽에 움직였더니 좀 피곤하네요."

최강은 핸드폰을 건네며 말했다.

"설치한 카메라는 여기 핸드폰으로 볼 수 있으니까 시설하고
연동시켜서 잘 감시하도록 하세요."

"네! 알겠습니다!"

그러던 중 이형석이 슬쩍 물어왔다.

"근데요, 과장님. 어제 저녁에 있었던 일……. 정말 과장님
혼자서 하신 건가요?"

최강이 최소현을 힐끔 쳐다보더니 어색한 표정을 머금었다.
그녀의 눈치를 보는 건 그녀가 자신의 행동을 나쁘게 볼 것
같아 신경이 쓰인 탓이었다.

"그걸 벌써 들었어요? 이거, 아무리 국가정보원 내에서만
퍼지는 거라지만, 너무 빠르네……. 이래도 되나?"

장태열은 휴게실로 들어가려다가 말고 도로 나왔다.

"무슨 일? 뭐, 나만 모르고 다들 아는 그런 일들이 있나? 어제 무슨 일이 있었는데?"

잠시 뒤, 국가정보원 내에 도는 몇 장의 사진을 본 장태열이 최강을 보며 황당해했다.

"저, 저……!"

"아, 뭐요…….."

"미쳤냐, 너? 혼자서 여기가 어디라고 들어가?"

최소현이 한마디 했다.

"그건 이미 제가 했으니까 재방송 마시고요."

"같은 팀이라면서, 이런 일 저지르면서 우리한테 연락할 생각은 안 해 봤어?"

최강이 변명을 했다.

"최소현 씨한테는 연락을 하긴 했는데, 굳이 다 연락을 할 필요가 있나 싶어서……. 별거 아니니까 현재 임무에만 신경 씁시다."

장태열이 다시 사진을 보며 혀를 내둘렀다.

"근데 암만 그래도 사람을 이렇게나……! 야, 너는 무슨 전생에 망나니였냐?"

"에이! 말을 해도 참……!"

"이건 무슨……! 칼로 도대체 얼마나 난도질을 해 놓은 거야?"

"아니, 그 사진은…… 뚱땡이 하나가 아무리 찔러 대도 쓰러지지가 않길래……."

최강이 찌르는 시늉을 하자 모두가 질색하는 표정을 지었다.

최강은 설명을 포기하고 손을 휘저었다.

"에이, 몰라. 내가 그런 것도 아닌데 내가 지금 이걸 왜 설명하고 있는지 모르겠네."

최소현이 최강에게 물었다.

"내가 그런 게 아니란 말은 또 뭐에요? 혹시 거기 또 누가 있었어요?"

"그게 아니라, 내 안의 다중인격이 그랬다. 뭐 그런 말이……."

말을 하던 그는 누가 또 있었냐는 말을 되새기다가 갑자기 화들짝 놀랐다.

"아, 맞다!"

최강은 그제야 누군가를 잊고 있었다는 걸 떠올렸다.

"아오, 끝물이긴 해도 아직 20대인데 이렇게 깜빡깜빡하고. 큰일이네. 나."

신정환.

그를 이제야 떠올린 것이다.

사건 후에 아이들을 챙기고, 집에 와서도 최소현의 닦달을 듣느라 정신이 없었다. 그러고서는 2시간도 채 못 자고서 새벽에 나가야 하는 임무까지.

신정환을 신경 쓸 겨를이 없었던 것이다.

"왜 그래요? 뭐가 문제인데요?"

"하하, 하하……. 제 문제죠. 제가 정신이 없어서."

그러고 보니 어제 납치되었을 때 핸드폰을 빼앗기고는 챙기질 않았었다.

물론 그가 안 챙긴 게 아니다. 케라가 안 챙긴 것이지.

아무튼 그런 이유로 여기저기 연락을 넣은 핸드폰이 신정환의 것이었다.

그렇다면 최소현의 핸드폰에 아직 그 번호가 남아 있을 거라는 게 된다.

그걸 떠올린 최강이 얼른 그녀에게 다가갔다.

"아, 맞다. 소현 씨, 어제 제가 걸었던 전화번호 남아 있죠?"

"네."

"그 번호 좀 줘 볼래요? 급하게 연락해야 할 사람이 있어서."

잠시 후.

최강은 훈련장으로 혼자 몰래 와서 전화를 걸었다.

"이봐, 신정환. 당신 지금 어디야?!"

[어디긴 어디야. 여관이지.]

"뭐?"

[나 버리고 가더니, 이제야 내가 떠올랐냐?]

"아, 그게……. 애들 챙기느라 좀 바빠서."

[넌 그런 정신으로 현장요원으로 지원했으면 당장 탈락이었

어. 알아?]

"당신한테 듣고 싶은 말은 아니거든?"

[그래서, 이제 나는 어쩔 건데? 어디로 가면 되냐고?]

"그게…… 하아, 지금은 내가 좀 바빠. 그러니까 당신 일은 좀 미루자고."

[뭐?]

"어차피 발라스에서도 당신 죽은 걸로 되어 있을 테니까 병원에 가서 딸도 좀 보고 하면 되겠네. 아무튼 잘 숨어 있어. 알았지? 도망갈 생각하지 말고. 그럼 끊는다."

신정환은 끊어진 전화를 보며 입이 다물어지지가 않았다.

"뭐 이런 새끼가 다 있……. 허……!"

그렇게나 나락으로 떨어뜨리고, 잡아 처넣으려고 할 때는 언제고.

그는 최강이 대체 자신에게 왜 이러나 싶었다.

"나한테 복수하고 싶었던 거 아니었어? 이 새끼, 행동이 뭐가 이렇게 애매해? 사람 헷갈리게……."

아무튼 스테이 하라고 한다.

현재 놓인 처지가 무척 곤란한 그이지만, 딸을 한 번 더 볼 수 있다고 생각하니 이 또한 나쁘진 않다 싶었다.

어차피 끝난 인생, 여기서 더 후회할 것도 없는데.

그저 한 번의 좋은 기회가 더 생겼다고 여기기로 했다.

* * *

이진석은 신우범 원장으로부터 전화를 받았다.

"네, 원장님. 말씀하시죠."

[혹시 어제 개미굴 소탕 사건에 관해 들었나?]

"대문짝만하게 뉴스에 나온 일을 저만 몰라서야 되나요."

[그렇다고 해도 그걸 최강 혼자서 했다고는 보도되지 않았겠지.]

"보도는 안 되었지만, 저도 정보력은 있는지라. 그걸 최강이 했다는 건 알고 있습니다."

[자그마치 서른두 명이네.]

"무슨……."

[격렬한 저항을 했다는 놈들의 숫자 말이네. 아마도 최강에 대한 평가를 다시 해야 할 것 같아. 참고 자료 보내 줄 테니 검토하고, 혹시라도 최강과 부딪칠 일이 생긴다면 웬만하면 피했으면 싶군. 이 말을 해 주려고 연락을 한 거야.]

이진석이 끊어진 전화를 보며 중얼거렸다.

"서른둘?"

자택으로 돌아간 그는 신우범이 보낸 자료를 큰 화면에 띄워 하나하나 살펴 갔다.

"대체 뭘 얼마나 대단하게 했기에 굳이 이런 걸 다 보내고……."

처음엔 등을 기대고 사진들을 보았으나, 그는 점점 몸을 세웠다. 그리고는 다시 앞으로 가까이 가 자세히 살피기 시작했다.

그의 표정은 매우 심각했다.

"하나같이 총알이 이마와 정수리에 박혀 있어……. 거기에 이 베인 상처는 정확히 급소만 노렸고."

그는 점차 사진을 빨리 넘겼다.

그럴수록 강렬해지는 충격에 굳어진 표정은 풀어질 줄을 몰랐다.

"이걸…… 정말로 혼자서 했다고?"

사실이라면, 정말로 무시해서는 안 될, 무서운 놈이란 게 된다.

사진을 다시 돌려보지만, 표정만 더 굳어가는 그였다.

* * *

커다란 화면에 산 속의 풍경이 여러 장면 나오고 있었다.

나를 포함한 세 사람이 내일 있을 투기장에 사전 답사를 다녀온 결과물이었다.

그러나 결과는 매우 실망스럽다.

"결국 찾은 게 아무것도 없었네요."

그걸 굳이 또 상기시킬 필요까지야.

"검은 하우스들이 많기는 한데, 저 안으로 각지에서 몰려든 사람들이 다 들어갈 수 있을 리는 없고."

장태열이 말했다.

"혹시 말이야. 저 하우스 지하에 뭐가 있는 게 아닐까?"

나는 곧장 말했다.

"지혜 씨, 저기 저거 확대 좀 해 줘요."

곳곳에 기둥처럼 올라와 있는 게 보였다.

나는 그것들의 정체를 단박에 알아차렸다.

"그런 거였구나. 저거, 환풍기 같지 않아요?"

최소현이 눈을 크게 떴다.

"그러네~!"

가만 보니 그런 기둥들이 곳곳에 정말 많이 있었다.

"저 기둥 숫자나 퍼져 있는 범위로 보면……."

"미친놈들이 저기 땅 아래에 제국을 지어 놨다는 게 되겠지."

주변에 지키는 사람들이 많아서 하우스 가까이까진 못 들어
갔다.

물론, 마법이면 땅속으로 스며들어 내부로 들어갈 수 있었을
것이다.

하지만 두 사람도 함께 있는 상황에선 잠시 사라질 여유는
없었다.

애초에 경기장이 지하일 거라고는 생각지도 못했고 말이다.

"휑한 농지에 그 큰 경기장이 있을 거라고 누가 상상이나
했겠어요."

최소현이 말했다.

"내부에 카메라를 설치하고 싶었는데, 이젠 들어가면서 설치하는 것밖에는 방법이 없겠네요."

때마침 장익조에게서 연락이 왔다.

나는 모두에게 그 사실을 알려 줬다.

"장익조네요. 잠깐만 모두 조용히."

주의를 준 후에 모두가 들을 수 있도록 스피커폰으로 전화를 받았다.

"네, 형님."

[동생! 내일 경기인 거 잊지 않았겠지?]

"그럼요. 몸 상태도 좋고, 훈련도 순조롭게 진행 중입니다."

[근데 말이야. 이거 생각보다 판이 커지게 생겼어.]

"네?"

[원래는 8도에 모인 사람들만 경기를 하려고 했는데, 조선족이고 러시아고, 중동 애들까지 수가 좀 많아질 건가 봐. 근데 우리야 손해 볼 게 없는 거잖아? 돈이야 많이 모일수록 좋은 거니까. 안 그래? 어차피 우리가 다 쓸어 담을 건데.]

"그렇긴 하죠……."

[동생, 자신 있는 거지?]

"그럼요. 내일 뵙죠."

전화를 끊고는 모두에게 말했다.

"다들 들었다시피 상황이 조금 변한 것 같지만, 우리는 계획대로 일을 진행합니다."

이형석이 물어 왔다.

"근데 말입니다, 과장님. 저기 지하에서 경기가 치러지는 게 확실한 거라면, 한참 경기가 치러질 때 덮쳐서 전부 잡아들이면 되는 거 아닐까요? 그럼 전국에서 모인 투기 조직들을 싹 쓸어 담는 거잖아요."

애초에 목적이 그거였으면, 그거보다 깔끔한 것도 없겠지.

"우리의 목적이 투기장 조직 소탕이면 이형석 씨 말이 맞아요. 근데 그 일로 부스터를 공급하는 놈들이 모습을 감춰 버리면 그놈들은 무슨 수로 잡죠?"

"아……."

"그렇게 되면 지금 우리가 잠입하는 게 다 헛수고가 됩니다. 우린 일을 처음부터 다시 시작해야 하고요. 거기에 한 번 당했던 게 있으니 놈들은 더 용의주도하게 움직이겠죠."

장태열이 웃으며 나섰다.

"최 과장 말이 맞아. 내부에 카메라 설치하면 기록에 남으니까 왔던 새끼들 하나하나 잡아들여도 충분해. 그게 아니더라도 이런 일이 한 번 더 있을 때 그때 잡아도 되고. 그렇지만 부스터 퍼트리는 조직은 이번에 못 잡으면 꼬리잡기가 힘들어. 자칫 이번에 놓쳤다가 전국에 대량으로 유통되는 일로 번질 수도 있는 일이고."

"송사리는 나중에. 지금은 나라를 혼란에 빠뜨릴 약부터 처리합시다. 다들 알아들었죠?"

모두가 고개를 끄덕였다.

"네, 과장님."

* * *

[PM 4:00]

경기가 치러지는 곳에서 멀지 않은 곳 차량 안에는 김지혜와
이형석이 타고 있었다.

두 사람은 야외 나무에 설치되어 있는 카메라들로 이곳에
들어오는 차량들을 모두 감시하는 중이었다.

[차량들 들어오고 있습니다.]

[그 지역 주변은 전화 공사를 이유로 유선 통화가 정지되어
있는 것 같습니다. 핸드폰도 기지국이 고장이 나서 통화는 불가
능할 것 같고요. 아무래도 놈들이 고의적으로 고장을 낸 것
같습니다.]

그럴 법도 했다.

"혹시라도 신고라도 들어갈까 싶어서 해 둔 거겠지. 이 지역
경찰 동향은 어때요?"

[순찰을 돌고 있기는 한데, 그곳 주변에 가 있는 차량은 없어
보입니다.]

"지역 공권력의 매수도 이미 끝난 건가. 철저하군."

농지로 향하는 행렬 중에 최소현의 표정이 굳어졌다.

"경찰이란 것들이 진짜……. 어우! 열 받아. 저런 것들이 경찰을 하고 있으니까 다른 경찰까지 전부 똑같이 욕을 먹는 거야. 전부 저런 놈들처럼 부패나 저지르는 줄 알고서."

"화 나는 마음은 알겠지만, 지금은 의심 살 행동은 하지 맙시다. 알았죠?"

"알아요. 적진에 들어가는데 제대로 해야죠. 아, 근데……. 나, 이 점하고 가발은 또 뭐예요?"

장태열이 옆에서 실소를 토했다.

"픕!"

최소현이 눈매를 떨며 분노했다.

"웃지 마요. 확 패 버리는 수가 있으니까."

"아니. 웃는 거 아니고. 그냥 나도 모르게. 어흠! 픕……!"

나도 옆을 봤다가 웃음이 터져 나오는 걸 억지로 참았다.

"음음! 크음! 그게 그러니까, 아무래도 범죄자들이 많은 곳이라. 혹시라도 누군가 경찰인 소현 씨를 알아볼까 싶어서."

"그래도 그렇지…… 이 산발 머리하고 점은 정말……. 나 엄청 못생겼죠. 그죠?"

"뭐 어디 예쁘게 보일 사람 있어요? 괜히 다른 사람 관심받는 것보단 그게 나으니까. 그렇게 있읍시다."

"암만 그래도 그렇지. 멀쩡한 여자를 어떻게 이렇게 망가트리냐……. 히잉."

장태열이 그녀의 성질에 불을 지폈다.

"before나 after나. 내가 보기엔 거기서 거기구만."

그 말을 듣자마자 최소현이 손을 뻗고 아주 난리가 났다.

"일로 와, 너. 내가 오늘 확 죽여 버릴라니까. 일로 안 와!"

"소현 씨, 참아! 아우, 참……! 작전 중에 이게 뭐하는 짓입니까?!"

나는 가는 동안 최소현을 말리느라 아주 진땀을 뺐다.

이 사람들이 긴장감이라는 게 있는 건지 없는 건지.

둘 다 내가 뽑은 건데 누굴 탓하랴.

일하면서 안 싸우면 그게 다행이지 싶었다.

안내받은 곳에 차를 세우고 났더니 건장한 정장의 사내가 다가왔다.

"용인 쪽 선수로 오신 분이시죠?"

"네."

"대기 장소로 안내해 드리겠습니다. 이쪽으로 따라오시죠."

예상은 적중했다.

관중과 선수가 입장하는 하우스는 달랐지만, 하우스 안으로 들어가니 솟아올라 있는 문이 보였다.

줄지어 서서 아래로 내려가는 동안 매서운 눈빛에 몸 좋은 사내들이 서로를 쳐다보며 견제를 했다.

규모가 커졌다고는 들었지만, 외국인들도 정말 많이 보였다.

두세 번만 싸우면 된다고 했던 처음과는 달리, 아무래도 오늘 하루 상당히 많은 싸움을 해야 할지도 모르겠다는 생각이 들었다.

"아이고, 동생! 왔구먼!"

"그럼 약속을 어길 줄 알았습니까?"

"그럴 리가. 내가 동생을 얼마나 믿고 있는데."

그의 너머를 보니 꼭 그런 것만은 아닌 것 같다.

그의 뒤로 근육이 상당한 선수 하나가 서 있는 걸 보면.

아마도 내가 안 오면 그를 내보낼 심산이었구나 싶었다.

그래, 이 바닥에 신용이 어디 있겠어.

눈에 보이는 게 전부인 것을.

"오긴 왔는데, 준비는 어디서 할 것이며, 경기는 언제부터 시작되는 거죠?"

"앞으로 입장에 두 시간 정도는 더 걸릴 것 같아. 계획대로라면 6시에 경기를 시작하고, 경기마다 30분씩 잡기는 했는데. 동생도 해 봐서 알잖아? 그 정도나 가겠어?"

"한 경기에 10분 안쪽. 거의 그렇게 결론 나겠죠."

"그러니까 내 말이. 아, 그리고 말이야. 이거 하나만 잘 알아 둬. 저놈들 중에는 이기는 게 목적이 아닌 놈들도 있을 거야."

"시합에 나오는데, 이기는 게 목적이 아니라고요?"

"체력을 빼 놓거나 다치게 할 목적인 놈들도 있다는 거지. 나중에 서로 나눠 먹기 할 생각으로."

뒷거래.

강력한 우승 후보가 보이면 이기는 게 아니라 그 다음 경기 때 제대로 못 싸우도록 손을 쓸 수도 있다는 거였다.

룰도 뭐도 없는 시합이다 보니 연합도 무시할 수는 없는 거였다.

"무슨 말인지 알겠네요."

"그러니까 최대한 안 다치면서 끝까지 살아남을 생각을 하자고."

"그러죠."

말은 이렇게 하지만, 과연 케라 형님을 다치게 할 사람이 현 세계에 존재하기나 할까?

솔직히 각 종목의 세계 챔피언이 온다 해도 케라를 이기는 건 불가능할 거라는 게 내 생각이다.

그런데 장익조가 대뜸 최소현을 보더니 고개를 갸웃했다.

"근데 저쪽은…… 원래 저런 얼굴이었던가?"

옆에서 장태열이 웃는 걸 참지 못했고, 최소현은 화를 간신히 참는 얼굴로 장익조한테 따졌다.

"왜요, 제 얼굴이 어디가 어때서요! 저 이렇게 생겼는데 뭐 보태 준 거 있어요?!"

"아니, 난 그냥……. 좀 달라진 것 같아서."

"사람 면전에 대고 얼굴 가지고 트집 잡지 맙시다. 네!"

"어우, 성질이 보통이 아니네. 이 여자."

나는 서둘러 그 사이로 끼어들었다.

"그 덕에 저도 훈련을 타이트하게 할 수 있었죠. 아주 훈련을 독하게 시키는 여자거든요."

장익조가 고개를 끄덕이더니 부하에게 말했다.

"시합 전까지 연습할 곳을 안내해 줘."

"네, 사장님. 이쪽으로 오시죠."

"그럼 이따가 보자고, 동생."

안내하는 사람을 따라 이동하니 매트가 깔려 있는 공간이 나왔다.

그렇게 넓다고는 못하겠지만, 앞으로 싸울 장소인 링 정도의 공간은 되지 싶었다.

안내자가 사라지고 나서야 우린 서로 편하게 대화를 나눴다.

"자, 그럼 우리도 연습 좀 해 볼까요?"

"그래야지. 싸우기 전에 근육도 풀어 놔야 덜 다치는 거니까."

그때 최소현이 말했다.

"근데요, 우리 여기서 나가야……."

"소현 씨, 거기 물 좀 가져다줄래요?"

"네? 아, 네……."

나는 물을 건네받으며 최소현을 살짝 끌어당겼다.

"여기 내에도 감시하는 카메라나 도청 장치가 되어 있을지 모릅니다. 우리끼리만 놔둔 게 고의적일 수도 있다는 거…… 무슨 말인지 알겠죠?"

표정을 보니 아차 싶은 얼굴이다.

이 여자야, 밀폐된 공간에 카메라고 뭐고 아무것도 없다고 해서 마음 놓으면 어떻게 헤?

실수를 깨달았는지 그녀가 어색하게 웃었다.

"아하하…… 저는 그냥 저쪽에 앉아서 지켜나 볼게요. 얌전히 있는 게 돕는 거지 싶네요."

장태열이 놓치지 않고 또 한마디 했다.

"이래서 초짜하고는 일하기가 힘들다니까."

정말 시시때때로 시비를 거는 그다.

참다못한 나는 한마디 했다.

"시비 걸 생각만 하지 말고. 전문가이면 전문가답게 제 스파링이나 제대로 도와주시죠."

정곡을 찔렀는지 그도 쓰게 웃는 모습이었다.

"음음! 그럼 그럴까?"

잠시 후, 장태열이 내미는 복싱 미트에서 시원한 타격음이 울렸다.

파앙-! 팡-!

파방-! 팡! 팡!

불법 투기 시합에서는 맨손으로 싸우는 게 룰이다.

서로 무기 없이 맨몸으로 들어가 피 튀기는 싸움을 벌이는 곳.

그 원시적이면서도 거친 싸움을 보려고 저 많은 사람들이 이곳에 모인 것이다.

하지만 정말로 맨손으로 싸웠다간 피부가 다 벗겨지고 찢어지고 난리도 아닐 것이다.

주먹에 이빨에 찍힐 건 두 말 할 것도 없고 말이다.

그래서 주먹 부분을 핸드랩이란 걸 감는다.

신체 중에서도 가장 혹독하게 쓰일 곳에 최소한의 보호 차원으로 착용하는 거였다.

"이봐, 살살해. 그러다가 싸우기도 전에 체력 다 날아가겠어."

"이 정도로요?"

"후……! 염병, 그럼 지금 나만 지친 거야? 아니, 치는 놈은 멀쩡한데 왜 받아 주는 내가 더 지쳐?"

"그러게 체력 관리 좀 하시라니까."

잠깐 쉴 때 최소현이 물을 가져다주었다.

그러더니 상의를 탈의한 내 몸을 슥 훑어본다.

"와, 몸이 좋다고는 느꼈지만, 이렇게 탄탄할 줄은 몰랐는데요?"

"그렇다고 너무 노골적으로 보는 거 아니에요?"

"에이, 이 좋은 눈요기를 놓칠 수야 있나요."

부끄러움과는 거리가 멀다고는 느꼈지만 아주 한술 더 뜨고 있다. 오히려 말한 내가 민망하다.

젖꼭지라도 가려야 하나? 말하고 났더니 괜히 부끄럽네.

바로 그때, 누군가가 들어왔다.

아까 이곳으로 안내해 주었던 사내였다.

"첫 시합이 시작되는데, 관전하실 생각 있으십니까?"

당연히 해야지.

그것과 별개로 해야 할 일도 있는데.

"네. 보겠습니다."

"따라오시죠. 사장님이 계신 곳으로 안내해 드리겠습니다."

"네."

사람들로 웅성거리는 곳으로 들어서자 밝은 불빛 아래 사방이 막힌 철장의 링이 보였다.

두 선수가 몸수색을 하며 대기하고 있었고, 주변 관람석에선 서로 돈을 거느라 여념이 없었다.

나는 장태열과 최소현이 남몰래 여기저기 카메라를 붙이는 걸 보며 3층으로 올랐다.

"어, 동생. 어서 와. 몸은 잘 풀었나?"

"적당히 땀 좀 흘렸죠."

"몸 푸는 것도 좋지만, 상대 선수들 역량을 보는 것도 중요하니까. 그래서 불렀어."

"네, 봐야죠. 상대할 만한 사람이 있는지도 봐 둬야 하니까."

그때, 장태열이 내게 다가와 말했다.

"나는 좀 가까이에서 보고 싶은데. 괜찮을까?"

나는 즉시 장익조에게 허락을 구했다.

"내 매니저가 좀 더 자세하게 보고 싶다고 하는데요. 괜찮을까요?"

"어우, 그럼. 좋은 위치에서 보는 거야 자기 자유지. 가라고 해."

장태열은 정말로 구경이나 하려고 가려는 게 아니다. 어디에 있을지 모를 부스터의 공급책을 찾기 위해 카메라를 설치하러 가는 거였다.

다방면으로 설치를 해야 보다 많은 이들의 얼굴을 저장시켜 현 주민등록 시스템과 매치를 해 볼 테니까.

그리고 그사이에 경기가 시작되고 있었다.

"자, 그럼! 첫 번째 시합을 시작하겠습니다! 홍 코너, 청 코너. 선수들 입장해 주십시오."

진행자는 쉬지 않고 말했다.

"여기 계신 분들 모두 숙지하고 오셨을 테지만, 내기의 룰은 간단합니다. 매 경기마다 홍이냐 청이냐. 둘 중 하나만 걸면 되는 거죠. 그런데 한 가지, 오늘만은 독특한 룰이 하나 더 생겼다고 하죠? 그게 뭔지 아십니까?"

"두 배!"

"네, 맞습니다! 토너먼트 단계가 상승할 때마다 기본 참가비가 두 배로 늘어나게 되죠. 당연히 이겼을 때 가져가실 상금도 두~배……!"

"와아아아아아……!"

"와우! 열기 보십시오. 지금도 열기가 이렇게 뜨거운데, 준결승과 결승엔 얼마나 뜨거울지 상상이 안 되는데요? 아무튼, 이제 시작하겠습니다! 대한민국 최고의 싸움꾼이 누구냐! 바로 오늘……! 이 자리에서 그 최고가 결정될 것입니다. 그럼 지금부터 경기를 시작하겠습니다!"

심판도, 항복을 대신 선언해 줄 코치도 없었다.

링 위로는 단둘의 선수만 입장했다.

"자, 우리 한 번 외쳐 볼까요~!"

"항복하거나! 쓰러지거나! 죽거나!"

"경기~ 시작!"

땅-!

"와아아아아아-!"

어찌나 소리가 시끄러운지 함성에 귀가 따가울 지경이다.

종소리와 동시에 두 선수는 서로를 견제하며 짭을 날려 갔다.

휙! 휙!

휘잇-!

첫 시합인 만큼, 상대의 역량을 시험해 보려는 것이다.

하지만 탐색전이 끝났는지 홍색 선수가 난타에 이은 발차기를 해 댔다.

파밧!

탓! 탓! 타닷!

청색 선수는 깔끔하게 막고 뒤차기로 거리를 벌렸다.

청색 선수는 발차기가 장기인지 현란한 발기술을 보이며 홍색 선수를 몰아갔다.

"죽여-!"

"때려! 그래! 아주 작살을 내 버려!"

"밀리지 마! 내가 너한테 건 돈이 얼마인 줄 알아! 밀어붙여!"

사람들은 아주 흥분해서 난리인데, 나한테는 뭐가 이렇게 시시한지.

근데 그렇게 생각하는 건 나뿐만이 아닌 모양이다.

-저게 뭐냐? 애들 장난도 아니고.

"훗, 그러게요. 손도 너무 길게 뻗고, 공격 후에 틈도 너무 많네요."

장익조가 자기한테 한 말인 줄 알고 고개를 내밀었다.

"뭐라고, 동생? 시끄러워서 잘 안 들려!"

"시시하다고요!"

"하핫! 그래, 동생한테는 그렇게 보일 것 같았어! 당연히 그렇게 봐야지! 유력한 우승 후보인데!"

유력한 우승 후보라.

그 말을 듣고 보니 갑자기 이런 장소와 공간에 와 있는 게 무척 이질적으로 느껴졌다.

내가 어쩌다가 이렇게 되었을까.

예전 같았으면 싸움이란 단어만 들어도 피하고 싶고 멀리하고 봤을 텐데.

근데 지금은 남이 싸우는 걸 보는데도 괜히 끼어들어 모조리 쓰러뜨리고 싶은 묘한 흥분이 솟아올랐다.

이런 게 사람들이 말하는 투지라는 걸까?

묘하게 이 상황을 즐기고 있는 나.

마치 나의 새로운 모습의 발견한 것 같아 이상한 기분이 들었다.

잠시 딴생각을 하고 있는데, 우렁찬 함성이 울렸다.

"와아아아아아……!"

관중석 절반은 쓰러진 홍 선수를 향해 마구 욕을 해 댔지만, 큰 함성에 욕지기 소리는 모두 묻혀 버렸다.

어떻게 마무리된 건지 보지 못했지만, 뭐 상관없다.

저 정도 수준이라면 그 끝마무리는 별로 중요치도 않으니까.

그사이 여러 번의 경기가 치러졌다.

돌려차기에 그대로 바닥에 처박혀 기절하는 사람.

가슴 위로 올라탄 상대 선수를 떨쳐 내지 못해 얻어맞다가 끝난 사람.

난타를 맞다가 팔꿈치에 가격당해 그대로 쓰러지는 사람.

피가 튀고, 코뼈가 부러지고, 쏟아진 피에 경기가 끝날 때마다 링 위를 닦느라 분주한 사람도 있었다.

'케라의 싸움만 보다가 이런 걸 보니 정말 보는 맛이 없구나.'

정말 필요한 움직임으로 짧고 강력하게 움직이는 그 생생한 느낌이 내 몸에 모두 녹아 있다.

케라가 싸울 땐 나 역시 깨어 있기에 그보다 굉장한 훈련 강좌도 없었다.

그 덕분에 나도 이젠 케라 없이 싸워도 제법 상당한 수준이 된 것 같았다.

저들이 약한 게 아니다.

내 눈이 너무 고급스러워진 것이지.

그런데 4번째 경기에 들어서는 청색 러시아 선수의 분위기가 심상치 않았다.

2미터는 될 것 같은 키에, 잘 다져진 몸.

꽤나 강렬한 인상의 사내였다.

-저놈은 좀 할 것 같구나.

케라의 말대로다.

처음 싸우기 시작하는데, 그 유연함이 보통이 아니었다.

걸어오는 다리도 성큼성큼 미리부터 잘 피하고, 마치 춤을 추듯, 무술을 하듯 상대를 마구 유린했다.

그리고 떠올라 몇 바퀴 회전하며 발을 휘두른 순간, 상대는 턱을 얻어맞고 휘청거리더니 그대로 쓰러지고 있었다.

"오······. 좀 하는데."

그런데 그렇게 쓰러진 상대를 왜 머리채를 잡고 끌어올리지?

끝난 거 아닌가?

러시아 선수가 주변을 둘러보는가 싶더니 고함을 내지르며 상대 선수의 목을 틀어 버렸다.

버드득!

그대로 죽인 것이다.

"와아아아아아아-!"

"최고다-!"

최소현과 나는 서로 시선을 교환했다.

그녀는 크게 당황해서는 시선으로 저래도 되는 거냐고 묻고 있었다.

나도 장익조에게 따져 물었다.

"저게 뭡니까? 지금 사람을 죽였잖아요!"

"아아, 진정해. 간혹 퍼포먼스로 저러는 새끼들이 있긴 하니까."

"아무리 그래도 그렇지, 이미 전의를 상실한 사람한테 저래도 된다고요?"

"자네도 알다시피 이 싸움에선 룰이 없어. 저 링 안에서 자기 생존권을 보장할 수 있는 건 자기 자신뿐이야. 정신을 아주 잃은 것도 아니었는데, 그럼 얼른 항복을 선언했어야지."

정신도 혼미했을 텐데 무슨 항복!

-크흠, 저 새끼는 가만히 놔둬선 안 되겠구나.

-그저 재미로 사람을 죽이다니! 저런 놈은 크게 혼내 줘야 한다!

같은 생각이다. 간단히 몇 경기 치르고, 장익조가 손해를 안 보는 한도 내에서 끝내려고 했는데, 방금 전 저걸 보고서 생각이 완전히 달라졌다.

"네, 저 새끼는 다시는 이 바닥에 발 못 붙이게 해야겠네요."

장익조는 자신에게 하는 말인 줄 알고 웃었다.

"그런 각오면 돼. 자네가 직접 혼내 주면 될 거 아냐? 안 그래? 저만한 실력이면 어차피 결승이나 그 전에 맞붙게 될 텐데. 후후후."

그때, 장익조의 수하 하나가 올라와 말했다.

"사장님, 이번이 9번인 저희 차례입니다."

"드디어 동생 차례군. 자, 진짜 싸움꾼이 뭔지 보여 주고 오라고! 동생의 그 멋진 모습, 내 이 두 눈에 잘 담아 놓을 테니까."

안내를 받아 내려가는데, 최소현이 걱정스러워하며 뒤따라왔다.

"정말 괜찮겠어요?"

"왜요, 제가 죽을까 봐 걱정돼요?"

최소현은 링 위에서 질질 끌려 나가는 선수를 보며 눈살을 찌푸렸다.

"밖에서는 저 안에서 일어나는 일에 참견도 못 하게 되어 있잖아요. 똑같은 일이 벌어지지 말라는 법이 어디에 있어요."

"걱정 마요, 안 죽을 테니까."

손이나 입고 있는 옷에 다른 무기를 지니진 않았는지 신체검사를 하고, 진행자의 말에 따라 링 위로 올랐다.

최소현은 여전히 걱정이 가득했고, 관중과 섞여 있는 장태열은 잘하라는 듯 고개를 끄덕이고 있었다.

　나는 마우스피스를 끼며 상대 선수를 보았다.

　청색 선수는 멕시코 계열의 선수였다.

　"자, 그럼! 경기~ 시작!"

　땡!

　청색 선수가 주먹을 흔들거리며 내 앞을 왔다 갔다 했다.

　나는 가드도 없이 가만히 그를 노려봤다.

　그사이 뒷발이 슬그머니 뒤로 가는 것이 케라의 노림수가

보였다.

　그런데 상대 선수가 살며시 곤란해하는 눈치다.

　슬그머니 뒤로 빠져 옆으로도 돌아보는 모습이었다.

　-이 녀석, 빈틈이 없다는 걸 알고 있구나.

　그런 건가.

　이미 상대의 강함을 알아차리고 있다는 거구나.

　그렇다는 건 그 역시도 보통 실력이 아니라는 걸 거다.

　하지만 눈썰미가 좋다고 해서 싸움에서 이기는 건 아니었다.

　"뭐하고 있어!"

　"어서 싸워!"

　"죽여 버리라고! 시시하게 뭐하는 거야!"

　"싸워, 이 새끼들아!"

　관중들의 압박에 못 견뎠을까, 상대 선수가 가볍게 떠보자는

생각으로 다가오는 게 보였다.

휘익!

퍽!

그 순간 내 몸이 전광석화처럼 휘돌았다. 짧고 간결하게 뒤돌려차기로 상대 선수의 턱을 가격하여 그대로 쓰러뜨린 거였다.

턱을 쩍 벌린 채로 이빨이 몇 개 흘러나오는 걸 보니 상태가 심각해 보였다.

"굳이 이렇게까지……."

-사람이 죽고 사는 경기에 참가하면서 남 걱정할 때냐! 지금은 너의 강함을 알리는 게 더 중요한 거다!

놀람도 잠시.

관중에서 격한 흥분의 함성이 솟구쳤다.

"와아아아아아……!"

링 안에서 나오는데, 러시아 선수가 나를 보며 씩 웃어 보이는 게 보였다. 그러면서 엄지로 목을 슥 그어 보인다.

"어쭈, 저 새끼 저거, 지금 나 도발한 거지?"

-불쾌하구나. 저놈은 정말 인간 구실을 못 하게 해 줘야겠다!

"그렇다고 죽이지는 말고요. 저희가 설치한 카메라에 제 살인 모습을 찍히고 싶지는 않으니까."

* * *

외부에서 차량 안에 있던 김지혜와 이형석은 카메라에 찍힌 최강의 싸움 모습에 입을 쩍 벌렸다.

"지금 봤어요? 우리 과장님 하는 거?"

"우와……. 현장 훈련 때 요원 다섯 명을 상대로 혼자서 다 이겼다는 말은 들었지만, 진짜 보통이 아닌데요. 저렇게 한 방에 보낸다고?"

"이러다가 우리 과장님, 우승까지 하는 거 아니겠죠?"

"근데 지는 것도 곤란하단 말이죠. 아까 그 러시아 선수 못 봤어요? 그렇게 되면 진짜 작전이고 뭐고 끝장일 텐데……."

김지혜도 러시아인이 사람을 죽일 때는 차마 보지 못해 눈을 질끈 감았었다.

어떻게 사람을 그렇게 닭 모가지 비틀듯이 쉽게 죽이는지.

정말 사람 사는 세상이 아닌 것 같았다.

"그러게요. 그 사람하고는 안 붙었으면 좋겠던데."

"아까 보니까 엄청 강하던데. 딱 봐도 우승 후보같지 않았어요?"

"우리 과장님, 중간에 일부러 져서라도 그 사람은 피해야 하지 않나……."

"이미 카메라 다 설치했으면 목적은 달성한 걸 텐데……. 뭐, 알아서 하시겠죠."

옆으로는 카메라에 찍히는 사람들의 얼굴 하나하나가 매칭 프로그램을 통해 검색되고 있었다.

뿐만 아니라, 매칭이 될 때마다 그 사람의 자료가 한쪽으로 따로 저장되는 모습도 볼 수 있었다.

AI가 전국 주민등록이 되어 있는 모든 사람들의 연령대와 생김새를 알아서 맞춰 저 안에 있는 모든 사람들의 신원을 저장하려는 목적이었다.

뿐만 아니라, 세계의 범죄자로 등록된 이들의 데이터베이스도 함께 분석 중이었다.

띠딕!

그리고 그중에는 중국에서 살인 용의자로 등록된 이들도 몇몇 주요 인물로 저장이 되고 있었다.

* * *

신정환의 아내인 이소라는 의사의 말을 듣고 깜짝 놀랐다.

"그게 정말이에요? 아니, 우리 아빈이가 정말로 상태가 좋아졌다고요?"

의사는 설명하기 난처해하며 답했다.

"그게…… 상태가 좋아진 거라고 말을 해야 할지, 완전히 정상으로 돌아왔다고 해야 할지……. 의사로서 이런 말씀 드리기 뭐하지만, 저희도 이게 어떻게 된 일인지 잘 모르겠어서요. 음음, 아무튼 환자는 더 이상 걱정하실 필요 없다고 보여집니다."

"선생님, 고맙습니다. 정말 고맙습니다, 선생님."

"고, 고맙기는요. 저희가 한 게 없어서 뭐라 드릴 말씀이 없는 걸요."

사실이었다. 수술 부작용도 심했고, 다시 심장을 구하는 것도 어려운 상황이어서 병원 입장에서도 매우 곤란한 환자였다.

그런데 갑자기 검사를 해 달라고 해서 해 봤더니 어찌 된 영문인지 전혀 이상이 없다고 나오지 뭔가.

지금까지 학회에서도 보고된 적이 없는 기이한 사건에 각 전문의 교수들이 한자리에 모여 회의까지 진행됐다.

그러나 결과는 원인 불명.

[아니, 얼마 전에 자상 환자도 그러더니, 병원에 귀신이 든 것도 아니고 대체 이게 다 무슨 일인지 모르겠구먼. 우리 병원에서 왜 자꾸 이런 일이 반복되는 거야?]

얼마 전 최소현의 일도 겪었던 터라 원장도 황당해서 했던 말이었다.

"아, 그리고 이렇게 늦게 알려드린 건, 저희가 검사를 잘못한 게 아닌가 싶어서 여러 확인 절차를 거치느라 그런 것이니…… 이 점, 양해 부탁드립니다."

"아닙니다. 저희 아이가 괜찮다면 그걸로 됐습니다. 정말 고맙습니다, 선생님. 허흐흑! 고맙습니다……."

어두컴컴한 여관방에서 홀로 쓸쓸하게 술을 마시던 신정환은 울리는 전화를 보며 얼른 받았다.

"어, 여보. 무슨 일이야?"

언제나 자신 때문에 가족이 다칠까 그것만 걱정이어서다.

행여 무슨 일이 생긴 건 아니까, 걱정이 되어 받았는데, 전화 너머로 감격한 목소리가 들려왔다.

[여보, 우리 아빈이가…… 이제 다 나았대요! 우리 아빈 이……! 이제 퇴원해도 된데요!]

신정환은 기쁘면서도 딸을 향한 애틋함으로 말했다.

"그래? 다행이네. 후우……. 그래, 그거면 됐지. 정말 잘됐 어……."

[근데 당신…… 설마, 이럴 줄 알았던 거예요? 갑자기 검사를 해 보라고 한 건 당신이었잖아요. 대체 어떻게 안 거예요?]

"아, 그건……."

누군가가 마법 같은 일을 해 주었다고 어찌 설명해야 할까.

그는 결국 억지스러운 변명을 늘어놨다.

"그냥 애가 안색도 좋아 보이고, 활발해 보여서. 그래서 그냥 희망적인 생각으로다가……."

[아니, 겨우 그걸로 검사를 다시 해 보라고 한 거였다고요?]

"결과가 좋게 나왔으면 잘된 거잖아. 안 그랬으면 어떻게 알았겠어."

[그렇기는 한데…….]

"그럼 이제 퇴원해도 되는 거지?"

[당장 해도 된다고 하는데, 내일 아침에 할까 해서요. 밤도 늦었고.]

자신이 갈까도 했지만, 눈앞에 보이는 술병을 보고는 포기했다. 음주운전으로 딸을 집까지 데려다준다는 게 도리어 아내나 딸에게 걱정만 남길까 싶어서였다.

"그래, 알았어. 내가 시간 되면 한번 갈게. 아빈이 잘 챙기고. 이만 끊을게."

전화를 끊은 그는 딸의 완쾌 소식이 무척 기뻤다.

"정말로 다 나았다고…… 하하, 하하하하……."

정말이지 이 기적 같은 일을 어떻게 성명해야 할까.

"하여간 최강 그 새끼, 사람 마음을 참 이상하게 만든다니까. 얼마 전까지만 해도 정말 죽여 버리고 싶었는데……. 이렇게 해 버리면 정말 그 새끼를 미워할 수가 없어져 버리잖아……. 큭큭, 미치겠네. 내 인생 망친 새끼를…… 용서해야 하다니 ……."

하지만 자신의 모든 것과 딸을 선택하라면, 당연히 딸을 택할 것이다.

그러하기에 그는 그동안 최강에게 맺혀 있던 악감정을 홀연히 털어 내고자 마음먹었다.

"후우…… 다음에 만나면 고맙다는 말이라도 해야 하나 ……."

* * *

매 경기마다 30분으로 잡았던 시합은 나로 인해 매우 빠르게 진행되었다.

날아오는 주먹의 팔 관절을 쳐 빈틈을 만들고 카운터.

퍼억!

땡땡땡!

앞면 강타 후, 정신없는 상대를 공중에 띄워 뒤차기로 얼굴을 차 버리며 실신.

퍼억!

땡땡땡!

매 시합마다 들어가서 1분 이상이 걸리는 법이 없었다.

처음엔 너무 간단히 끝내니까 대진운이 좋았다 하는 사람도 많았다.

너무 빨리 끝내 버리는 탓에 제대로 된 실력을 볼 시간도 없어서다.

그러나 토너먼트 단계가 오르고 몇 번이나 그렇게 쓰러뜨리니 점차 나에게 거는 돈의 비중이 커지는 모양이었다.

"동생, 그래도 웬만하면 볼거리 좀 제공해 주고 그러지 그래. 자네 실력 좋은 거야 알지만, 이래서야 너무 시시하잖아."

"언제는 다치지 않고 결승까지 가는 게 중요하다더니. 그사이 생각이 바뀌셨어요?"

"아니, 그것도 그런데. 동생이 너무 쉽게 경기를 끝내니까. 내기 돈이 자네한테만 몰리기 시작한다는 거지."

"그 액수가 조금 줄어드는 것보단, 최종 결승에서 형님이 우승 상금을 모두 차지하는 게 더 중요하지 않을까요?"

"아유, 그거야 말할 것도 없는 거고."

"그럼 더 뭐라고 하지 마십시오. 어떻게든 이겨 드릴 테니까."

"쩝, 그래. 자네가 알아서 하겠지. 그럼 이대로만 계속해. 뭘 하든 이기는 게 최고니까."

최소현이 다가와 말했다.

"이제 한 경기만 더 하면 준결승인 거네요."

"그러게요. 이 흐름대로라면, 한두 시간 안에는 돌아갈 수 있겠어요."

그녀가 대진표를 보며 말했다.

"그 러시아 선수하고는 결승에서 맞붙을 것 같은데. 근데 굳이 끝까지 가야 할 이유가 있을까요?"

"왜요, 내가 질 것 같아서?"

"아니, 뭐…… 혹시라도 위험할까 봐 그러죠."

나한테 훈련을 받으면서도 아직도 내 실력을 못 믿고 있으니. 앞으로 더 혹독한 훈련이 필요하지 싶다.

그사이 장태열도 올라왔다.

"경기는 어떻게 잘 살펴봤습니까, 장 매니저?"

장태열이 다음 선수로 링으로 들어가는 러시아 선수를 보며 말했다.

"저 새끼, 저거. 보통이 아니야. 싸우는 거 보면 어디 군대의 특수부대 출신인 것도 같고. 팔다리는 긴데, 그렇다고 느리지도 않아. 파고들 틈도 없이 당할 수 있으니까 조심해야 해."

옆에서 듣던 장익조도 같은 생각인지 고개를 끄덕여 보였다.

"매니저가 아주 제대로 조사하고 왔구먼. 문제는 거기에 약까지 빨았으면 진짜 위험해진다는 거지."

그러고 보면 3차 토너먼트부터 선수들의 싸움이 무척 격렬해지기는 했다.

서로 때릴 때 나는 소리 자체가 확연히 달라졌다.

나는 너무 빨리 끝내 버린 탓에 약을 먹은 놈들의 힘을 느낄 사이도 없이 끝났지만, 다른 이들은 다른 모양이다.

싸움이 격렬할수록 어딘가 부러지고 들것에 실려 가는 이들이 점차 늘어 가고 있었다.

최소현이 슬쩍 다가와 조용한 목소리로 말했다.

"처음부터 쓰는 사람이 없었던 걸로 보면 약의 지속 시간이 그렇게 길지는 않은 것 같아요."

내 생각도 같다.

물론, 효과가 떨어질 때마다 복용하는 사람도 있을 것이다. 그렇지만 그 부작용이 어떠할지는 아무도 모른다.

그래서 대부분은 어느 정도 경기를 치르다가 우승 가능성이 생길 때 복용하려 했을 것이다.

자신들이 선택한 선수가 그 전에 져 버릴 건 생각지도 못하고 말이다.

처렁!

우리는 러시아 선수가 휘두르는 주먹에 맞고 철창까지 날아
가 처박히는 상대 선수를 볼 수 있었다.

"저놈도 갑자기 무지막지하게 강해졌단 말이지……."

안 그래도 잔인하고 강한 놈이 이젠 약까지 빤 모양이다.

무지막지한 주먹에 얻어맞던 상대 선수가 항복을 선언했지
만, 그럼에도 주먹을 멈추지 않아 몇 사람이 들어가 그를 말리
는 상황이 연출되고 있었다.

"으아아아아-!"

반항하며 밀치는 손에 말리던 사내가 날아가 처박히는데,
정말이지 헐크가 따로 없다.

"약 없이 저런 놈을 상대하는 거, 정말 괜찮겠어?"

장태열이 하는 말에 장익조도 말을 보탰다.

"매니저 말이 맞아. 동생 고집은 이해하는데, 나도 솔직히
약을 먹고서 참가해 줬으면 해……. 저 정도면 이젠 정상적인
싸움을 넘어선 상황이거든. 나한테 약에 관해 물어봤던 것도
이럴 때 쓰려는 거였잖아? 안 그래? 근데 왜 갑자기 약을 먹지
않겠대?"

나는 두 사람을 보며 당당하게 말했다.

"그딴 건 필요 없습니다."

-당연하지! 힘만 믿고 까부는 저런 것들은 진짜 실력으로
박살을 내 줘야 하거든!

"이걸 또 이겨줘야 진짜 실력자라는 말을 들을 테니까요."

-그럼! 당연하고말고!

최소현은 이쯤에서 적당히 져 주고 나갔으면 싶어 하는 얼굴이다.

그렇지만 케라와 속내가 일치한 이상, 저 러시아 선수를 손보지 않고서는 결코 이곳을 나갈 생각이 없었다.

"이제 다시 제 순서네요. 금방 끝내고 올 테니까 잠시 뒤에 보자고요."

준결승.

이제 남은 경기는 두 번뿐이다.

간신히 진정시키며 끌고 나온 러시아 선수가 나를 보며 눈을 부라렸다.

"어으응!"

그러면서 얼굴을 확 들이밀어 짐승 소리를 내는데, 순간 그 눈깔을 확 파 버리고 싶을 만큼 기분이 확 잡쳤다.

와, 이걸 어떻게 쥐어 패 버리지?

"조금만 기다려라. 아주 팔다리고 뭐고 다 분질러 줄 테니까."

-정말로 그래도 되는 거냐?!

"처음부터 그럴 생각 아니었어요?"

-죽이면 안 된다, 다치게 하지 마라, 네가 매번 절제를 외쳐대니까 그러지!

"최근에 제가 이런 행동을 너무 자주 하는 것 같아서 어색한데요, 저 새끼는 아주 죽여 버리세요. 아, 그렇다고 진짜 죽이진 말고. 무슨 뜻인지 알죠?"

-흐흐, 요즘은 최강 네가 화끈해서 좋구나.

"진짜 나쁜 새끼들은…… 봐줄 필요가 없다는 걸 알아 가는 중이거든요."

그러고 보면 정말 감성적이고 나약한 삶이 아니었나 싶다.

애가 아프다는 말에 신정환의 딸을 구해 주질 않나, 나를 죽이려고 한 사람들도 최대한 죽이지 않고 일을 처리하려고 노력하질 않나, 참으로 독함이라고는 1도 없는 삶이었다.

그런데…….

그 개미굴 사건 이후로, 나에게는 결코 없을 것 같았던 스위치가 켜지고 말았다.

바로 살인 본능.

살 가치가 없는 새끼들은 죽여 버려도 된다는 이상한 관념이 새겨진 것이다.

아무래도 악인을 죽이는 데 가차 없는 가치관의 두 영혼의 영향을 듬뿍 받은 때문일 테지만, 한 번이 어렵지 두 번째는 그렇지가 않았다.

개미굴에서 사람을 칼로 썰 때의 그 느낌을 떠올릴 때면 지금도 막 소름이 끼치고 몸서리쳐지는 게 사실이다.

하지만 거기서 쾌감을 느끼지 않았다면, 거짓말일 것이다.

그것이 케라의 감정이 내게 번져 왔기 때문인지는 솔직히 잘은 모르겠다.

어쩌면 일치하는 감정과 생각 때문에 감정의 공유가 이루어졌을지도 모른다.

아무튼 결론은 후회란 없다는 것.

그리고 저 러시아 선수 역시 응징을 마음먹은 이상, 반드시 그렇게 하리라는 게 우리 셋의 공통된 생각이었다.

"으으으으! 으아아아아-!"

그런데 어디서 이렇게 짐승 짖는 소리가 들리는 거야?

링 반대편을 보니 상대 선수가 온몸으로 핏대를 세우며 힘을 주체하지 못하는 모습이 보였다.

"흠, 족히 약을 두세 번은 빤 것 같은데……."

아무리 그래도 인간이 낼 수 있는 힘의 한계라는 게 있을 텐데.

약에 의존했다가 효과가 다하면, 당연히 부작용도 심각해지지 않으려나?

-저런 상태라면, 흥분과 환각으로 자기 몸이 부서지는 줄도 모르고 덤벼들 것이다.

"어떻게 대응하시는지, 잘 보고 배우겠습니다. 형님."

-오냐! 진짜 싸움이 뭔지 제대로 보여 주마.

신체검사를 받고 링 위로 오르고.

다시 상대 선수와 우리 안에 갇히게 되었다.

핏발 선 눈으로 나를 쳐다보는 상대를 보니 어쩐지 상태가 좋지 않아 보였다.

"크으으으……."

그사이 종이 울렸다.

땡!

"크아아아아아-!"

상대가 태클을 걸 생각으로 자세를 낮춰 그대로 돌진해 왔다.

내 몸은 뒤로 가볍게 자리를 옮기더니 철창을 밟고 상대를 뛰어넘어 버렸다.

처렁-!

상대는 철창에 처박히더니 애꿎은 철창을 마구 후려쳤다.

"으아아아아아-!"

"꼭 투우사가 된 기분이네."

-투우?

"그런 게 있어요. 소와 싸우는 다른 나라의 전통 같은 거."

그사이 상대는 여러 번이나 돌진을 해 왔다.

옆으로 피하며 복부를 차고 뒤로 빠졌다.

휘익!

날아오는 주먹을 잡아 그대로 바닥에 내다 꽂기도 했다.

상대의 힘이 강하면 강할수록 그 힘을 이용했고, 각 근육의 급소를 노리며 신체가 더는 자기 활용을 못 하도록 타격해 주었다.

하지만 그럼에도 상대 선수는 어떻게든 나를 잡으려고 애를 쓰는 모습이었다.

"이놈, 때릴 생각은 안 하고 잡으려고만 하네요."

-힘만 믿고 어디든 부러뜨릴 생각이겠지.

나의 시선이 링 밖에서 보고 있는 러시아 선수에게로 향했다.

제라로바가 말했다.

-어쩌면 저놈과 무슨 계약이 되어 있는지도 모르고.

준결승이니 그런 연합을 했을 가능성은 매우 클 것이다.

어떻게든 나만 다치게 하면 결승의 우승은 러시아 선수가 거저 얻는 걸 테니까.

그사이 상대 선수가 다시 달려들었다.

옆으로 빠지며 손등으로 얼굴을 후려쳤는데, 이게 얼굴을 가격당하고도 온몸으로 내 팔을 휘어잡았다.

왼손으로 가격하며 빼려 했는데 쉽게 놓지를 않았다.

그런데 그때, 팔을 빼고 보니 팔에서 피가 뚝뚝 떨어졌다.

"끄음……."

그리고는 진행자의 음성이 들려왔다.

"아~! 물어뜯었나요! 경기의 특성상 물어뜯는 건 반칙인데요!"

나에게 돈을 건 이들이 아주 욕을 하고 난리가 났다.

나도 황당하기는 마찬가지다.

"요즘은 초딩도 무는 건 안 하는데."

갑자기 몸이 앞으로 쭉 치고 나갔다.

케라가 열이 받았는지 상대방을 마구 가격하기 시작했다.

흥분했다고는 하지만, 마구잡이로 때리는 건 아니다.

치고 빠지며 잡으려는 팔을 역으로 잡아챘다.

두두둑!

팔꿈치로 펴진 팔의 관절을 부러뜨려 버렸다.

휘익!

그럼에도 상대는 고통조차 없는 듯, 다른 팔로 공격을 해왔다.

나는 그걸 피하고는 마저 남은 팔도 잡아채어 뒤로 꺾어 잡았다.

두두둑!

두 팔을 모두 부러뜨려도 상대는 포기를 모른다.

-어떻게 할까?

"알아서 하세요."

케라는 돌려차기로 턱을 날려 버린 뒤, 빠르게 자세를 낮춰 옆으로 가더니 붕 떠올라 뒤꿈치로 목 뒤를 가격했다.

퍼억!

그 뒤로는 상대 선수가 고개만 움직일 뿐, 움직이지 못했다.

"음⋯⋯."

아무래도 경추를 부수어 버린 모양이다.

그리고는 왼손이 저절로 들리며 나를 지켜보는 러시아 선수를 가리켰다.

이것이 바로 너의 미래다!

그걸 알려주는 세리머니였다.

구겨지며 분노하는 그의 표정이 보였다.

당장이라도 튀어나와 나와 붙고 싶은 얼굴이다.

"곧 보자고."

* * *

이형석은 다각도에서 비춰지는 카메라 영상을 보며 손에 땀을 쥐었다.

"우와, 우리 과장님……! 이러다가 진짜 우승을 하겠는데요? 어떻게 생각해요, 지혜 씨? 우리 과장님 진짜 대단하지 않아요?"

김지혜도 자기 몸을 마구 쓸었다.

"어우, 저는 막 몸이 떨려서 죽을 것 같아요. 저 아슬아슬한 싸움을 대체 사람들은 뭐가 좋다고 보는 거래요?"

"바로 그 맛에 보는 거거든요. 사람들이 가장 좋아하는 구경이 바로 싸움 구경하고 불구경이라고 하잖아요. 이게 사람을 극도로 흥분시키거든요."

김지혜가 뭔가를 떠올리며 물었다.

"근데요, 이 경기요. 판돈만 수십억이라고 하지 않았어요?"

"원래는 그랬는데, 참가 선수들이 더 늘어나는 바람에 그 액수도 훨씬 더 늘었다고 들은 것 같아요."

"허업……! 그럼 100억도 넘게 굴러가고 있다고요?"

"아마도 그렇지 않을까요? 중국, 일본, 태국, 멕시코에 저 강력한 우승 후보인 러시아 선수까지. 토너먼트마다 두 배씩 늘어나는데, 경기가 훨씬 많아졌으니까요. 아, 잠깐만. 우승하는 선수한테는 20%가 상금으로 주어진다고 했는데, 그럼 ……!"

"허업……! 그럼 최소한 20억……?"

이형석이 탄성을 흘렸다.

"우와……. 설마 우리 과장님, 우승 상금을 노리고 끝까지 싸우는 거였어?"

"그럼…… 저렇게 얻게 되는 수익금은 어떻게 되는 건데요?"

"작전 중에 부수적으로 벌어들이는 소득은 국가정보원에 흡수된다고 알고 있지만…… 저렇게 개인의 역량으로 벌어들이는 수익은 글쎄요. 온전히 과장님 게 되지 않을까요?"

"대박……."

3. 이 새끼, 정체가 뭐야!

빙의로
최강요원

최소현이 피를 흘리는 내게 다가와 상처를 살폈다.

"저 미친 새끼……! 이게 뭐야…… 살점이 완전히 떨어져 나갔잖아."

"나는 괜찮은데."

"괜찮기는요, 무슨……! 피가 이렇게나 흐르는데."

장익조도 다가와서 물었다.

"동생, 싸우는 건 괜찮겠어? 여기서 포기할 건 아니지?"

최소현이 그에게 버럭 소리를 질렀다.

"지금 싸우는 게 문제예요! 사람이 이렇게 다쳤는데?!"

호랑이처럼 짖어 대는 그녀의 모습에 장익조가 움찔했다.

"아니, 그게 그렇겐 해도……. 결승에만 걸린 돈이 어마어마 해서……."

"그놈의 돈 때문에 사람이 먼저 죽겠네. 안 돼, 이거 못 해. 그만해요, 최강 씨."

나는 완강하게 말리는 그녀의 팔을 붙잡았다.

"나는 괜찮아요."

"하지만……!"

"정말 괜찮아요."

나는 러시아 선수를 보며 말했다.

"저 새끼 혼내 주려고 지금까지 버틴 건데. 피날레는 완성해 야죠."

"그래도 이 몸으로 싸우는 게 가능하겠어요?"

"힘이 안 들어가는 것도 아니고. 지혈만 조금 하고 붕대로 감으면 멀쩡합니다."

"진짜…… 사람 걱정되게. 왜 이렇게까지 하는 건지 이해를 못하겠어."

그런데 최소현이 막 내 팔에 붕대를 감아 갈 때였다.

밑에서 두 사람이 올라와 나를 빤히 지켜보고 있었다.

장익조는 아는 얼굴인지 환하게 웃으며 반겼다.

"아이고~ 공조위 씨. 여긴 어쩐 일로?"

공조위라는 사내는 내 상처를 보더니 물어 왔다.

"다친 것 같던데. 상처는 괜찮습니까?"

"뭐…… 싸우는 데 문제는 안 됩니다. 근데 누구시죠?"

그는 내게 다가와 눈을 가만히 쳐다봤다.

"필로폰이나 부스터는 전혀 하지 않은 것 같은데. 뭐 다른 약을 하는 게 있습니까?"

"훗, 약 빨고 주먹질 하는 건 성격에 안 맞아서요."

"다른 사람들은 전부 부스터를 쓰는 것 같던데."

"다른 놈들이 비겁하게 나온다고 나까지 비겁하면 안 되니까."

"그래서 아무것도 없이 끝까지 싸우겠다……."

"물론."

공조위는 대뜸 빨간색의 약을 내게 내밀어 보였다.

"당신 정도 되는 사람이 이걸 먹었을 때 얼마나 큰 효력이 있는지 좀 보고 싶은데. 복용해 줄 수 있을까요?"

나는 장태열과 최소현하고 눈빛을 마주쳤다.

우리 셋은 동시에 같은 생각을 했을 것이다.

이 새끼들이다!

공급책!

공급, 유통, 판매.

역순으로 추적하여 공급을 괴멸시켜야만 비로소 약의 제조를 막을 수 있는 거였다.

그런데 약의 효과를 보기 위해 부스터를 공급하는 놈이 직접 내게 제안을 해 왔다.

그래, 너희가 무슨 수로 알겠어.

내가 바로 너희를 잡기 위해 잠입한 국가정보원 요원이라는 사실을.

뒤에서 장익조가 나섰다.

"그게 말입니다. 나도 몇 번을 권해 봤지만, 도통 말을 안 듣는 동생이라서. 그리고 약 없이도 지금까지 잘 이겨 왔고 말이죠."

공조위가 뒤에서 준비를 하는 러시아 선수를 힐끔 쳐다봤다.

"그래도 이번에는 쉽지 않을 텐데. 괜찮을까? 그러다가 개죽음당하기 딱 좋아 보이는데."

이 새끼, 처음엔 존대를 하다가 이젠 말을 깐다.

"그럼 두 눈 잘 뜨고 지켜봐. 내가 저 괴물 같은 새끼를 어떻게 작살내는지."

공조위가 피식 웃더니 물러났다.

"곧 목이 부러진 채로 링 위에 쓰러져 있는 당신을 보게 되겠군. 우리 약을 거절한 걸 후회하게 될 거야."

계단을 내려가는 그의 얼굴을 뇌리에 새긴 나는 장익조를 쳐다봤다.

"누구죠?"

"부스터 거래할 때 만났던 사람."

최소현이 눈을 번쩍 뜨더니 멀어져 가는 공조위를 쏘아봤다.

아무래도 자신과 파트너인 김동운에게 칼침을 넣은 게 저놈들이라고 보는 모양이었다.

그녀의 직감은 틀리지 않을 것이다.

미리 주변에 세력을 깔아 뒀으면, 판매를 하는 놈들의 세력일 게 당연하니까.

나는 그녀에게 다가가 말했다.

"지금은 아닙니다."

"알아요."

"시합이 끝나기 전까지는 가지 않을 겁니다. 저 러시아 선수가 복용한 약의 효능을 보고 싶을 테니까. 일 끝나면 그때 쫓자고요."

"네."

바로 그때, 진행자의 목소리가 들려왔다.

"자, 그럼 지금부터 최강의 사내를 뽑는 결승을 시작하겠습니다-!"

"와아아아아아-!"

분위기가 후끈 달아올랐다.

"이제 가 봐야겠군요."

그런데 최소현이 나를 붙잡는다.

"저기, 최강 씨."

"왜요?"

"조심해요……."

"훗, 안심해요. 다치지 않고 잘 끝낼 테니까."

나는 내려가며 손을 붕대 쪽으로 가져다 댔다.

그러자 내 입에서 주문이 흘러나왔다.

"라울 스미라가 가이라스 코나디아……."

주먹을 꽉 쥘 때마다 욱신거렸던 팔이 순식간에 말끔해졌다.

붕대에 가려져 보이지 않겠지만, 상처가 완전히 나아서다.

"자, 이제 저 새끼를 박살 내러 가 볼까요?"

-좋은 시범 상대도 있겠다, 오늘 카우라의 활용법에 관해
알려 주마.

"안 그래도 기대하던 차였는데. 좋은 기회가 되겠네요."

링 위로 마주서서 보니 러시아 선수의 덩치가 더욱 커 보였
다.

나도 키가 184는 되는데, 덩치가 커서 그런가 나보다도 한
뼘은 더 크게 느껴졌다.

"자, 그럼 지금부터 최후의 승자를 가리는 시합을 시작하겠
습니다-!"

땡!

종소리와 동시에 두 주먹을 마주친 러시아 선수가 주먹을
내질러 왔다.

부웅-! 휘익!

옆으로 돌며 주먹을 피하는데 그 풍압이 지금까지 겨뤄 왔던
선수들과는 다르다.

맞으면 확실히 그 충격이 심할 것 같단 생각이 들었다.

몸을 케라가 움직이고 있으니 사실상 나도 관전 모드이긴 하다.

그렇지만 나도 한 몸이 되어 싸우고자 하는 의지를 불태웠다.

턱!

그 순간, 러시아 선수가 내 어깨를 확 잡아왔다.

꽉 쥐어 오자 그의 엄지가 나의 쇄골 밑을 파고들며 고통이 전해졌다.

-어림없지.

케라는 마치 일부러 잡혀 준 거라는 듯 카우라를 움직였다.

가슴에서 시작된 뜨거운 기운이 전신으로 번졌고, 쇄골 밑의 고통도 금방 사라졌다.

턱!

이번엔 내 손이 러시아 선수의 팔을 잡았다.

엄청난 두께의 팔이 내가 비트는 대로 꺾이고 있었다.

-일단 하나!

부구국!

"끄아아아악-!"

고통에 소리치거나 말거나 그의 손을 잡은 채로 그의 무릎을 밟고 팔꿈치 관절을 찼다.

뚜걱!

역시나 부러지는 소리가 들려왔지만, 거기서 멈추지 않았다.

체중을 실어 팔 하나를 다리로 꼬아 잡고는 쓰러뜨려 암바로 마저 남은 어깨까지 탈골시켜 버렸다.

뿌득!

"끄아아아악-!"

뒤로 돌아 몸을 일으킨 나에게 모두가 함성을 쏟아냈다.

"우와아아아아아-!"

나에게 약을 권했던 공조위의 표정을 보니 이해하기 힘들다는 표정이 깃들어 있다.

왜, 이 반대일 줄 알았나 보지?

내 안에 있는 케라의 존재를 모르는 이상, 너희가 이해할 수 있는 건 아무것도 없을 거다.

그사이 러시아 선수가 몸을 일으켜 팔을 휘돌아 꺾는 게 보였다.

탈골된 팔을 순식간에 도로 넣은 모양이다.

"그래 봐야 인대는 찢어지고 팔꿈치 뼈는 아작이 났을 텐데."

-이제 하나 부러뜨렸으니 다음으로 가자.

"근데 카우라의 힘이라는 게 정말 엄청나긴 하네요."

-이제 맛만 봤을 뿐이다.

그래, 당연히 그래야지.

아무튼, 계속 가 볼까요?

팔꿈치로 가드라도 할 생각인지 아작 난 팔을 끌어올려 얼굴을 가리는 모습이다. 힘을 주체 못해 마구 달려들 줄 알았더니, 또 그렇지도 않았다.

힘에서 결코 아래가 아니란 걸 알고서는 신중한 눈빛을 흘리는 그였다.

"조금 냉철해진 것 같은데……."

-그래 봐야 달라지는 건 없다.

앞으로 살짝 나가려고 하자 긴 다리가 채찍처럼 휘둘러져 왔다.

물러날 줄 알았겠지만 그 반대다.

밑으로 유연하게 파고들더니 팔로 지지하여 양다리로 몸을 감았다.

"커윽!"

콰당!

지지하고 있던 다리를 잡아 끌어당기자 상대가 쓰러졌다.

그리고 이번엔 다리를 뒤로 엮어 잡아 그대로 비틀어 버렸다.

구구국!

"끄아아아악-!"

그 녀석, 비명 참 우렁차다.

그 매끄러운 접근법과 뱀처럼 옭아매는 기술은 정말로 빠르고 탁월했다.

하나의 기술처럼 이어지는 그 수법에 나 역시 감탄하고 말았다.

"방금 전 움직임은 진짜 죽였습니다."

-이것이 바로 실전 살인 기술인 거다.

한쪽 팔에 한쪽 다리가 전투 불능.

관중석에서 모두가 내게 소리를 쳤다.

"죽여! 죽여 버려!"

"끝내 버려!"

나도 심정은 같다.

벌써 경기 중에 둘이나 죽인 사악한 놈이다.

이 잔혹한 링 위에서 내 손에 죽어도 할 말이 없을 거다.

자업자득이니까.

하지만 지금 찍고 있는 카메라 영상들은 증거자료로서 위로 보고될 내용들이다.

물론, 중요한 부분만 삭제하고 올려도 된다.

그렇지만 팀원들이 보고 있을 것이기에 죽이는 것만은 자제 하자.

"아직 한짝 더 남았다. 마저 병신을 만들어 줄게."

그런데 내가 다가가려 할 때, 러시아 선수가 갑자기 목을 꺾어 올리더니 무언가를 꿀꺽하고 삼켰다.

"뭐야, 이 새끼. 뭘 먹은 거야?"

번쩍 드는 생각은 딱 하나.

"설마……."

아마도 입 안에 숨겨 놓았던 부스터를 하나 더 삼킨 모양이 다.

"ㅇㅇㅇㅇ……. ㅇㅇㅇㅇㅇ……."

갑자기 온몸으로 울긋불긋한 핏줄이 툭툭 튀어나왔다.

눈도 시뻘겋게 충혈이 되어 제정신이 아닌 것 같았다.

그러더니 부러진 팔도 움직이고 비틀어 버린 다리도 제자리로 돌려 움직이기 시작했다.

약의 효능으로 고통을 없애고 근육의 힘을 강화시켜 못 움직일 부위를 억지로 움직이게 만드는 거였다.

"미친놈……. 기어이 이 싸움에서 이겨 보겠다고 발악을 하는군."

상대가 곧 엄청난 근육을 꿈틀거리며 짐승처럼 달려들었다.

휘익! 휙! 부웅-!

절제된 주먹과 다리가 굉장히 빠르게 날아들었다.

이리 피하고 저리 피하며 몸을 움직였다.

그러던 순간 주먹이 눈앞까지 날아들었다.

휘익!

고개를 꺾어 피하는데 살결에 스쳤음에도 볼이 따가웠다.

볼을 만지니 피가 묻어났다.

"아, 씨……. 피네……."

-이 건방진 놈이……!

케라도 나도 열이 확 뻗쳤다.

후웅-!

퍼억!

날아오면 피하고 치고.

퍼억-! 퍼억! 퍼버벅!

갈비뼈를 수차례 부러뜨리고 턱을 박살을 냈다.

카우라가 끊임없이 몸을 활화산처럼 휘돌았고, 그럴수록 나의 몸도 빛처럼 빨라졌다.

날아오는 주먹을 주먹으로 쳐 내기도 했다.

뻐걱!

역시나 부러지는 쪽은 러시아 선수 쪽이었다.

"꺼으윽!"

"끝이 아니야, 이 새끼야……."

번개 같은 주먹이 수없이 놈에게 퍼부어졌다.

주먹을 맞을 때마다 그 커다란 몸이 툭툭하고 떠올랐다.

넘어질 것 같았으니 강하게 밀어 철장에 몰아세우고 계속해서 때렸다.

마지막엔 턱 밑으로 손을 끼워 넣어 그대로 엎어치기처럼 바닥에 내리꽂았다.

콰광-!

잠시 정적이 흐르고.

눈동자를 보니 이미 초점이 없다.

이걸로 끝.

진행자도 어이가 없는지 황당해하다가 뒤늦게 입을 뗐다.

"아…… 끝났군요! 이번 시합의 최강자는……! 홍 코너인 케라입니다!"

"와아아아아아아-!"

큰 함성에 내 몸에서도 흥분이 마구 솟구쳐 올랐다.

여전히 싸움의 흥분에서 벗어나지 못했는지 내 몸이 마구 떨려 왔다.

하지만 힘주어 털어 내고는 승리를 만끽했다.

"후우⋯⋯!"

그런데 공조위를 보니 매우 불쾌한 듯 나를 노려보고 있었다.

자신들의 약이 생각보다 부진한 모습을 보여 못마땅한 모양이다.

시선을 마주쳐 씩 웃어 주니 그가 몸을 홱 돌려 나가 버렸다.

기다려라, 곧 다시 나를 보게 될 테니까.

* * *

관중석의 사람들이 썰물처럼 빠져나가는 걸 보며 최소현이 멍하니 말했다.

"진짜로 이겨 버렸네요."

"저 미친 새끼⋯⋯. 그래도 설마 했는데. 저걸 이긴다고? 와⋯⋯ 사람 맞아? 어떻게 저걸 들어다가 내다 꽂을 수가 있지?"

최강이 돌아오자 장익조가 그를 부둥켜안았다.

"역시 내 동생이야! 으하하하하! 잘했어! 수고했어!"

그것도 잠시, 장익조는 뭐가 그렇게나 급한지 얼른 다른 곳으로 걸음을 옮겨 갔다.

"잠깐만 동생. 나는 정산을 좀 해야 할 것 같아서 말이야. 우리 정산은 이따가 하자고!"

"그러시죠."

최소현은 다가오는 최강을 보았다. 땀으로 흥건하게 젖어 다가오는 모습이 뭐가 이렇게 멋지게 보이는지.

강한 남자에게 끌리는 건 여자의 본능일까.

그렇다고 무식하게 힘만 센 것도 아니고, 평소엔 꽤나 신사적이고 매너도 넘친다. 납치를 당했을 때도 느낀 거지만 최강의 성격은 무척 온화하고 부드러운 축에 속했다.

그런데 갑자기 이런 반전 모습을 보이니 그가 무척 색다르게 비춰졌다.

정말이지 남자라는 족속을 보며 빛이 나 보이는 것은 살아생전에 처음인 것 같았다.

"뭐야…… 열라 멋짐 폭발이잖아."

장태열이 최강에게 다가가 물었다.

"괜찮아?"

"네. 괜찮습니다."

"아까 보니까 주먹끼리 부딪치던데. 그러고도 뼈가 괜찮다고?"

최강은 손을 들어 보이고는 피식 웃었다.

"네. 아무렇지도 않은데요."

"너도 참 괴물은 괴물이다. 저 살인마 새끼를 기어이 이긴다. 와……."

"혼내 주고 싶었는데, 어쨌거나 목적 달성인 거죠."

"우리의 목적은 그게 아니었을 텐데."

"어쨌거나 준결승까지 올라갔으니까 놈들도 접근해 온 게 아닙니까. 중간에 그만뒀으면 찾기 어려웠을 거라고요."

"쩝, 그 말도 맞긴 하고. 아무튼 축하한다."

"축하받을 일인지는 모르겠지만, 후련하긴 하네요. 후!"

세 사람은 조용히 돌며 카메라를 수거한 다음 차를 몰고 그곳을 벗어나 7과의 두 사람이 있는 차량으로 다가왔다.

그들이 도착하자 김지혜와 이형석이 최강에게 다가와 펄쩍 뛰었다.

"과장님, 진짜 멋있었어요~!"

"과장님, 최고! 우와, 진짜 저 무슨 영화의 한 장면을 보는 줄 알았다니까요. 정말 어디서 그런 괴력이 나오는 거죠?"

최강이 그 둘을 진정시켰다.

"아아, 진정하고. 혹시 아까 3층으로 올라와서 나한테 말 걸던 사람, 잘 찍어 뒀어요?"

"안 그래도 그 사람 타고 온 차량 번호 등록해서 지금 이동 상황 추적하게 돌려놨습니다."

"잘했어요. 그놈이 공급책 일당인 것 같으니까 어디서 누굴 만나고, 목적지가 어디인지 잘 살펴보도록 해요."

"네, 과장님."

두 사람에겐 또 다른 궁금증이 남았을까, 둘이 반짝이는 눈빛으로 물었다.

"근데요, 과장님……."

"왜요, 또 무슨 할 말이 남았어요?"

"우승 상금은 얼마나 받으시는 거예요?"

"아…… 그거. 나중에 정산을 한다고 하니까. 두고 봐야죠."

"그럼 그렇게 생기는 수익금은 어떻게 되는 건데요?"

그제야 모두가 궁금증이 강해졌을까, 모두가 나에게 시선을 집중했다.

그러게. 얼마쯤이려나.

* * *

다음 날 아침. 나는 중간보고도 할 겸, 우승 상금으로 받을 돈에 관해서도 상의도 할 겸 국가정보원으로 들어갔다.

그런데 설명을 들은 신우범 원장의 말이 이러했다.

"허……. 그러니까 부스터의 공급책을 찾으려고 잠입해서 들어간 투기장 시합에서 우승을 해 버렸다고?"

"네. 그래서 그 상금을 어떻게 해야 할지 상의를 드리고 싶어서요."

"조금 애매한 상황이긴 하군. 국가적 자금이 들어가서 생긴 이득이면 회수하는 게 맞기는 한데, 그런 것도 아니고. 자네도 알다시피 지금 7과는 공식 부서도 아니라서 말이야."

"그렇긴 하죠."

"그리고 작전에 대한 상황보고는, 잠입을 해서 공급책을 찾아 추적 중에 있다. 이 정도면 충분하거든."

어쩐지 뉘앙스가 좀 긍정적인데?

"그럼……."

"그 부수적인 이득은 자네가 알아서 하게. 기타로 들어가는 진행비로 써주면 우리로선 고맙고."

오홋!

"그 말씀은……! 제가 꿀꺽해도 된다는 건가요? 아, 죄송합니다. 꿀꺽이란 표현은 좀 저속했죠?"

"그걸 부당 이익이나 횡령으로 볼 순 없을 테니까. 물론 불법적인 행위로 얻은 자금이란 게 살짝 걸리지만, 잠입 중에는 약을 해야 하는 상황도 있고, 사람을 죽이는 경우도 생기니 우리로서도 그 정도는 묻어 둬야겠지."

"훗, 그렇군요."

신우범 원장이 내 얼굴의 미소를 보며 웃었다.

"허허, 내 대답이 꽤나 만족스러운 모양이군."

"하핫, 솔직히 돈 싫어하는 사람이 있나요. 사람이 일이라는 걸 하는 목적이 다 돈 때문인 건데요……."

"이 사람, 너무 솔직한 것도 흠이야. 좀 감추며 살아. 진짜 요원들은 안 그렇거든."

"이렇게 가벼운 모습을 보여 드리면 안 되는데. 죄송합니다."

"아무튼 일이 잘 진행되고 있다고 하니 나로서는 흡족하군그래. 어쨌거나 끝까지 쫓아서 일망타진해 보자고. 자네만 믿네."

"네, 원장님. 맡겨 주십시오."

7과 사무실로 가니 모두가 나를 애타게 기다렸다는 듯이 모여들었다.

"어떻게 됐어요?"

"원장님께서는 뭐라고 하세요, 과장님?"

"거 뜸들이지 말고 빨리 좀 말해 봐. 궁금해 죽겠네, 진짜."

장태열도 궁금한지 대답을 재촉했다.

"그게……. 제가 얻은 돈이니 제가 알아서 하라고 하시네요."

최소현이 눈이 커져서는 물었다.

"허업! 그럼 최강 씨가……! 아니, 과장님이 다 가져도 된다는 거예요?"

"이게 불법적인 자금이라 찝찝하긴 하지만, 그러라고 하니 다행이지 싶기도 하고. 그러네요."

장태열이 다시 물어 왔다.

"상금, 얼마라고 하는데?"

"그건 아직……."

"아직도 그거 안 물어보고 뭐했어?"

"보고하고 오면 그때 알아보려고 했습니다. 아니, 근데. 왜 이렇게 보채세요?"

곧 장태열의 표정이 능글맞게 변해 갔다.

"아니, 그게 말이야. 우리도 기여한 바가 아주 없지는 않은데…… 그걸 혼자 다 먹을 생각인가 싶어서. 하핫!"

어쭈, 이 사람.

요원 때려치우고 사회 물 좀 먹더니 설마, 여기서 콩고물을 바라는 거?

근데 그뿐만이 아니라 모두가 하나같이 뭔가를 바라는 눈치다.

"이 사람들이……. 뭐죠, 그 시선들은?"

하지만 또 이런 분위기도 나쁘지 않다는 생각이 든다.

가장 큰 공로야 내 차지이긴 했지만, 모두가 함께 일을 해 놓고 나 혼자만 다 먹는 것도 욕심이 너무 과하다 싶다.

"쩝……! 그래, 기분이다! 성과급 정도는 지급해 드리겠습니다. 그럼 된 거죠?"

갑자기 모두가 손을 번쩍 들고 좋아했다.

"야호!"

"우리 과장님 최고!"

"역시 남자는 배포가 커야 해. 우리 과장님, 어쩜 이렇게 멋지지?"

"그래, 사람이 이렇게 시원시원해야지 말이야. 내가 최 과장

이 새끼, 정체가 뭐야! 157

자네 말귀가 잘 통할 줄 알았다니까."

나만 어색한 거 정상이야?

"사람들이 참……. 금방 변해서는 칭찬을 마구 폭격해 대네요. 사람 어색하게."

신우범 원장에게도 말했던 바이긴 하지만, 역시 돈을 싫어하는 사람은 없는 것 같았다.

* * *

장익조에게 계좌를 건네고 얼마 후, 입금이 됐다는 문자가 왔다.

"오…… 입금이 됐……!"

그런데 이게 대체 얼마인가.

"우와……. 리얼? 진짜로?"

찍힌 금액이 자그마치 24억 5천만 원이었다.

심장이 마구 쿵쾅쿵쾅! 벌렁벌렁!

많을 거라고는 예상했지만, 진짜 이렇게나 보낸다고?

이 통장에 찍힌 숫자, 꿈은 아닌 거지?

"황당하네. 내가 0을 제대로 센 거 맞지? 와, 돈 벌기가 이렇게 쉬운 거였어?"

곧 전화가 왔다.

[동생, 통장 확인했지?]

"아, 네……."

[동생 덕분에 나 이번에 아주 대박 났잖아. 다음에도 이런 일 생기면 그때도 부탁할게?! 그럼 또 보자고!]

그러게.

이런 일이라면 오히려 내가 부탁하고 싶은데?

싸움 몇 번에 수십억이라니.

"이럴 게 아니라……. 정말 확 세계무대에 진출을 해 봐?"

한 번 돈맛을 봤더니, 막 눈앞이 온통 숫자뿐이다.

케라의 능력이면 뭘 해도 돈방석이긴 할 거다.

격투든, 올림픽 관련 종목이든 정점에 오를 게 분명하니까.

그래도 일단은 진정은 하자.

"휴~! 쉽게 돈을 벌고 보니 기분 진짜 이상하네."

이 순간에도 생각나는 건 엄마였다.

"최근에 엄마가 180도 변하셔서는 펑펑 써 대는 게 살짝 걱정스러웠는데. 이러면 또 얘기가 달라지지……."

모습도 달라지시더니 씀씀이도 달라지셨다.

그동안 여자로서 꾸미지 않고 살아온 삶을 보상받고 싶으신 건 이해한다.

"그래, 효도가 별거냐. 어머니 마음 편히 살게 해 드리는 게 효도지. 뭐든 더 풍족하게 해 드릴 수 있게 됐으니 나로선 잘된 거지."

그런데 이렇게 쉽게 돈을 벌고 나니 미래를 진지하게 생각해 보게 됐다.

"그건 그렇고, 나중에 이 일을 그만두면 확 그쪽으로 전향해 봐?"

-이 녀석아, 사내 녀석이 꿈을 크게 가져야지! 겨우 길거리 싸움에 인생을 허비하려고?

허, 기가 차서 내가.

"다른 사람은 몰라도 케라 형님이 그렇게 말하면 곤란하죠. 저 몰래 그쪽 세계로 먼저 발들인 게 누구였더라?"

-그땐 호기심에……

"그냥 한 번 생각해 본 거고요. 아무튼 당장은 급한 것부터 처리하자고요. 그 약쟁이 새끼들, 잡아 처넣어야 하잖아요."

-그래, 잡아야지. 그딴 약이 세상에 돌아다니면 정말 위험해 질 테니까.

"다른 것보다도 혐오 범죄나 보복 범죄가 늘어날까 그게 가장 걱정입니다. 행여 어린 학생들 사이에서까지 퍼지면 애들 미래 가 뭐가 되겠어요."

분노와 흥분 조절 장애로 상대를 죽이는 일이 곳곳에서 벌어 질 것이다.

어떻게든 그것만은 막아야 했기에 서둘러 놈들을 추적할 필 요가 있었다.

근데 사무실로 들어가 모두를 보고 있자니 살짝 고민이 되기 시작했다.

"근데 성과급을 대체 얼마씩을 줘야 하는 거야……."

* * *

"이름 쥔하오첸. 이쪽으로 건너오며 공조위라는 이름을 쓰고 있는 것 같습니다."

우리는 지금까지 부스터를 추적하며 모은 자료를 토대로 회의를 진행 중이었다.

"중국에선 이미 세 차례의 살인으로 잡혀 사형수로 복역 중이었으나, 집행 3일 전에 탈출하여 종적을 감추었습니다. 이후로도 두 차례의 살인으로 적색 수배가 되었고요."

"감옥까지 탈출한 걸 보면, 단순한 살인자는 아닐 테고."

"중국 쪽에선 청부 조직의 일원이라고 보고 있었습니다."

"청부 조직?"

"어떤 조직인지는 끝내 밝히지 못하였습니다만, 그럴 만한 정황이 있었습니다. 범행 당시의 시신도 그렇고, 탈출 당시 교도관 다섯 명을 살해할 때도 마찬가지로 그 살해 수법이 매우 정교하고 전문가다웠다고 합니다."

죽은 교도관들의 시신이 나오자 케라가 말했다.

-급소만 정확히 노렸구나. 충분히 훈련된 놈인 게 틀림없다.

이형석은 설명을 이었다.

"그리고 탈출 과정에서도 상당한 조력을 받은 걸로 보입니다. 보시는 거와 같이 공조위가 탈출할 시점에 근처 화력발전소에 큰 불이 나 모든 경찰 병력과 소방 인력이 그쪽으로 집중되었다고 합니다. 뿐만 아니라, 여러 번의 해킹으로 상부로부터 가짜 명령이 내려와 수사에 혼선까지 생겼고, 뒤늦게 사실을 알고 그 일대를 수색했지만 찾지 못한 걸로 되어 있습니다."

"조직적인 혼선에 도피에 대한 조력까지. 단순한 범죄 조직이 할 법한 일은 아닌 것 같군요."

장태열이 말했다.

"그러니까 이 부스터의 공급에 중국의 정부 조직이 관련되어 있다, 이 말인 거잖아. 게다가 이놈들은 이 약을 팔면서 고액을 바라는 것도 아니고, 소량의 공급만 계속해 오고 있고 말이야."

나는 모두에게 말해 주었다.

"안 그래도 국정원에서도 이 부스터가 군사적인 목적을 위한 실험이 아닐까, 그걸 의심하고 있었습니다."

최소현이 말했다.

"확실히 그들에게 이번 투기장 시합은 좋은 실험 장소였을 것 같아요. 그 효력은 물론, 지속력을 볼 수 있었고, 2차, 3차 복용으로 인한 부작용도 관찰할 수 있었을 테니까요."

"그리고 강한 사람이 복용할수록 어떤 효능이 생기는지 알아보고자 유력한 우승 후보였던 내게도 그 약을 권하기도 했고."

이형석이 다시 말했다.

"공조위가 타고 간 차량은 경기도의 한 창고로 이동하는 걸 확인할 수 있었습니다. 창고의 주인은 김국환으로, 대여 창고를 운영 중이고요."

"그렇다면 놈들이 저 대여 창고에 물건을 두고 있을 가능성이 크다는 거군."

"확실한 건 더 털어 봐야 알겠지만, 현재 저희가 아는 단서로는 여기서부터 시작해야 하지 않나 그렇게 생각됩니다."

모두가 낮에 찍은 창고 사진들을 보았다.

하여 난 자리에서 일어났다.

"알았습니다. 그럼 회의는 여기까지."

모두가 놀란 듯이 나를 쳐다봤다.

"네?"

"저길 가 보는 게 아니고?"

"가서 놈들이 뭘 숨기고 있는지 살펴봐야죠? 무슨 결론을 내려 주셔야……."

알아. 나도 안다고.

근데 당신들을 데려가면 감쪽같이 들어갔다가 나오기는 힘들 것 같거든.

창고 하나 털자고 놈들한테 경계심을 갖게 만들 필요는 없는 거잖아?

그래서 나 혼자 갔다가 오려고 그러지.

마법으로 말이야.

"그건 전문가한테 맡겨 둘 테니, 우린 그 이후에 놈들을 추적

하는 쪽을 맡자고요."

장태열이 고개를 갸웃했다.

"전문가? 전문가 누구? 우리보다 나은 놈들이 있어?"

"훗, 그건 기다려 보시면 알 일이고. 아무튼 네 사람은 저 새끼, 공조위가 또 어디로 이동하고 누굴 만나는지. 그 만나는 새끼는 또 어딜 다니는지. 그걸 싹 살펴봐 주세요. 이동 경로 하며 누구한테 약을 팔고 약을 어디서 들여오는지, 전부 알아야 겠으니까. 그럼 전 의뢰를 해야 해서. 잠깐 다녀오겠습니다."

사무실을 나서자 뒤에서 목소리가 들려왔다.

"혹시 말이에요. 우리 말고 다른 조직을 관리하시는 걸까요?"

"쓰읍, 모르겠네…… . 은근히 비밀이 많은 놈이란 말이야."

너무 많이 알면 내가 곤란해져서.

당신들은 내가 가져오는 양질의 정보만 기다리면 돼.

나는 밤에 움직일 것도 없이 낮에 바로 움직였다.

예전 같았으면 조심한다고 밤에 움직였을 것이나 마법이 익 숙해진 이후로는 굳이 그런 번거로운 짓은 하지 않았다.

보다 대범해지고, 자신 있게.

거침없이 행동하기로 했다.

"이쯤에선 모습을 감춰야겠지."

7과 직원들이 창고 주변 일대의 모든 감시 카메라를 살펴보 고 있을 것이다. 혹시라도 나 혼자 창고로 가는 걸 들키면 곤란해진다.

하여 근처로 갔을 때는 차를 투명하게 만들어 창고까지 이동했다.

한쪽 길가로 조심스럽게 차를 세우고 잠깐 주변을 살폈다.

"일단 경비는 몇 보이는 것 같고."

경비들을 유심히 살피니 외투 안쪽으로 경기관총까지 보였다.

창고 안쪽으로 오가는 인원까지 하면 대략 대여섯 정도 되는 것 같았다.

"어디 안에 뭐가 있나 볼까. 할아버지?"

-알았다.

거부감 없는 매끄러운 협조로 나는 금방 투명하게 변하여 창고 안으로 유유히 들어설 수 있었다.

입구에는 폐지 같은 게 잔뜩 쌓여 있었지만, 역시나 창고 문을 열었을 때 시야를 가릴 목적일 뿐이다.

안쪽으로 더 돌아서 가니 그곳에 네 사람이 둘러앉아 컨테이너 같은 것을 지키는 게 보였다.

"뭔가 딱히 제조 시설 같지는 않네요."

-물건을 보관해 두고 전국으로 배포하기 위해 마련해 둔 장소 같구나.

-확 불을 지르자꾸나! 그럼 물건이 급해진 놈들이 급하게 들여오려 할 게 아니냐?

"아우, 좀 참으세요. 할아버지. 그러고 보면 불 참 좋아하셔. 그래도 내용물이 뭔지는 확인을 해야죠."

컨테이너 뒤쪽으로 돌아서 간 나는 카메라가 찍는 위치를 확인하며 위치를 잡았다.

그리고는 투명 마법을 풀고 컨테이너 벽에 손을 대었다.

굳이 그러는 이유는 설명할 필요도 없었다.

제라로바가 알아서 통과할 수 있는 마법을 걸어 주었다.

"아스라무크스……."

컨테이너 안으로 숙 하고 들어온 나는 상자 하나하나를 열어 보기 시작했다.

"각종 총에…… 이건 또 뭐야. C4? 와, 이 새끼들 무슨 전쟁이라도 치르러 왔나."

한쪽 끝으로도 간격을 잘 둔 폭약들이 가득했다.

"이쪽이 약인 건가……."

붉은 색 알약들이 투명한 원형의 플라스틱 병에 다섯 개씩 담겨져 있었다.

그러한 약들이 박스로 컨테이너 한쪽 벽을 모두 차지하고 있었다.

족히 수천 명이 복용하고도 남을 양.

"많기도 하다."

물론, 다른 곳도 있을 테지만, 이곳을 이대로 놔둘 수 없었다.

"아무래도 할아버지 말대로 해야겠네요."

-불은 내가 지르마!

"*파칼루 라퓨라……*"

갑자기 양팔이 활짝 펴지더니 양쪽으로 불길이 확 번져 갔다.

"에에?"

아? 잠깐만.

방금 여기……!

폭탄-!

"으어어억! 할아버지, 빨리……! 벽 통과! 얼른요!"

콰과과과과광-!

컨테이너는 물론, 창고 전체가 순식간에 터져 나갔다.

그 폭발력은 너무 어마어마하여 밖에서 지키고 있던 이들까지 모조리 쓰러질 정도였다.

활활 타오르는 불길을 등지고 얼른 세워 둔 차로 올라타는데 심장이 어찌나 터질 듯이 두근대는지.

-이 미친 노인네야! 우릴 모두 죽일 생각인 거야?!

"아우, 할아버지! 죽을 뻔했잖아요! 제가 폭탄이 있다고 한 말 못 들었어요? 거기다가 다짜고짜 불부터 지르면 어찌 합니까?"

-저 위력은 대체 무엇인 거냐? 그리고 네가 폭탄이라고 언제 그랬어?

"그건……! 아, 맞다. 그냥 C4라고만 했구나. 하아, 그게 바로 플라스틱 폭탄이라고요. 위력이 엄청난……!"

-진즉 말해 줬어야지. 하마터면 저기서 죽을 뻔했구나.

-불을 지를 거면 지른다 말이라고 하고 좀 질러라! 잘못했으면 최강이 개죽음 당할 뻔했잖아!

"할아버지, 경고예요. 그 불 지르는 거, 다음엔 결정 좀 확실히 내리고 하자고요. 네?"

-끄음, 알았다.

"우와~ 완전 맨탈 저승 갈 뻔? 아니지, 맨탈만 가? 어우, 씨……! 죽을 뻔했네, 진짜. 어휴……."

* * *

7과에서도 카메라를 통해 멀리서 보이는 폭발에 깜짝 놀랐다.

"어어! 이게 뭐야."

"다들 봤어요?"

최소현이 묻자 이형석이 커진 눈으로 말했다.

"창고가 폭발했습니다! 지금 그쪽 방면으로 화재 신고가 접수되고 난리가 났네요. 뭐지? 갑자기 왜……."

장태열이 이형석에게 물었다.

"야, 형석아. 폭발 제대로 찍힌 장면 없어?"

"여기 농로 쪽 방범CCTV요. 보세요."

이형석이 큰 화면에 폭발 당시의 장면을 다시 재생시켰다.

카메라가 마구 흔들리며 엄청난 불길이 위로 솟구쳐 올라가는 게 보였다.

"미친 새끼들……. 저기서 대체 무슨 짓을 하고 있었는데 저런 폭발이 일어난다는 거야?"

장태열이 혀를 내둘렀고, 최소현은 짐작 가는 게 있는지 가만히 중얼거렸다.

"혹시 말이에요, 저거……. 최 과장님이 의뢰를 맡긴다는 거기……. 거기서 그런 건 아닐까요?"

"일단, 최 과장부터 연락 좀 해 봐. 얼른!"

* * *

공조위는 검은색 차량 안에서 경찰과 소방차들이 가득한 곳을 심각한 얼굴로 바라보고 있었다.

"됐어. 그만 가."

"네."

그는 달리는 차 안에서 무척 심각한 표정을 머금었다.

"빌어먹을, 갑자기 왜 불이 난 거야."

"아무래도 폭발물을 함께 둔 게 원인이 된 모양입니다. 폭발물 중 일부는 습도나 충격에 민감하니까요."

"후우……. 이렇게 되면 공급에 차질이 생길 거야. 본국에 연락해서 물량 다시 보내 달라고 해."

"네."

한편, 최강은 그런 공조위의 뒤를 따라 달리고 있었다.

"후훗, 한 번은 보러 올 줄 알고 기다렸지."

최강은 공조위가 도착했을 때, 투명해진 차에서 내려, 마찬가지로 투명 마법을 이용해 공조위가 탄 차로 접근, 이후 차 밑에 추적 장치를 단 후에 뒤따르고 있었다.

"보자, 잘 작동하고 있고. 낮에는 도심 지역에선 이 상태로 달리기 힘드니까 좀 떨어져서 미행해야겠군."

투명해진 상태로 도심을 달린다는 것, 이거 은근히 문제가 많았다.

신호라도 걸리면 차들은 서로 붙기 마련인데, 보이지가 않으니 앞차와 간격을 유지하려다가 부딪쳐 오는 경우가 종종 있었다. 가끔은 부딪쳤는지도 모르고 액셀을 밟아 밀어 대기도 했다.

그렇다고 대놓고 미행했다가는 걸릴 수도 있기에 추적 장치를 달아 놓고 여유롭게 뒤쫓으려는 속셈이었다.

"지혜 씨하고 형석 씨가 잘 살펴보고 있을 테지만, 이게 또 카메라가 없는 곳에서 무슨 짓을 하고 누굴 만나는지는 알 방법이 없어서 말이야."

* * *

사무실로 들어가자 장태열과 최소현이 심각하게 다가왔다.

"아니, 왜 이렇게 연락이 안 돼요?"

"야, 최 과장. 너 그놈들 창고 폭발한 건 알고 있어?"

내가 그랬거든?

내가 모를 리가 없잖아?

"네, 알고 있어요."

"혹시 최 과장님이 시킨 거예요?"

나는 모두에게 창고 쪽 조사는 의뢰를 맡긴다고 얘기해 둔 바 있었다.

앞으로도 계속 그렇게 밀고 나가는 게 내 쪽에선 둘러대기가 더 용이하지 싶었다.

"뭐…… 그런 셈이죠."

"아니, 왜요?"

나는 모두가 들을 수 있도록 안쪽으로 들어가면서 말했다.

"내부에 폭발물이 잔뜩 있었다고 보고받았거든요. 즉, 어딘 가를 폭파하거나 테러에도 쓰일 수 있었다는 거죠. 그리고 대량 의 약도 발견했다고 하여 소각을 부탁했습니다. 자, 그럼 여기 서 놈들은 어떻게 움직일까요?"

장태열이 답했다.

"유통시킬 약이 떨어졌으니 다시 들여올 생각을 하겠지."

"말할 것도 없는 거겠죠? 그럼 우린 공조위나 그 휘하의 부하 들을 감시하고 있다가 어디서 들여오는지 확인, 역으로 추적해 서 그게 어디서 오는지 알아보면 되는 거죠."

"말이 쉽지…… 해외에서 건너오면 어떻게 추적하려고?"

"그럼 우리도 불법으로 밀항을 생각해야겠죠?"

"진심이야?"

"상황이 어찌 될지는 두고 봐야겠죠."

"이거 어째 일이 갈수록 위험해지는 것 같은데……."

나는 핸드폰을 조작하며 뜸을 들였다.

"그렇기는 해도…… 이걸 보면 생각이 달라지실 것도 같은데……."

마지막 버튼을 누르자 최소현과 이형석의 핸드폰으로 문자가 전송되었다.

"입출금 신청은 두 사람만 해 둔 모양이네요. 확인해 봐요. 방금 지난 일에 대한 성과급을 넣었으니까."

하나둘, 인터넷 뱅킹을 하더니 눈이 휘둥그레졌다.

그래, 좋기도 하겠지.

어떤 직장이 이렇게 큰 금액을 마구 지급해 주겠냐고.

"1억……!"

김지혜가 다가와서는 콧소리를 내며 안겨 댔다.

"과장님, 고마워요~ 우리 과장님 진짜 멋있으시다. 과장님, 혹시 애인 있어요? 없으면 내가 확 애인 할까 봐. 호홍~!"

최소현이 갑자기 정색했다.

"지혜 씨, 지금 뭐하는 짓이에요?"

"네?"

"지금 여기 직장인 거 잊었어요? 아무리 최 과장님이 사람을 편히 대하신다고는 해도, 그렇게 사적인 질문에, 그렇게 들이대는 건 좀 아니지 않아요?"

김지혜가 살짝 당황하며 내게 고개를 숙였다.

"아…… 제가 좀 무례했을까요? 죄송합니다, 과장님. 제가 너무 기쁜 마음에……."

"아, 뭐……. 위계질서는 지키는 게 좋겠죠. 여기 있는 최소현 씨도 친구로 지내던 사이에서 저를 상관으로 모시는 입장이니까."

"죄, 죄송합니다. 정말 죄송합니다."

나는 모두에게 말했다.

"아무튼 지금 우리가 하는 일들이 비공식적으로 이루어지는 만큼, 수익이 생길 경우 그에 대한 성과급도 섭섭지 않게 지급할 생각입니다. 위험부담에 대한 추가도 생각해 두고 있으니까 다들 열심히 해 보자고요."

장태열은 기뻐하면서도 살짝 아쉽다는 표정을 머금었다.

"받은 돈이 수십억이었을 텐데, 겨우 1억이야? 쩝……."

이 사람, 뭘 모르네.

옆 사무실 대여에 훈련장 설비는 처음부터 내 자비로 들인 거였거든?

아무리 국가정보원이라고 하지만 외부 설비에 그렇게 큰 지원금이 나오지 않는다는 거 몰라?

기껏 작전 중에 순직하지 말라고 배려했더니만.

그렇다고 이걸 과장 체면에 생색내서 말할 수도 없고.

근데 듣고 보니 짜증이 밀려와 한 소리를 안 할 수가 없었다.

"장태열 씨도 알겠지만, 매 작전마다 결제받고 지원금 받아내는 게 원활하게 이루어지진 않습니다. 거기다가 우린 비공식 부서인데 급박하게 돌아가는 상황에서 적극적인 지원금이 조달될까요?"

"그거야……."

"앞으로 생기는 부수입은 저의 재량권 안에서 여러분에게 성과급으로 지급할 수도, 근무 환경의 개선에 쓰일 수도 있습니다. 그걸 더 지급해라 마라 하는 건 월권이고, 안 줘도 될 돈을 줬음에도 이런 말을 듣는다면, 다음에는 그 말씀을 적극 고려해보도록 하죠."

그딴 식으로 나올 거면 앞으로 성과급은 꿈도 꾸지 말라는 으름장이다.

이형석이 곤란해하며 장태열에게 한마디 했다.

"아니, 장태열 요원은 왜 엉뚱한 말씀을 하셔서 과장님 심기를 건드리십니까?"

"맞아요! 어떤 직장에서 일 잘했다고 이런 큰돈을 주냐고요? 아주 배만 불렀어, 정말."

김지혜까지 뭐라고 하자 장태열이 얼른 꼬랑지를 말았다.

"아니~ 내 말은 그런 게 아니고. 아냐, 내가 한 말은 못 들은 걸로 해. 내 입이 방정이지. 미안. 잘못했어."

나는 모두를 보며 말했다.

"우리 모두 국가에 귀속된 공무원이란 걸 잊지 마십시오. 그리고 이런 성과급, 상부로는 보고조차 올라가지 않는, 저의 결정에 의해 이루어진다는 것도 아셨으면 하고요. 그럼 차후 계획은 공조위의 활동에 맞추도록 하고 다들 일들 보시죠."

조금 화가 난 듯한 표정으로 탕비실로 들어와서일까, 최소현이 따라 들어왔다.

"과장님? 화났어요?"

나도 사람이다.

솔직히 욕심 많은 돼지 취급받고서 기분 좋을 리 없다.

"화가 났다기보다는, 짜증이 확 올라온 거죠. 이건 뭐, 잘해 줘 봐야 무슨 소용인가 싶고……."

"풀어요. 장태열 씨 생각 없이 말 툭툭 뱉는 거 어디 한두 번인가? 나도 후려쳐 주고 싶었던 게 얼마나 많았는데. 알죠? 그 투기장에서. 사람 속을 틈틈이 얼마나 뒤집어 놓는지."

"담담하게 받아들이려고 해도 사람을 비겁하게 취급하니까 저도 모르게 욱했네요."

"그만하면 충분히 어른스럽게 대처한 거네요. 저 같았으면 아주 별소리를 다 했을 걸요? 과장이라서 그런가, 첫인상에 비해 얼마나 의젓해 보이는지 본인은 모르나 봐?"

"훗, 그래서 나 기분 상했을까 봐 그거 풀어 주려고 왔어요?"

"아니, 뭐……. 나도 받은 게 있다 보니 고맙기도 하고……."

솔직한 그녀는 언제나 마음에 들었다.

"역시 돈 받고서 싫어할 사람은 없어요. 그죠?"

"당연하죠~ 그리고 그거 알아요? 이 돈이면 제 2년 치 연봉도 넘는다는 거? 공무 수행하면서 이런 돈을 합법적으로 받을 수 있다는 게, 제 입장에선 엄청 신기한 일이거든요."

"타 부서에서는 있을 수도 없는 일이, 지금 저희 부서에서는 버젓이 일어나고 있긴 하죠. 성과급이라니, 그런 게 어디 있어? 2년을 7과에서 일하면서도 한 번도 들어 본 적도 없는 것을."

"그럼에도 최강 씨는 계속 이런 식으로 운영할 생각인 거죠?"

"어차피 임시니까."

"임시라고요?"

"그럼 계속 7과에서 일할 생각이었어요? 소현 씨도 본연의 경찰로 돌아가야 할 거잖아요."

"그렇기는 한데…… 이것도 나쁘진 않은 것 같아서……. 솔직히 잘 모르겠어요. 돌아갈 수 있을지."

"왜요…… 파트너 때문에?"

나의 조심스러운 질문에, 그녀가 억지웃음을 내비쳤다.

"옆에 있어야 할 책상에 아무도 없는 것도 이상할 것 같고……. 그렇다고 다른 사람이 앉으면 그것도 어색할 것 같고. 일하다가 보면 자꾸 떠오를 텐데, 그걸 감당하면서 계속 일을 할 수 있을지…… 솔직히 자신이 없네요, 지금으로선."

그만큼 파트너에게 정이 많이 들었고, 잃은 트라우마에서 쉽게 벗어나지 못하고 있다는 뜻이었다.

그래, 그럴 만도 하겠지.

그녀의 표정이 복잡해지는 것도 충분히 이해는 갔다.

"소현 씨나 나나…… 이 일을 하게 된 목적은 다르지만, 우리를 이 일에 휘말리게 만든 그 장본인들. 당분간은 놈들을 응징할 것에만 집중해 봅시다. 알았죠?"

"네, 그래야죠."

* * *

가만히 책상 앞에 앉아 팀원들을 보고 있자니 뭔가 막 답답한 마음이 들었다.

내가 너무 틀에 박힌 사고방식으로 일을 진행 중인 건 아닐까.

좀 더 신속하게 할 수 있는 방법도 있을 텐데.

많은 생각이 들기 시작한 것이다.

"그렇지. 굳이 놈들이 약을 들여올 때까지 기다리고 지켜만 볼 필요는 없는 거거든……."

-왜, 뭘 어쩌려고?

"그동안 7과에서 일하면서 봐 왔던 게 추적하고 교란하고 그런 것들이었거든요. 그래서 그런지 아무래도 저도 그렇게 해야 옳은 거라고 착각을 해 온 것 같네요. 저한테는 두 분이 있는데, 발라스가 씌운 누명에서 벗어났던 것처럼 신속하게 처리하면 될 일인데 말입니다. 지금 제 입장에서 형식을 따지는 게 웃기잖아요."

케라에 이어 제라로바가 말해 왔다.

-그때 너에게 약을 권했던 그놈! 그놈만 족치면 그 배후를 알 수 있을 것이다.

제라로바가 말하는 그놈.

공조위를 말하는 거다.

"할아버지 말이 맞아요. 은밀한 것도 좋고, 형식적인 것도 좋은데……. 다른 사람들이 생각지 못하는 좋은 방법이 있음에도 굳이 다른 사람들과 같은 길을 갈 필요는 없다는 거죠."

케라가 말했다.

-후후, 좋은 마음가짐이구나! 그럼 가자! 안 그래도 지켜보느라 답답하던 차였는데, 생각을 잘 고쳐먹었구나!

"네, 갑시다. 이젠 마법도 실컷 쓸 수 있게 됐는데, 더는 얽매여 있지 말자고요."

* * *

볼일이 있다는 말로 사무실로 나온 나는 핸드폰에 찍히는 위치 추적기의 위치부터 확인했다.

"달아 두길 잘했네. 굳이 지혜 씨나 형석 씨한테 안 물어봐도 되고 말이야."

공조위의 차에 붙여 놓은 추적기의 위치는 인천으로 찍혀 있었다.

"인천, 인천 좋지. 간만에 바닷바람이나 쐬어 볼까?"

한 시간 넘게 달려 인천에 도착한 나는 거기서 바다도 보고, 대게도 먹고 한참 여유로움을 즐겼다.

하지만 먹는 것에만 집중하는 건 아니다.

저만치 창밖으로 위치 추적기가 달린 차가 있었다.

그래서 감시 겸, 식사도 할 겸, 창가로 자리 잡아 식사를 하는 중이었다.

"니들도 밥은 먹고 다니는구나. 나도 밥은 먹으면서 일하자."

-최강아, 이거 정말 부드럽구나. 너무 맛이 좋다!

"흘흘, 저 예전에는 비싸서 손도 못 대던 건데, 이제야 마음 편히 먹을 수 있게 되네요. 살 진짜 연하고 촉촉하죠? 역시 대게는 쪄서 따뜻할 때 바로 먹어야 제맛이라니까."

예전 같았으면 이런 비싼 걸 처먹고서 활동비에 추가시키는 건 꿈도 못 꾼다.

아마 그랬다간 욕을 바가지로 먹을 것이다.

어떤 상사가 밥 한 끼에 십 수만 원을 허용할까.

이것도 모두 내 돈으로 처리하는 것이기에 누릴 수 있는 호사였다.

-저것도 좀 먹어 봐라. 살이 아주 연하고 짭짤한 것이 맛이 너무 좋구나.

"게장 맛있죠. 이게 진짜 밥도둑이라니까요."

제라로바 취향은 아무래도 게장인 모양이다.

손으로 누르면 연한 살이 죽 하고 튀어나오는데, 짭짤한 간장에 절여진 그 맛이 정말 부드럽고 입에서 살살 녹았다.

그렇게 살을 먹고 밥을 크게 한 수저 먹는데, 공조위가 차로 올라타는 게 보였다.

-저놈들이 움직인다!

-아직 다 안 먹었는데, 벌써 일어난다고?

-먹는 타령 좀 그만해라, 노인네야! 우리가 지금 놀러 온 게 아니잖아!

나는 그들에게 알려 주었다.

"급할 거 있나요? 추적기 달아 놨는데. 천천히 여유롭게 뒤쫓아도 됩니다. 그리고 7과 직원들도 카메라를 통해 계속해서 공조위의 활동을 살피고 있을 텐데, 이렇게 곧바로 밀착해서 뒤쫓으면 곤란하다고요. 조심해야죠."

물론, 내가 공조위를 쫓고 있을 테니 지원을 하라고 할 수도 있다.

그렇지만 그럼 장태열이나 최소현이 따라나서려 할 게 분명했다.

그들이 있으면 오히려 마법을 쓸 수가 없어서 정말로 형식적인 수사와 추적만 해야 한다.

그 모든 복잡한 일을 한 방에 해결할 수 있는 마법 같은 힘이 있는데, 굳이 그럴 필요 있나?

하루 정도는 이렇게 혼자 다니는 게 훨씬 효과적일 수도 있는 것이다.

식사를 마치고 여유롭게 추적기를 쫓아 바닷가 근처에 있는 낡은 사무실 앞으로 왔다.

"차가 저기에 있는 거면, 당연히 놈들도 저기에 있겠군."

그 앞을 지키는 놈들이 몇 보였지만, 투명 마법으로 여유롭게 통과.

사무실 문도 거침없이 열고 들어갔다.

문이 저절로 열리자 이상하게 여긴 내부의 사내들이 집중하여 쳐다보긴 했다.

확인을 하러 오던 놈은 고개를 갸웃하며 다시 문을 닫고 있었다.

"아무도 없는데?"

"여기 외풍 왜 이렇게 심하냐? 왜 문이 저절로 열리고 그래?"

그래, 그냥 어쩌다가 생기는 이상한 일로 치부해라. 이상한 일에 의문 가지지 말고.

근데 공조위 이놈은 어디에 있는 거야?

"안쪽 사무실에 있나?"

이제는 익숙해져서는 내 집 안방 돌아다니듯 내부를 둘러보며 안쪽 사무실로 향했다.

그리고 들어올 때와 마찬가지로 대놓고 문을 열고 들어갔다.

터걱.

그러자 안에 있던 세 명의 시선이 나에게로 집중되었다.

"뭐야?"

공조위가 묻자 사내 하나가 확인을 하려고 문으로 다가왔다.

나는 그를 스윽 피해 한쪽 구석으로 자리를 잡았다.

문을 확인한 사내는 밖을 보더니 문을 닫으며 공조위에게
말했다.

"문이 잘 안 닫혀 있었던 모양입니다."

공조위가 둘을 보며 말했다.

"이제 실험 2단계로 넘어간다고 한다. 한국 정부나 경찰에서
도 최근에 생긴 몇몇 사건으로 슬슬 관심을 가지기 시작한 모양
이니까, 앞으로는 더 조심해야 해."

"네."

2단계라니, 무슨 말일까?

혹시 다른 약을 실험하기라도 하나?

뭐가 되었든 알아보면 되겠지.

"이번 일처럼 관리 허술하게 하지 말고. 잘해. 어?"

"네."

"그만 나가 봐."

두 사람이 나가고 공조위 하나만 남게 되었다.

드디어 내가 기다린 순간이 온 것이다.

'그럼 어디, 작업을 시작해 볼까?'

공조위가 앉아 있는 곳 뒤로 슬그머니 돌아서 간 나는 천천히 그의 머리 뒤로 손을 내밀어 작은 소리로 속삭였다.

"아쉴……."

그런데 갑자기 그가 홱 돌더니 내 손을 툭 하고 쳐 냈다.

파앗!

털커덕!

의자를 박차고 일어나 갑자기 권총을 꺼내 들어 내 머리를 향해 총구를 겨누기까지!

그러한 그의 행동에 나는 깜짝 놀라고 말았다.

뭐야, 이 새끼 내가 보이는 거야?

'어떻게 안 거지?! 알 수가 없는 건데……! 이 새끼, 정체가 뭐야!'

* * *

김종기 의원이 매우 흥분을 해서는 어느 빌딩의 복도를 성큼 성큼 걷고 있었다.

그는 네 명의 사내가 지키고 있는 커다란 회의실의 문을 강하 게 열더니 내부에 모여 있는 사람들을 보며 크게 외쳤다.

"지금 뭣들 하고 있는 겁니까-!"

모두가 그를 한 번 스윽 보긴 했지만, 저마다 퉁명스러운 얼굴로 앞으로 시선을 돌렸다.

그 무언의 무시에 김종기 의원은 얼굴이 붉게 물들었다.

"이이이잇……!"

그는 울화가 치미는 걸 간신히 참고는 앞으로 나가 단상에 올랐다.

"여기서 지금 뭘 하고 있는 거냐고요! 다들 아시다시피 어르신의 유지가 나에게 회주의 자리를 넘겨주라는 것이었습니다. 근데 뭐요? 회주 선출 투표를 할 것이니 모이라고? 지금 어르신의 유언을 무시하겠다는 겁니까, 뭡니까!"

그때, 중앙에 앉은 신우범 원장이 입을 열었다.

"돌아가신 분의 뜻을 존중한다는 거, 중요하지요. 이 나라가 특히 그러한 특성과 전통을 무척 중시하는 나라이기도 하고요."

"맞습니다! 어르신의 뜻은……!"

"하나……."

"……!"

"결국 실질적인 힘을 가지고 있는 사람이 조직을 이끌어야 더 잘 지키고 더 굳건하게 만드는 게 아니겠습니까? 최근의 일로 우리 조직에 빈자리가 많이 생겼다는 건 다들 잘 아실 겁니다. 인재를 육성한다는 것이 천문학적인 금액도 금액이지만, 시간과 노력이 많이 필요한 일이죠. 그 일을 누가 더 잘 맡아서 할 수 있을까, 현재로서는 그것이 중요하다고 생각하는데요."

"그 무슨……!"

"김종기 의원께선 앞으로 큰일을 하실 분이 아니십니까? 나라의 운영도 맡아야 할 분께서, 조직의 일까지 관여하시는 건 어려움이 많을 거라고 사료됩니다. 하여 비교적 시간이 많고, 능력도 되는 사람이 조직의 회주를 맞는 것이 옳다고 생각됩니다만."

"그래서 그게 지금 누구인데 이러느냐 말입니다! 그 능력 있고 힘 있는 사람이 대체 누구냐고?!"

신우범 원장이 씩 웃었다.

"바로 나입니다. 차기 회주로서 자격을 갖춘 사람."

"뭐요?! 신우범 당신……!"

"회주의 새로운 선출에는 김종기 의원 본인의 책임도 있다는 걸 알아 두셔야 할 겁니다. 이번에 많은 인재를 잃은 게 모두 의원님께서 관리하던 신정환 과장의 배신 때문이 아닙니까? 당사자가 그 일에 대한 책임도 지셔야 할 것 같습니다만."

"그건……. 끄음……."

"인정하신다면 모두의 뜻에 따라주시는 게 어떻겠습니까?"

잠시 뒤, 투표가 진행되었고, 8할의 표를 받으며 신우범 원장이 선출되었다.

"이로서 차기 발라스의 회주는 신우범 회주님으로 결정되었습니다."

땅! 땅! 땅!

어깨까지 들썩이며 자신의 사무실로 돌아온 김종기 의원은 성질에 못 이겨 옆에 있던 난 화분을 확 집어던졌다.

와장창!

"이 빌어먹을 놈의 것들……! 니들이 나를 재껴?! 감히 나를……! 어디 대통령만 되어 봐라. 내가 너희들을 가만히 놔두나 두고 보자고……!"

똑똑똑.

"누구야!"

곧 이진석이 사무실로 들어섰다.

그를 본 김종기 의원이 불같이 화를 냈다.

"너 잘 만났다. 너 이 새끼……! 대체 일을 어떻게 하는데 일이 이따위로 굴러가는 거야! 너는 누구보다도 차기 회주인 내 명령을 따랐어야지!"

"그렇게 자기 물건 정도는 알아서 잘 챙기셨어야죠."

"뭐……?"

김종기 의원은 뒤늦게 카드와 장치가 신우범에게 있다는 말을 듣고 뒷목을 잡았다.

"그 인간……! 그럼 지금까지 모두를 속이고 있었던 거야? 자기가 가지고 있었으면서 지금까지 없앤 척을 했던 거냐고!"

"사람을 부리는 것도, 수단과 방법도, 모두가 한발 앞섰던 것이죠. 물론 운도 따라 줬겠지만."

"그건 내 것이잖아! 그럼 당연히 나에게 가져왔어야지!"

"카드와 장치의 존재가 자신에게 있다는 걸 빌미로 각 간부들을 만나 이미 물밑 작업을 해 둔 상태였습니다. 결국 힘이 있는 쪽으로 대세가 기운 것이죠."

"뭐라는 거야, 이 새끼는……!"

이진석이 김종기 의원을 강하게 쏘아봤다.

"대통령, 꼭 되셔야 할 겁니다."

"뭐?"

"그리고 되고 나서도 조용히 국가 운영과 조직의 번영을 위해 힘내셔야 할 겁니다. 그렇지 않고 회주에게 위협만 되신다면…… 조직의 안위를 위해 저희 처리반이 움직일 수도 있으니까요."

"너 이 새끼…… 지금 나를 협박하는 거야? 네가 감히 나를?!"

"조직의 안위에 대해 말씀드리고 있는 것입니다. 그러니 혹시라도 불손한 마음을 가지셨다면, 버리시라는 조언을 드리고 싶습니다만."

"이, 이게 감히 내가 누구라고……! 쓰레기 청소나 하는 주제에……!"

이진석이 자리에서 일어났다.

"그런 발언도 발언권과 힘이 있을 때나 하시는 것이지, 떠밀려서까지 이러시면 내부의 적만 더 늘리는 겁니다. 아실 만한 분께서 그런 과오를 저지르진 않으실 테고……. 대통령이라도 되셔야 그나마 발언권을 유지하실 텐데, 그마저도 안 되시면 조직이 의원님을 어찌 생각하실지……. 생각 잘하셔야 할 겁니다."

김종기 의원은 표정이 심각해져서는 더는 말을 잇지 못했다.

이진석의 말을 듣고 나니 이제야 가슴이 철렁 내려앉았다.

그리고 이제야 올바른 생각을 할 수 있었다.

화만 낼 게 아니라, 현재 자신의 위치를 어떻게 지켜 내야 할지 냉정한 판단이 필요하다는 것을.

이진석은 그곳을 나와 진한 미소를 머금어 보였다.

"대통령, 꼭 되어야 할 거야. 그렇지 않으면 왕위 계승에서 물러난 장기적인 위협을 가만히 놔둘 리가 없으니까. 신우범은 그렇게 호락호락한 사람이 아니란 말이지……."

* * *

공조위는 총을 들고 벽 쪽으로 겨누었다.

"뭐야……."

엄습해 오던 기이한 느낌과 냄새는 결코 잘못 느낀 게 아니었다.

그리고 방금 전에 손을 휘둘렀을 때도 분명히 무언가가 부딪쳤었다.

"아무것도 없는데 대체 뭐냐고……."

무언가 뒤에 있던 것 같기는 한데, 뒤돌아 살펴봤지만 아무것도 없었다.

꼭 귀신이라도 있는 것만 같아서 오싹한 기분도 들었다.

곧 밖에서 사내들이 우르르 들어왔다.

"지부장님, 무슨 일이십니까?"

모두가 의자가 쓰러지는 소리를 듣고 들어온 거였다.

한데 그가 벽 쪽으로 총까지 겨누고 있으니 그들 역시 총을 매만지고 있었다.

"왜 그러십니까? 거기에 뭐가 있는 겁니까?"

"어? 아니……. 아무것도."

민망해진 그는 어색한 표정을 머금으며 모두에게 말했다.

"됐으니까 그만 나가 봐."

"아, 네……."

"아, 저기 잠깐만. 근데 혹시 니들 중에…… 점심에 게찜 먹은 놈 있나?"

"게찜이요?"

"그런 냄새가 분명 났었는데……. 비린 냄새가……."

잠시 뒤, 밖으로 나온 최강이 놀란 가슴을 쓸어내렸다.

"와…… 진짜 깜놀. 들키는 줄 알았네."

그는 자기 손의 냄새부터 맡았다.

"게 냄새가 그렇게 심했나?"

-냄새가 얼마나 진했으면 놈이 그걸로 이상하다는 걸 알아차렸을까.

물수건으로 대충 닦고서 나온 게 탈이었다.

이게 또 본인은 잘 몰라도 손에 베인 게의 비린내가 다른 사람에겐 강하게 느껴질 수 있는 거였다.

안 그래도 비린내가 심한 게 냄새인데, 그걸 물수건으로 대충 닦고서 손을 가져다 댔으니 갑자기 풍겨 오는 냄새에 이상하게 여겼을 수밖에.

"설마 그걸로 다가가는 걸 알아챌 거라고 누가 생각이나 했나요."

-일단 손부터 씻자.

"그래야겠네요."

근데 이게 또 비누로 빡빡 씻는데도 냄새가 잘 사라지질 않았다.

손톱 사이사이 잘 닦는데도 몇 번이나 씻어도 냄새가 아직도 나는 것 같았다.

"아~ 냄새. 게를 괜히 먹었나……."

-그래서 오늘은 포기하려는 것이냐?

제라로바의 말에 최강은 단호히 말했다.

"그건 안 되죠. 한 번 실패했다고 물러설 수야 있나요."

-그렇지만 이번엔 그 비누 냄새가 너무 심하게 날 것 같은데.

결국 최강은 약국에서 소독약을 사서 손을 닦아 보고 여러

번 물에 씻어도 보면서 한참을 냄새를 없애는 데 시간을 보내야
했다.

　잠시 후, 손에서 나는 냄새를 겨우 지운 최강이 해안가에서
손의 냄새를 맡고 있었다.

　"어때요? 이제 안 나죠?"

　-이제 좀 덜 하는 것 같구나.

　"와, 이 비린내 진짜 안 없어지네요. 그리고 그놈은 무슨 개코
도 아니고 뭐가 그렇게 예민해?"

　-보기에는 감각이 범상치 않은 놈인 것 같았다. 지금까지의
놈들처럼 가볍게 보지 않는 게 좋겠어.

　"중국의 에이전시 쪽 인물일 수도 있다고 하니까, 아무래도
위험한 인물이긴 할 겁니다."

　-그 에이전시라는 게, 여기서 흔히 말하는 살수 집단, 뭐
그런 거라고 했던가?

　"의뢰받아서 암살도 하고, 극비 문서나 물건을 탈취하기도
하고, 위험하고 돈 되는 일이면 뭐든 하는 조직이죠. 그런 일들
이 기업 형태로 전문화되어 굴러가는 게 바로 에이전시라는
곳들입니다. 듣기로는 그 시작이 나라에서 버려진 오갈 곳 없는
요원들이나 군인들이 모여서 조직하게 되었다고 하는데, 각
나라에서도 필요할 때 쓰고 버리기 좋아서 아직까지도 은밀한
교류가 있는 모양이더라고요."

　케라가 갑자기 진지한 질문을 해 왔다.

-근데 말이다. 이런 식으로 일을 할 거였으면, 애초부터 혼자 움직였어도 충분하지 않았을까? 굳이 국가정보원에 들어가고, 번거롭게 조직을 떠맡고. 왜 그런 거냐?

그 물음에 나는 하늘을 보며 미소를 머금었다.

"갖춰 입고 싶었습니다."

-갖춰 입어? 뭘?

"누구나 그렇지 않습니까. 요리를 할 때도, 전투를 할 때도 그에 맞는 복장이란 게 있는 겁니다. 청소복이든 공장 작업복이든 각자에겐 그것이 자신만의 전투복인 거죠. 근데 제가 아무것도 갖추지 못하면 그 누가 저의 말을 믿고 인정하겠습니까? 상대가 얼마나 큰 조직인지 알지 못하는데, 저 혼자서 그들 전부를 뿌리 뽑는다고요? 불가능하죠. 하지만 국가정보원으로서 공권력을 이용한다면 가능합니다. 그러기 위한 갖춤이 필요했던 겁니다."

-결국 사고는 네가 치고 뒷수습을 해 줄 사람들이 필요했다는 거로구나.

"혼자서는 할 수 없는 일도 있는 거니까요. 시간 낭비가 될 일도 무언가를 갖추기만 하면 손쉽게 해결되는데, 뭐 하러 일을 어렵게 갑니까?"

-영악한 녀석. 그래도 그 부분은 마음에 드는구나.

"개미굴 사건, 그새 잊으셨어요? 아무것도 없으면 자경단에 살인마가 되는 거지만, 무언가를 갖추면 범죄 소탕이 되는 겁니다. 그것이 바로 갖추는 복장의 힘이라는 거죠. 혼자 사는 세상이 아니니까. 사고는 치더라도, 일상으로 돌아갈 방법 정도는 마련해 둬야죠."

* * *

공조위는 전화를 하며 인천의 한 호텔로 들어왔다.

"어, 알았어. 내일 물건 들어올 때 나도 갈 테니까, 보안 철저히 하고. 인천 경찰서나 관련 형사들 움직임도 잘 살피라고 해. 혹시라도 냄새 맡고 움직이면 즉시 철수해야 하니까 탈출 루트도 잘 마련해 두고."

보통은 경찰이 범죄자의 뒤를 쫓고 감시하겠지만, 이들은 달랐다.

자신들을 노릴 만한 자들에게 미리부터 감시를 붙여 무엇을 알아내는지, 행여 위협이 되는지를 판단하여 제거를 하거나 감시를 통해 미리부터 위기를 벗어나는 거였다.

혹시라도 해당 경찰이 구린 구석이라도 있다면 돈을 먹이는 것도 좋은 방법이었다.

애초에 치밀함부터가 보통의 범죄자들과는 차원이 다른 조직인 것이다.

터걱.

카드키로 문을 열어 안으로 들어온 공조위.

그런데 막 서랍으로 총을 넣어 놓고 외투를 벗는데 방금 닫았던 문이 슬그머니 열렸다.

쓰르르르륵.

분명 닫히는 소리까지 확실히 들었던 문이었다.

공조위는 표정을 굳히며 즉시 넣었던 총을 도로 빼어 그쪽을 향해 겨누었다.

"뭐야……."

문 가까이 조심스럽게 다가가서는 복도를 살폈지만 아무도 없었다.

그는 문을 닫고는 곧바로 걸어 잠갔다.

처걱!

"후우……. 오늘 대체 왜 이래……."

화아앗……!

안 그래도 하루 종일 이상한 느낌에 기분이 찜찜했는데, 갑자기 옆으로 무언가가 확 하고 지나가는 느낌을 받았다.

그의 머리카락까지 살며시 움직일 정도의 바람이었다.

오싹함에 소름이 끼친 그는 뒤로 확 돌았다.

그는 혹시라도 누군가가 미리 방에 들어와 있을지도 모른다는 생각에 총을 몸에 붙이고서는 방 곳곳을 뒤지기 시작했다.

최강이 투명 마법으로 소파에 앉은 채 그를 지켜보고 있었지만, 그가 그것을 알 턱이 없었다.

아무도 없다는 걸 확인한 그는 자신의 신경이 너무 예민해져 있다고 여기며 정신을 차리고자 샤워를 했다.

"앗! 뜨거……! 뭐야—!"

그런데 갑자기 뜨거운 물이 나왔다가, 차가운 물이 나왔다가.

물 온도가 제멋대로 조절이 됐다.

도저히 참기 어려웠던 그는 아무것도 걸치지 않고 밖으로 나왔다.

"뭐냐고……. 분명 적당히 맞춰 놨는데 왜 이래……."

온도 조절 부위를 보니 완전히 차가운 쪽 끝으로 가 있었다.

뜨거운 물이 나와서 다시 맞춰 놓은 게 저절로 저렇게 가 있는 거였다.

씻으려고만 하면 자기 멋대로 움직이는 수도라니, 이 무슨 황당한 일인가 싶었다.

"미치겠네……."

그렇다고 거품이 가득한 머리를 이대로 둘 수도 없고.

하여 그는 온도 조절 부위를 손으로 꽉 붙잡은 채로 무척 불편하게 겨우 머리를 감았다.

그런데 겨우 샤워를 마치고 나오는데, 갑자기 불이 전부 꺼졌다.

탁!

경직.

화장실을 제외하고는 캄캄해진 방 내부의 모습에 그는 잔뜩 경계를 했다.

이 새끼, 정체가 뭐야!

"어떤 새끼야……. 대체 어떤 놈이 장난질이냐고-!"

그는 다시 거실 불을 키고는 스위치를 뜯어 안을 살폈다.

누군가 외부에서 조종을 하고 있는 건 아닌지 살피기 위한 의도였다.

하지만 전등까지도 꼼꼼하게 살폈음에도 아무것도 없었다.

"아무것도 없잖아. 그럼 정말로 불이 저절로 꺼졌다는 거야?"

덜커덕!

거기다가 멀쩡히 서 있던 침대 옆의 수면등이 저절로 넘어지기까지.

"크윽!"

움찔한 그는 꺼림칙해서 더는 이 방에 있을 수가 없었다.

"차라리 나가고 말지…… 하필이면 재수 없는 방을 잡아서는."

그는 혹시 모른다는 생각에 총에 소음기를 끼고서는 얼른 옷을 갖춰 입고서 방을 나서려고 했다.

터걱! 터걱, 터걱!

그런데 어떻게 된 일인지 문이 붙어 버린 듯이 도저히 열리지가 않았다.

"뭐야……. 이거 왜 안 열려?"

그는 문을 마구 두드리고 다시 잡아당겼다.

"어이! 거기 누구 없어! 문이 고장났나 봐! 누가 이 문 좀 열어보라고!"

바로 그때, 뒤에서 소름끼치는 목소리가 흘러들었다.

"가긴 어딜 가. 너는 이제 내 거야……."

공조위는 뒤로 홱 돌아 총을 겨누었다.

분명 방 내부를 샅샅이 뒤지고 살폈는데.

황당하게도 그곳에 복면을 쓴 누군가가 서 있었다.

"이잇……!"

공조위는 주저 없이 총을 쏘았다.

피융! 피융! 피융!

그런데 이게 어찌 된 일인가.

상대는 아무렇지도 않은 듯 그대로 자신을 향해 성큼성큼 걸어오고 있었다.

그리고서 그가 손을 뻗어 오는 순간, 저항할 틈도 없이 눈앞이 까맣게 변해 버리고 말았다.

화아앗-!

잠시 뒤, 공조위는 소파 위에서 정신을 차리며 몸을 벌떡 일으켰다.

"뭐야……. 뭐야-!"

몸을 만지며 총을 찾았지만 어딜 간 건지 온데간데없었다.

그는 혼란스러워 미칠 것 같았다.

"뭐냐고…… 꿈이라도 꾼 거야? 대체 내가 왜 이러고 있어?"

조직 내에서도 실력 좋은 청부업자로 인정받는 자신이었다.

그런데 대체 누가 자신을 이렇게 혼란스럽게 하고 있는 것일까.

"아까 그건 너무 생생했는데……."

자신을 향해 마구 다가오던 존재.

아무리 총을 쏴도 소용이 없는 상대의 모습에 그는 순간적으로 강한 무력감을 느꼈다.

동시에 감당할 수 없는 존재의 압박에 큰 두려움도 함께 느꼈었다.

늘 상대에게 두려움만 주어 왔던 그로서는 단 한 번도 느껴보지 못한 굴욕적인 감정이었다.

"내가 오늘 많이 피곤했나? 그래…… 그럴 거야. 그런 일이 실제로 일어날 리 없는 거잖아."

하지만 창가로부터 흘러드는 바람에 그곳을 본 순간, 그는 표정이 딱딱하게 굳어지고 말았다.

아까 자신이 쏴았던 총에 의해 창문에 구멍이 뚫려 있는 걸 발견한 것이다.

거기다가 열린 화장실 내부는 물이 흥건하기까지.

다 말리지 못한 머리도 아직까지 축축했다.

"꿈이 아니잖아……. 설마, 나한테 귀신이 들러붙기라도 했다는 거야? 이거…… 대체 뭐냐고……?!"

* * *

차를 몰고 가는 나는 충분히 즐겼다고 느끼며 웃음 지었다.

"그놈, 당황하는 모습이 꽤나 볼만했죠?"

-후후, 그놈도 지금쯤 무척 혼란스러워하고 있겠지.

"어우…… 저였어도 그런 일 겪으면 진짜 무서웠을 겁니다. 완전 호러 영화가 따로 없잖아요. 막 불도 꺼지고 물건도 쓰러지는데, 도망치고 싶어도 문까지 안 열려. 거기다가 총을 쏴도 소용없는 존재가 덮쳐 왔으니 얼마나 무섭겠어요."

-근데 말이다. 알아낼 건 그만하면 충분한 것이냐?

제라로바가 물어 왔고, 나는 고개를 끄덕였다.

"그만하면 그놈한테서는 더는 알아낼 게 없다고 봐야죠. 문제는 7과 직원들에게 이걸 어떻게 설명해야 할지. 그게 난감하단 말이죠."

빙의료
최강요원

4. 큰일 한 번 해 보자고

빙의로
최강요원

이른 아침 사무실로 들어선 나는 모두를 소집했다.

"오늘 저녁 5시, 블루 아이언 호가 인천항에 도착합니다. 그리고 9시에 낮에 내리지 않았던 화물을 내릴 건데, 여기에 놈들이 퍼트리려는 부스터의 신약이 포함되어 있습니다."

"신약이라고?"

장태열의 물음에 나는 설명을 보태었다.

"부스터는 썬 아이즈라는 에이전트 조직이 제약회사를 인수하며 발명한 것이었습니다. 예상했던 대로 싼값에 배포되었던 건 실험이 목적이었고요. 여기 말고도 태국, 베트남, 일본까지 여러 나라에 퍼트려 효능과 부작용에 대한 결과를 얻어냈고,

이번엔 다른 신약을 시험할 목적으로 각국에 퍼트리려고 하고 있습니다."

김지혜가 물어 왔다.

"그 중요한 걸 하루아침에 알아 오셨다고요? 혹시 국가정보 원에서도 아는 정보인가요?"

"아뇨. 지금의 정보는 우리만 알고 있는 겁니다. 지원도 받아 야 해서 점심쯤 보고 올릴 거지만, 지원 인력은 저녁까지 대기 시켰다가 적기에 위치와 목적을 알려 줄 생각입니다. 만만치 않은 놈들인 만큼, 보안에 철저하려면 어쩔 수 없습니다."

나는 모두를 보며 말했다.

"이형석 씨와 김지혜 씨는 인력 사무실로 위장하고 있는 곳을 살피면서 드나드는 이들이 어떻게 움직이는지 계속 주시해 주 세요. 특히 공조위의 위치를 놓치면 안 됩니다. 이놈의 결정에 따라 언제든 일정이 바뀔 수 있으니까요."

둘은 고개를 끄덕였다.

"네, 과장님."

"알겠습니다."

이번엔 최소현과 장태열에게 말했다.

"최소현 씨와 장태열 씨는 일전에 투기장에 설치했던 감시 카메라 어플 설치하고, 놈들의 아지트인 인력 사무소 앞 건물에 있는 여행사 간판이 달린 사무실로 가세요. 주인 만나서 며칠 빌리기로 했으니까 거기서 동기화를 하면 인력 사무소 내부에서 어떤 대화가 오가는지 전부 알 수 있을 겁니다."

둘이 놀란 얼굴로 나를 쳐다봤다.

"벌써 안에 그걸 설치해 뒀다고?"

"언제 그런 걸 했어요?"

"설치하는 게 쉽지 않았을 텐데……."

당연히 쉬울 리가 없지. 항시 지키고 있을 놈들인데 보통의
방법으로 그게 되겠어?

이게 다 마법이니 가능한 일이 아니겠냐고.

"음음, 아무튼 잘 설치했고, 놈들은 모르고 있을 테니 감시
잘하세요. 그사이 저는 보고서 작성해서 국가정보원에 다녀오
겠습니다. 후 보고 해도 되지만, 이왕이면 선 보고가 나을 것
같아서 말이죠. 자, 더 할 말 있습니까?"

궁금한 건 많은 얼굴이지만, 딱히 질문하는 사람은 없었다.

"그럼 없는 걸로 알고 이만 회의를 마치겠습니다."

* * *

신우범 원장은 임무의 진행 상황은 물론, 오늘 있을 지원
요청의 이유까지 상세히 살피며 만족스러운 표정을 머금었다.

"좋군. 보고서도 깔끔하고, 일처리도 완벽하고. 그럼 오늘이
면 놈들을 모두 일망타진할 수 있는 건가?"

"아울러 지금 당장 중국 쪽에 공조를 요청하여 이쪽에서 보낸

요원들과 함께 썬 아이즈의 본거지도 소탕해야겠죠. 이쪽에서 문제가 생겼다는 소식을 접하게 되면, 놈들이 자리를 옮겨 똑같은 일을 또 저지를 테니까요."

"자네 말이 맞아. 본진을 치고 그 잔여 세력까지 소탕해야 일을 제대로 마무리 지었다고 할 수 있겠지. 알겠네. 자네 요청대로 해 주지."

"부스터의 유통과 배포자들의 체포는 다른 과에서 맡아 주었으면 합니다. 투기장에서 찍은 자료를 이용하면 보다 쉽게 추적하여 모두 잡아들일 수 있을 테고요."

"안 그래도 투기장 세력을 한번 털 때가 되었지 싶었는데, 좋은 기회가 되겠군. 그래, 우리가 더 도울 일은 없고?"

"저녁에 있을 지원이면 충분합니다."

"알았네."

"보안을 위해 지원 인력이 도착할 장소는 타이트하게 공개 부탁드립니다."

"그리 하지."

보고를 마치고 나오는데, 제라로바가 물어 왔다.

-그런데 너는 언제까지 순순히 저놈의 말에 따르는 척하려는 것이냐?

"목적이 같으니 이용당해 주는 척, 이용을 하는 겁니다."

-놈은 발라스다. 언제 네게 위협을 가해 올지도 몰라.

신우범이 발라스라는 걸 알게 된 건, 혹시 모른다는 생각으로 팀을 구성하자마자 시행한 면담에서였다.

[우리 팀에 들어온 목적이 있나?]

[지시를 받고 들어오게 되었습니다.]

[누구의 지시이며, 당신이 어디에 속해 있는지 말해 봐.]

[신우범 원장님의 명령이며, 저는 발라스에 속해 있습니다.]

[신우범 원장이 발라스라고? 지혜 씨, 당신도 발라스고?]

[네, 그렇습니다.]

[미쳤군. 그 사람이 내게 원하는 게 뭐야?]

[당신 능력을 어디까지 활용할 수 있는가 하는 것입니다. 그리고 암흑 시장을 뒤흔드는 부스터의 퇴출이 목적이고요.]

솔직히 처음 그 말을 듣고 무척 놀랐던 게 사실이다. 그토록 좋은 사람이라고 생각했던 사람이 발라스였을 줄이야.

솔직히 당시엔 충격에 머리가 복잡했었다. 더욱이 이해가 가지 않는 건, 어째서 나를 도와 국가정보원 내부에 있을 다른 발라스를 잡아들였는가였다.

"신우범도 내가 이용가치가 있으니 밑에 두려 했을 겁니다. 그게 아니면 위협이 되는 존재를 가까이에서 보고 싶었는지도 모르죠. 처음엔 국가정보원 내의 발라스를 색출하는 데 그가 왜 나를 도왔을까 궁금했지만, 정이한이 해 준 말을 떠올리고 나니 모두 이해가 되더군요. 내부 분열, 권력 다툼. 그거면 충분히 이해가 가는 부분이죠. 신정환이 김종기 의원을 따랐던 걸 보면, 똑같은 국가정보원이라고 해서 그 상급자를 따르는 건 아니라는 거고요. 결국 신우범 원장은 자기 사람이 아니기 때문에 국가정보원 내부의 발라스를 모두 쫓아냈던 겁니다. 다시 자기 사람들로 채우기 위해서 말이죠."

케라가 말했다.

-정말 어디에나 발라스 천지구나.

"그러게요. 정이한이 말했던 것처럼요."

-정이한 그놈은 대체 어디서 뭘 하고 있는 걸까? 그놈이라면 뭔가 아는 게 많을 텐데.

"글쎄요. 근데 별로 궁금하지는 않네요. 어디서 죽었더라도 제가 상관할 바는 아니니까요."

제라로바가 물어 왔다.

-이 일이 끝나면 그땐 어쩔 것이냐? 신우범을 가만히 둘 거냐?

"훗, 어설픈 쇼를 좀 해 볼까 하는데요. 도와주실 거죠?"

케라가 걱정스러운 목소리를 냈다.

-얘가 갈수록 사고를 만들려고 하는구나. 또 뭘 하려고?

"아무래도 제가 고양이한테 생선을 맡겼던 것 같은데. 그게 사실이면 너무 짜증나는 일 아니겠어요? 제가 저지른 실수를 만회해야죠."

* * *

강남경찰서 최경준 서장도 오늘 일어날 일에 대해 말을 전해 듣고 있었다.

"네, 알겠습니다. 그렇게 알고 병력 대기시켜 두겠습니다. 네."

최경준 서장의 지시는 각 차장을 시작으로 각 반과 강력팀에도 전달되어졌다.

윤석준 반장도 팀원 모두에게 지시 내용을 전달했다.

"야, 오늘 저녁에 소탕 작전 있을 거라고 하니까, 전부 총기 휴대하고 대기하고 있어."

팀원들은 저마다 궁금해 했다.

"소탕 작전이요? 그런 말 못 들었는데."

"우리가 그랬던 적도 있었어요?"

"아니, 뭐. 어디를 소탕하는지는 말씀을 해주셔야죠?"

모두의 질문에 윤석준 반장이 답했다.

"어디를 소탕할지, 장소가 어디인지는 보안 사항이란다. 가기 전에 알려 준다고 하니까 다들 그렇게 알고 대기하고 있어."

팀원들은 한마디씩 투덜댔다.

"요즘 참 이상한 일 많다. 무슨 정보 공개도 없는 소탕 작전?"

"어쩌겠냐. 우리야 위에서 까라면 까야지."

한편, 신정환의 아내인 이소라는 신아빈과 함께 딸의 방으로 들어왔다.

"아빈아, 봐. 아빠가 우리 아빈이 방을 잘 청소하고 계셨나 봐. 어때? 냄새도 좋고 깨끗하지?"

"정말 그러네. 역시 우리 아빠. 세상 최고의 깔끔쟁이라니까."

"아빠가 좀 그런 구석이 있지?"

"응. 너무 깔끔한 것도 병이라는데."

"어머? 너도 그런 말을 알아?"

"엄마는. 요즘 유튜브 보면 다 나와."

"호호, 그렇구나……."

"그래도 걱정은 하지 마. 나쁜 거 가려 가면서 잘 보고 있으니까."

6살짜리 딸의 입에서 흘러나오는 말치고는 너무 어른스러워 엄마인 이소라도 살짝 놀라는 눈치였다.

하지만 감격스러운 게 먼저였다.

"우리 딸, 병원에 있는 사이 정말 많이 컸네."

"아픈 만큼 생각이 많아지니까. 나 있잖아, 병원에 있으면서 다 나으면 뭘 할까 엄청 많이 생각했었거든. 근데 유튜브 보니까 그러는 거야. 내가 원하는 걸 하려면 그만큼 많은 걸 갖춰야 한다고. 그래서 나 공부도 정말 열심히 하려고."

"공부 열심히 해서 뭐가 되려고?"

"의사."

"의사? 그거 힘들 텐데."

"알아. 근데도 나, 사람 고쳐 주는 의사가 꼭 되고 싶어. 그때 그 오빠처럼."

"그 오빠?"

"있어. 신기한 사람. 호홋."

그런데 그런 두 사람의 등 뒤로 갑자기 검은 그림자가 슬그머니 다가왔다.

인기척을 느낀 이소라가 섬뜩함을 느낄 그때, 신아빈이 눈을 크게 뜨며 소리쳤다.

"어! 아빠다!"

"여보? 하휴, 언제 온 거예요. 깜짝 놀랐잖아요."

정말로 그곳에 어색한 미소로 웃고 있는 신정환이 있었다.

그리고 잠시 뒤, 신정환은 딸 신아빈을 안은 채로 이소라와 대화를 나누었다.

"바쁜 일은 다 끝나 가요? 우리 아빈이 퇴원도 했는데. 같이 있을 시간이 있을까 해서요."

신정환의 표정에 근심이 떠올랐다.

"나도 그러고는 싶은데. 앞으로 그러기는 어려울 것 같아."

"당신, 무슨 일 있는 거예요?"

"내 얘기 잘 들어, 여보. 나 이제부터 집에 잘 못 올 거야."

"왜요. 무슨 일인데 그래요?"

신정환은 자신의 품에서 새근새근 잠에 빠진 딸을 눈물을 글썽이며 쳐다봤다.

"어쩌면…… 오늘이 마지막일지도 모르고……. 후우……."

이소라의 얼굴에도 불안감이 떠올랐다.

"그러지 마요, 여보. 나 무섭단 말이야. 갑자기 왜 이러는 건데요."

"내 서재 책상에서 맨 아래 서랍 바닥을 들어 올리면 통장이 하나 나올 거야. 다른 사람 이름으로 된 거지만, 차명계좌로 만들어 놓은 거니까 마음 놓고 써도 돼. 그러니까 문제 생기면 그 돈으로 우리 아빈이 잘 키워 줘, 당신이."

"여보……!"

"미안해. 정말 미안해…… 여보……."

신정환은 무거운 마음으로 집을 나와 걸었다.

이별을 고하며 나오는 발걸음이 어찌나 무겁고 가슴이 착잡한지.

울고 있을 부인을 생각하면 지금도 억장이 무너진다.

그렇지만 후회는 없다.

오로지 딸을 살리기 위해 내딛은 위험한 길이었기에.

그리고 지금은 딸을 살리지 않았던가.

이제 자신만 사라지면 가족들은 안전해진다. 하니 더는 미련을 둘 필요가 없었다.

그런데 바로 그때였다.

걷다가 그 앞에 서 있는 사람을 발견한 그는 깜짝 놀랐다.

"최강, 네가 여긴 어떻게……."

"얘기 좀 할까, 신정환?"

잠시 뒤, 최강은 그를 데리고 폐업한 지하 다방으로 왔다.

"앉아."

음침하고 허름한 분위기가 마음에 안 드는지 그가 주변을 둘러보며 물어 왔다.

"여긴 왜 온 거지?"

"앞으로 여기가 당신 직장이 될 거야."

"뭐?"

"여기서 사람도 사고, 뒤 봐줄 사람들도 육성하면서 세력 좀 키워 봐."

"무슨 수작이야? 나 처벌받게 하려는 목적 아니었어?"

"처음엔 그럴까도 했고, 확 죽여 버릴까도 했어. 근데…… 후후후, 이제 와서 보니까 그걸 누가 반기나 싶네. 어차피 당신 넘길 그 집구석도 온갖 눈속임으로 가득한 암흑천지라는 걸 알아서 말이지."

"너…… 왜 이래, 갑자기? 지난번에도 그냥 버리고 가질 않나, 마음의 준비까지 다 했는데, 사람을 왜 이렇게 혼란스럽게 하는 거냐고?"

최강이 그를 강하게 노려봤다.

"당신, 어차피 어딜 가든 죽어."

"음……."

"그리고 죽을 당신 목숨을 구한 것도 나고."

"알아……."

"당신 딸 목숨도 나한테 달려 있다는 거, 알잖아?"

"그렇지……."

"그럼 내가 시키는 대로 여기서 사무실 꾸미고 나를 도와."

"후우……. 그래, 좋아. 시키는 거라면 뭐든 할게. 근데 대체 나한테 뭘 시키고 싶은 거야?"

"비공식 국가정보원 같은 거, 만들어 보라고."

"날더러 지금 너를 위한 조직을 만들라는 거야?"

"어."

"그런 일이 쉬운 줄 알아? 그러려면 얼마나 많은 자금이 필요한지 알기나 해? 그리고 그러려는 목적은 대체 뭔데?"

최강이 그에게 돈 가방을 건넸다.

"우선 여길 꾸밀 자금은 줄게. 그리고 세력 구축에 관한 자금은 조금 나중에……."

신정환은 그 많은 돈을 보며 최강이 그냥 하는 말이 아님을 알 수 있었다.

"후우…… 좋아, 내 딸 목숨이 너한테 달려 있는데 뭔들 못하겠어. 다 좋다고. 근데 목적이 뭔지 정도는 말해 줘야 하는 거 아냐?"

"내 마음이 갈대라서."

"뭔 소리를 하는 거야?"

"처음 이 일을 시작할 땐, 그냥 짜증나서였는데. 이제 와서야 깨달았거든. 이미 빼지 못할 곳에 발을 들였다는 걸. 그래서 이왕 벗어나지 못할 거, 거길 장악해 버리는 게 어떨까 해서."

신정환의 표정이 싸늘하게 굳어졌다.

"너, 설마…… 발라스를 말하는 거야?"

"눈치는 빨라서 좋군."

"미쳤구나 너……! 단단히 미쳤어. 그게 지금 가능한 일이라고 생각하는 거야? 겨우 우리 둘이서, 뭘 해? 제정신이야?"

최강이 갑자기 그의 어깨를 확 잡아 버렸다.

그 순간, 그들은 땅으로 꺼졌다가 벽을 타고 올라 순식간에 건물 옥상으로 오게 되었다.

솟아오르며 바닥으로 넘어진 신정환은 경악하여 입을 다물지 못했다.

방금 전, 자신에게 일어난 일을 믿을 수가 없어서였다.

"뭐, 뭐야……. 너 대체……! 무슨 짓을 한 거야! 여기 지금 옥상인 거야?"

최강이 먼 곳의 경치를 바라보았다.

"죽어 가던 사람도 내 손을 거치면 산다는 것쯤은 이미 알고 있을 테고. 거기다가 난 이런 것도 가능하지……."

최강은 소매를 올려 손목 안쪽에 새겨진 룬을 매만지며 사라졌고, 곧 신정환 뒤에서 나타나며 말했다.

스르륵.

"바로 이런 거."

"허억! ……너 뭐야. 대체 정체가 뭐냐고? 전부터 정말 묻고 싶었는데, 어떻게 이런 게 가능한 거지?"

"그냥 당신은 내가 당신 생명줄을 쥐고 있고, 누구도 해칠 수 없는 절대적인 존재라는 것만 알면 돼."

"허……."

"그러니까 나를 믿고 큰일 한 번 해 보자고. 내가 당신한테
주는 처음이자 마지막 개과천선의 기회가 될 테니까."

* * *

최소현과 장태열은 여행사 사무실에서 여러 태블릿을 통해
반대편 인력사무실 내부를 살피고 있었다.

장태열은 보이는 화면을 보며 감탄했다.

"카메라 설치 장소 한 번 죽이고, 사각지대 없고. 목소리 잘
들리고. 아주 제대로 해 놨구만."

"밤에 몰래 들어가서 설치한 걸까요?"

"이런 놈들이 밤이라고 사무실 지키는 놈들이 없었겠어?"

"그럼 대체 어떻게 이렇게 좋은 위치에 버젓이 카메라를 설치
한 거지……."

"어떻게 해 놨는지가 뭐가 중요해. 잘해 놓은 게 중요하지."

한 시간쯤 감시했을까, 장태열은 헤드셋 이어폰으로 내부
얘기를 듣다가 표정을 굳혔다.

[물건 옮겨 담을 배는 어떻게 됐어?]

[이쪽 항구에서 30년째 어업 중인 사람으로 구해 두었습니
다. 아침에 확인했습니다만, 다시 한번 확인할까요?]

[혹시라도 문제 생기면 곤란하니까 한 번 더 확인하고. 중요한 날이니까 긴장들 하자고.]

[네! 과장님.]

"들었어?"

"네. 아무래도 항구로 들어오기로 했던 계획을 바꾼 것 같네요."

"무슨 낌새라도 챈 건가, 갑자기 왜……. 아무튼 나는 사무실로 연락할 테니까, 당신은 최 과장한테 연락 넣어."

"네."

그날 오후, 들어오던 커다란 배가 바다에서 잠시 멈추었다.

큰 배 옆으로는 블루 아이언이란 글씨가 쓰여 있었다.

잠시 후, 작은 배가 가까이 다가가며 줄로 짐들이 내려왔고, 사람들이 분주하게 움직이며 짐들을 작은 배 안쪽으로 쌓기 시작했다.

청! 청!

잠시 뒤, 물건을 모두 내렸다는 신호가 내려오자, 작은 배는 빠르게 배에서 멀어져 육지를 향해 치달렸다.

공조위는 항구와 멀리 떨어진 곳에서 바다를 바라보고 있었다.

어쩐지 근심과 걱정이 가득한 그의 얼굴.

전날 있었던 기괴한 일 이후로 그는 한숨도 잠을 자지 못했다.

지금도 하는 일 하나하나가 불안했고, 신경도 무척 날카로웠다.

우중충한 하늘마저도 마음에 안 들 정도다.

그의 수하인 로이왕은 오늘따라 그가 이상하다고 여겼다.

"본부장님. 무슨 걱정이라도 있으십니까? 아까부터 안색이 안 좋으십니다."

"로이왕, 너는 귀신이 있다고 믿나?"

"귀신 말입니까? 음, 아직 본 적은 없지만, 있어도 굳이 두려워하거나 할 것 같지는 않는데요. 근데 갑자기 그건 왜……."

"그렇지. 나도 어제까지만 해도 그 생각에 동의했을 텐데……. 후후……."

그가 쓰게 웃더니 말을 이었다.

"근데 사람이 말이다. 한 번 무력감을 느끼고 나면 그 생각이 달라지더란 말이지……."

"무슨 일 있으셨던 겁니까? 갑자기 계획도 바꾸시고, 귀신 얘기까지…… 오늘따라 정말 이상하십니다."

"뭔지 모르지만 자꾸만 섬뜩한 기분이 들어서 그런다. 그래서 바꾼 거야. 나한테 벌어지는 일들이 가볍게 여길 게 아닌 것 같아서."

그사이 저 멀리서 배가 한 대 다가오는 게 보였다.

넘실넘실 흔들리는 배가 암초를 아슬아슬 피해 조심스럽게 다가왔다.

위태로워 보였지만 베테랑 선장의 실력으로 배는 안전하게 바위에 닿을 수 있었다.

"빨리 차로 옮겨!"

"네!"

기다리고 있던 사내들이 배에서 댄 레일에 상자를 올리고 쭉 하고 밀어주었다.

바위 위에선 줄을 잡아 레일로 옮겨오는 상자를 건네받고 차로 옮겨 싣기 시작했다.

그러나 그들은 몰랐다.

그런 자신들을 지켜보며 무전을 주고받는 이들이 있다는 것을.

-모두 대기. 배에서 짐을 모두 내리면 그때 덮친다.

-네, 알겠습니다.

공조위는 수하의 보고를 들었다.

"다 옮겼습니다, 지부장님. 이제 가시죠."

"어, 그래."

공조위와 그의 수하들은 트럭과 승합차를 타고 그곳을 빠져 나가려고 했다.

바로 그때, 은밀히 오가던 무전기에서 큰 소리가 전달되었다.

-작전 개시! 출입구 막고, 포위해!

-검거 시작해!

-네!

길목에 타이어 손상 장치는 물론이고, 바리케이트가 길게 쳐졌다.

삐우우우우웅-!

삐우우! 삐우우우!

곳곳에서 사이렌이 울리고, 수많은 차량들이 앞을 막고 사방에서 튀어나와 공조위가 탄 차량들을 감싸 버렸다.

"뭐야, 이거!"

"이런……! 차 돌려! 얼른 차 돌려, 이 새끼야!"

공조위와 함께하던 차량들은 순순히 붙잡히지 않으려 격렬하게 저항했다.

사방으로 막아선 차량들을 부딪치며 어떻게든 길을 만들려고 노력했다.

쾅! 쿠당!

"멈춰! 계속 저항하면 쏜다!"

"야! 타이어를 쏴!"

탕! 타당! 탕!

하지만 차량 안에서도 총격이 이어졌다.

결국 움직이는 차량을 상대로 총격전이 벌어졌고, 사격 지시가 떨어졌다.

-놈들이 총을 쏩니다!

-사격해요, 당장! 피해를 최소화하는 데 집중합니다! 전부 사살하는 한이 있더라도 한 명도 다치지 않게 하십시오!

최강의 목소리가 울리자 막아선 차로 엄폐하던 이들이 모두 공조위와 그의 수하들이 탄 차를 향해 일제히 사격을 시작했다.

다가오는 특공대들의 소총 사격까지 이어지자 저항하던 차는 순식간에 벌집이 되고 말았다.

급박한 상황 속에서 공조위는 이 난관을 어찌 빠져나갈까 생각했다.

그는 상자를 보았고, 곧 기발한 생각이 떠올랐다.

폭탄을 이용하면 뭐라도 될 것 같았던 그는 당장 상자에서 폭탄을 꺼내며 소리쳤다.

"바리케이드 쪽으로 가! 어서!"

공조위는 즉시 폭탄에 뇌관을 심고 시간을 5초로 맞추었다.

그리고 차가 바닥에 깔린 장애물과 바리케이드가 있는 쪽으로 붙었을 때, 있는 힘을 다해 폭탄을 내던졌다.

"폭탄이다! 피해!"

콰광-!

최대한 멀리 던진다고 했으나, 폭발의 영향으로 공조위의 차량도 크게 흔들렸다.

그러나 그 영향으로 장애물들이 사방으로 튕겨져 날아간 효과를 얻을 수 있었다.

"가! 어서! 빠져나가!"

타이어 한쪽이 터져 덜컥거렸지만 차는 휘청거리며 계속 질주했다.

공조위는 즉시 뒤를 돌아보며 뒤따라오는 차량이 있는지 확인했다. 수하들도 무사히 뒤따르기를 바라서였다.

그러나 사방에서 휘몰아치는 공격에 따라오던 차량들은 엉뚱한 곳에 처박히고 있었다.

운전자가 죽어 더는 차가 움직일 수가 없는 거였다.

"이런, 씨팔……!"

그의 이를 악문 욕지기에 로이왕이 물었다.

"어떻게 합니까, 본부장님!"

"일단 달려! 나머지는 총기 챙기고, 폭탄도 챙긴다. 이대로 붙잡히면 우리 모두 끝이야!"

최강에게 장태열의 무전이 날아들었다.

-최 과장! 공조위가 탄 차가 빠져나갔어!

최강도 설마 폭탄으로 장애물을 날려 버릴 줄은 생각지 못했기에 당혹스럽기는 마찬가지였다.

-주변 경찰서에 연락해서 도주 경로 모두 차단하고, 현장에 있는 용의자 체포 인력을 제외한 모두는 놈을 뒤쫓습니다! 빨리 움직이세요!

곧 추격전이 시작되었다.

항구를 벗어나던 공조위는 차에서 급하게 내려 다른 차를 탈취, 그 과정에서 저항하는 차 주인을 쏴 버리기도 했다.

"뭐야, 당신!"

"내려! 당장 내리라고!"

"이런, 미친 새끼가 어디서 장난감 가지고 장난질을……!"

타앙-!

대한민국에선 총기가 돌지 않는다는 게 공통된 인식이었다.

그래서 총을 봐도 당장은 위기의식이 없었다.

그런 인식 상황에서 다짜고짜 문을 열고 끄집어내려고 하니 저항하는 건 당연한 거였다.

가족이 타고 있던 차에선 비명이 울려 퍼졌다.

"꺄아아아악!"

"아빠-!"

쉬는 날 다 같이 놀러 나왔던 가족의 화목한 주말이 지옥이 되고 말았다.

최강은 추격하다가 총을 맞고 쓰러진 남자를 보았다. 주변으로 가족들이 울며 매달려 있는 것도 보았다.

그걸 본 순간, 그는 피가 거꾸로 서는 것 같았다.

"이 미친 것들이······!"

국가정보원 인력에 경찰 인력, 거기에 경찰 특공대까지 투입된 검거 작전이었다.

그런데 완벽했다고 방심한 결과가 한 가정의 파탄으로 이어지고 말았다.

큰 책임감도 느꼈지만, 사람 목숨을 이렇게 함부로 해치는 저들을 향한 분노도 극에 달해 갔다.

"니들 다 뒤졌어······."

최강은 여러 차량과 함께 공조위가 탄 차를 추격했다.

그러면서 총을 꺼내 탄창을 뺐었다.

"아카브로 레이브리아."

마법에 의해 탄창 안에 있던 총알들에 룬이 새겨졌다.

처걱!

탄창을 총에 결합한 그는 액셀을 있는 대로 힘껏 밟으며 추격 차량들을 제치고 공조위가 탄 차로 달라붙어 갔다.

부아아아앙-!

최소현은 자신이 탄 차를 빠르게 추월하는 최강을 보았다.

"과장님?"

"뭘 어쩌려고 저래?"

그러기를 잠시, 곧장 공조위 뒤로 붙던 최강이 총만 옆으로 꺼내어 두 발 쐈다.

탕! 탕!

퍼엉!

쏜 총알은 정확히 공조위가 탄 차의 뒤 타이어 두 개를 터뜨려 차가 돌게 만들었다.

끼이이이이익!

장태열은 혀를 내둘렀다.

"헐……. 저걸 저렇게 쏴서 타이어를 맞췄다고? 저렇게 정확히?"

"우와! 우리가 방금 본 건 뭐예요? 저게 되는 거예요?"

"되긴 무슨! 묘기도 아니고! 백 번을 해봐라 다 실패하지!"

"그러니까요. 근데 최강 씨는 어떻게 저렇게 하는 거지?"

그런데 돌던 차량이 미끄러지더니 어느 빌딩 입구로 처박히고 말았다.

공조위를 포함한 차량에 타고 있던 이들은 곧장 인질을 잡으며 빌딩으로 들어가 버렸다.

"거기 서!"

최강이 뒤따르며 소리치자 인질을 잡고 있던 둘이 최강에게 총을 쐈다.

탕! 타당! 탕!

안으로 들어가던 공조위는 찰나의 순간 최강을 알아보며 표정을 굳혀갔다.

그는 순간, 그가 왜 이곳에 있나 하는 생각부터 들었다.

"저놈은……! 투기장에서 봤던 그놈이잖아? 저놈이 여길 왜……."

당시 약을 권했음에도 그걸 거절하고 우승까지 거머쥐었던 사내.

하지만 그가 이곳에 서 있고, 자신들을 쫓아왔다는 것 하나만으로도 짐작되는 건 매우 많았다.

놈이 당시 그곳에 잠입했던 요원이었구나 하는 걸 깨달은 그는, 자신들이 왜 이런 지경에 처했는지를 알게 되며 크게 분노했다.

"크윽! 일이 왜 이 지경이 됐나 했더니, 그게 다 저놈 때문이었어……!"

지금까지 철저히 감시당하고 있었음을 알게 된 것이다.

최강은 기둥으로 몸을 날리며 날아오는 총알을 피했다.

하지만 그것도 잠시, 다시 모습을 드러낸 그는 주저 없이 빠르게 총을 쐈다.

탕! 탕!

다른 사람이었으면 인질을 걱정했을 것이나, 그는 그럴 필요가 없었다.

총알이 어김없이 인질을 잡고 있는 용의자들의 이마에 적중할 것을 매우 잘 알기 때문이다.

털썩. 털썩.

그들과 함께 인질들도 같이 쓰러졌다.

"어서 피해요! 어서!"

안으로 들어가던 놈들이 총을 쏘려고 하고 있어 어서 자리를 피해 주었으면 싶은데, 여자 하나가 다리가 풀렸는지 움직이질 못했다.

"이잇!"

이대로 두고 봤다간 큰일 나지 싶었다. 최강은 얼른 여자에게로 달려들었다.

그사이 공조위와 그의 수하들이 최강에게 총을 쐈다.

타다당! 타앙! 타당!

마법으로 막을 수도 있지만, 보는 눈이 너무 많았다.

최강은 하는 수 없이 여자를 밀치며 벽 뒤로 몸을 피해야 했다.

-뭘 피하느냐! 당장 달려들면 모두 죽일 수 있을 것을!

"보는 눈이 많잖아요! 대놓고 나 마법사다, 광고할 일 있어요?"

옆에 있는 여자가 들을까 속삭이던 최강은 연이어 도착하는 요원들과 경찰 차량들을 보며 살짝 후회가 되긴 했다.

용의자들이 모두 빌딩 안으로 들어가 버려 상황이 더욱 복잡해졌기 때문이다.

"미치겠네. 이렇게 되면 보나 마나 인질극일 텐데."

총에 폭탄까지 지닌 이들이 빌딩으로 들어간 상황.

자칫 저 안에서 폭탄이 터지고 건물이 무너지기라도 하면 많은 인명 피해가 발생한다.

이번 작전은 완전히 죽 쑤는 게 되는 것이다.

최강은 순간적으로나마 자신의 처지를 먼저 생각하고 주춤한 스스로에게 한심함을 느꼈다.

"후우……. 할아버지 말이 맞네요. 그냥 잡았어야 했는데……. 아무래도 제가 일만 더 복잡하게 만든 모양입니다."

하지만 이미 벌어진 상황.

지금은 최대한 피해 없이 놈들을 처리하는 게 중요했다.

옆에 있던 여자를 피하도록 도운 그는 위를 보며 이를 빠득 갈았다.

"기다려라, 이 새끼들아. 금방 올라갈 테니까."

눈앞에서 죄 없는 사람이 살해당했기에 그의 분노는 매우 컸다.

최강은 장태열과 최소현이 막 도착하는 걸 보았지만, 본체만 체하며 모습을 감추었다.

"어이, 최 과장! 뭐야? 어딜 가는 거야?"

장태열이 그를 부르지만, 이미 사라진 그는 어딜 갔는지 보이질 않았다.

반면 최소현은 그의 행동이 걱정스럽기만 했다.

"왜 저래……. 설마 또 저길 혼자 들어가려는 거 아냐?"

이미 한차례 개미굴 사건 때 일을 벌인 전력이 있는 최강.

그러하기에 또 그러는 건 아닐까 걱정부터 앞서는 그녀였다.

* * *

창문이 깨지며 뇌관이 심어진 폭탄이 날아들더니 차 한 대를 박살 내며 폭발을 해 버렸다.

콰과광-!

진입하려던 경찰들은 건물에서 쏘는 총과 던져지는 폭탄에 접근조차 못 했다. 대치하며 총을 겨누었지만 자칫 인질들이 다칠 수 있어 쏠 엄두도 내지 못했다.

"뭐 하고 있어! 저격수 배치하고, 놈들이 뭘 원하는지 알아봐!"

관할 경찰들이 긴급 작전본부를 설치하고 용의자들과 인질들을 위한 협상을 준비했다.

밖을 내다보던 공조위는 가만히 서서 허탈하게 웃고 있었다.

"아주 제대로 엮였군."

"아까 그 새끼는 뭡니까? 그때 투기장에서 봤던 놈이 아닙니까?"

"맞아. 그 새끼였어."

로이왕의 표정이 돌처럼 굳어졌다.

"개자식들, 그럼 처음부터 쥐새끼처럼 숨어들어서 우릴 노리고 있었다는 거야?"

"그런 거지. 그런 줄도 모르고 우리가 너무 나댔던 거고."

"경찰은 아닌 것 같고, 국가정보원 쪽일까요?"

"그게 뭐가 중요하겠냐. 이미 이렇게 된 것을."

"아무리 그래도 변경된 루트까지 다 드러날 순 없는 건데
……. 대체 어떻게 된 건지."

한쪽에서 전화를 받고 온 수하가 말해왔다.

"경찰이 인질들을 풀어 주는 대신 원하는 걸 말하라고 합니다. 어떻게 할까요?"

"인질의 반을 풀어 줄 테니까, 우리가 떠날 헬리콥터 준비하라고 해. 나머지는 헬리콥터가 도착하면 그때 풀어 주겠다고하고. 그리고 분명히 전해. 그 전에 진입하거나 허튼수작을 부리면 폭탄을 터뜨릴 거라고."

"네, 알겠습니다."

로이왕이 다른 이들에게 소리쳐 말했다.

"자! 다른 녀석들은 나와 함께 2층 기둥마다 폭탄을 설치한다! 서둘러! 지금은 이게 우리 목숨 줄이니까!"

"네!"

* * *

마법을 이용해 남몰래 빌딩 내부로 들어온 나는 한쪽 구석에 몸을 숨기고 내부를 살펴봤다.

넓은 사무실 내부로 사람들 수십여 명이 몸을 낮춘 채 두려움에 떨고 있는 게 보였다.

필시 큰 소란에 놀라 건물을 빠져나가려다가 총을 든 저들로 인해 떠밀려 한쪽으로 모이게 되었을 것이다.

"인질이 너무 많아."

지금 여기서 총을 쏘면 놈들을 순식간에 죽일 순 있을 것이다.

그러나 총격전이 벌어지고 총알이 잘못 튀었다간 인질이 위험해진다.

이미 오늘 저들로 인해 한 가정의 가장이 죽은 이상, 더는 누구도 죽게 할 수가 없었다.

하여 신중해지고자 잠시 뒤로 물러났다.

"어떻게든 하나씩 처리를 해야겠는데……."

그런데 때마침 그때, 놈들이 우르르 사무실을 나오기 시작했다.

폭탄 설치를 이유로 급하게 사무실을 나오는 그들을 보며 나는 절로 미소가 지어졌다. 원하던 기회가 저절로 만들어져서였다.

-놈들이 알아서 기회를 주는구나.

"그러게요."

-따라붙자.

"네."

우리 셋에겐 공통점이 있었다.

죄 없는 사람이 죽는 꼴을 보지 못한다는 것이었다.

분노로 똘똘 뭉친 우리 셋.

왼손은 저절로 움직여 품에서 칼을 꺼내었고, 나는 투명해진 모습 그대로 한 사내의 등 뒤를 은밀히 뒤쫓기 시작했다.

이후부터는 정말 식은 죽 먹기였다.

휘익!

"음!"

선두로 걸어가던 사내는 뒤에서 양쪽 사무실과 화장실로 사람들이 하나둘 사라지고 있음을 전혀 알지 못했다.

나는 양쪽으로 하나씩 끄집어내며 목을 긋고, 심장을 찔렀다.

뒤따르다 보니 한쪽에서 공사 장비와 밧줄이 보였고, 한 놈은 위로 밧줄을 걸어 목을 매달아 끄집어 올리기도 했다.

그렇게 세 명을 소리도 없이 순식간에 처리했을 때, 그제야 앞장선 로이왕이 뒤돌며 명령을 내렸다.

"자, 중앙 로비 보이지. 밖에 있는 놈들한테도 잘 보여야 하니까 하나씩 기둥으로 가서…… 응? 뭐야…… 다들 어디 갔어?"

놀라는 게 당연했다.

방금 전까지만 해도 뒤따르던 이들이 전부 사라졌으니 마치 귀신에 홀린 것만 같은 기분일 것이다.

투명해진 채로 놈을 맴돌자 그의 표정이 하얗게 질려가는 게 보였다.

"뭐야…… 뭐냐고, 이 이상한 기분은……. 야! 어디갔어, 이 새끼들아! 야아~!"

주변을 홱홱 돌아 살펴보던 그는 그제야 뭔가 잘못되었다는 걸 느꼈는지 얼른 다시 공조위가 있는 사무실을 향해 달리기 시작했다.

그는 자신이 지나치는 곳마다 시신이 있다는 걸 전혀 모른 채 달렸고, 사무실 앞으로 가 공조위를 쳐다보며 소리쳤다.

"본부장님!"

공조위가 의아해하며 그에게 물었다.

"뭐야? 폭탄을 설치하러 간다더니, 왜 벌써 와?"

"그게……!"

순간적으로 그의 얼굴에 떠오르는 불안과 당혹스러움도 잠시.

스잉-!

퍼억!

공조위는 옆에서 칼날이 날아들며 로이왕의 머리를 꿰뚫자 몸을 움찔하며 놀랐다.

"로, 로이왕!"

그가 곧장 입구 쪽으로 총을 겨누었다.

"거기 누구야······. 어떤 새끼냐고-!"

입구 벽 뒤로 몸을 숨긴 나는 검은 손수건으로 칼에 묻은 피를 닦아 내며 답했다.

"이제 남은 건 너 혼자야. 투항하든가, 여기서 죽든가. 선택해야 할 거다."

"이 새끼가······!"

공조위는 치미는 분노를 참지 못하고 곧장 입구 쪽으로 총을 들이밀며 나왔다.

휘익!

그가 칼이 날아들었던 방향을 보지만 나를 보진 못할 것이다.

그가 다가오는 사이 손목에 새겨진 룬을 만져 다시 모습을 감추었으니까.

'그래, 그렇게. 조금만 더 앞으로 나와라.'

나는 놈을 죽일 최상의 조건을 기다렸다.

공조위가 경계를 하느라 아직 완전히 사무실을 나온 게 아니기에 나는 칼을 세우고 찌를 준비를 하고 있었다.

-뭘 주저하느냐! 당장 죽여 버려!

케라는 충분히 죽일 수 있다고 여겼는지 즉시 검을 앞으로 찔러 넣었다.

기다리려던 나의 의지와는 배치되는 행동에 몸의 반응도 잠시 늦춰졌다.

아니, 갑자기 왜?!

격한 움직임에선 모습이 드러나기에 공조위도 갑자기 나타나는 나를 보고 깜짝 놀라는 눈치였다.

"흡!"

목표는 목이었던 듯싶었다.

그러나 공조위가 몸을 확 하고 돌리며 자세를 낮추자 칼은 그의 볼을 베고 지나가는 것으로 그쳤다.

탕! 탕!

놀란 공조위가 총을 쏘는 바람에 몸을 구르고 다시 검을 휘둘렀지만, 그사이 공조위는 놀란 자라마냥 사무실 안으로 쏙 들어가 버리고 말았다.

나는 케라가 원망스러웠다.

"케라 형님, 좀 더 기다렸어야죠!"

정말 조금만 더 밖으로 나오게 했으면 되는 거였는데.

그 잠깐을 못 참고 성급하게 공격이나 하고 말이야.

놈은 청부조직의 일원이다.

그 실력도 출중할뿐더러, 조심성도 많을 터였다.

그런데 그런 놈을 상대로 대놓고 공격을 하다가 실패했으니 상황만 더 난처해졌다.

-끄음. 그놈, 움직임 한 번 재빠르구나.

그래서 기다린 거였잖아!

"그걸 아니까 기다린 거 아닙니까. 제발 손발 좀 맞춥시다! 네?!"

-미안하다. 면목이 없구나.

쉽게 갈 수 있을 일이 다시 어렵게 되어 버렸다.

공조위는 매우 놀라운 광경을 목격했는지 인질들 사이로 파고들며 소리쳤다.

"너 뭐야⋯⋯. 너 뭐 하는 새끼냐고! 어제저녁에 그것도 너지⋯⋯ 너 이 새끼! 대체 나한테 원하는 게 뭐야! 죽일 수 있었으면서도⋯⋯ 왜 나를 가지고 노는 거냐고!"

갑자기 앞에서 나타나는 걸 봤으니, 전날 자신에게 일어났던 기이한 일들과 연관 짓는 건 당연한 수순일 것이다.

나도 더는 숨기지 않았다.

"시간 끌지 마라. 그래 봐야 달라질 건 없어."

"왜, 어디 다시 한번 와서 날 죽여 보지? 아, 인질 때문에 그건 무리인가? 날 밖으로 끄집어냈어야 했는데, 아쉬웠겠군."

그사이 날이 많이 어두워졌다.

바깥쪽으로 다가가 창문을 통해 아래를 내려다보니 사람들도 많이 모여들고 기자들도 쫙 깔린 것 같았다.

휴대폰으로 확인한 뉴스 어플엔 현재 상황이 뉴스 속보로 나오고 있었다.

"더 끌면 나만 한 소리 더 듣겠군. 역시 여기서 끝내야겠어."

저만치 멀리서 놈들이 요구한 헬리콥터도 날아오고 있었다.

사무실 내에선 전화만 계속해서 울리고 있는 상황.

극도로 불안해진 공조위가 인질을 몇 죽일 수도 있기에 나는 다시 모습을 감추며 은밀하게 사무실 안으로 들어가기 시작했다.

* * *

탕! 탕!

내부에서 들려온 소리에 밖에선 많은 이들이 걱정을 품고 있었다.

"뭐야, 방금!"

"안에서 들려온 겁니다!"

"그건 나도 들어서 알아 인마! 누가 죽은 건 아닌지 빨리 알아봐!"

"네!"

장태열이 슬쩍 창가로 모습을 비추었던 최강을 발견하며 최소현을 툭 하고 쳤다.

"저기 봐. 최 과장 맞지?"

그의 가리킴에 최소현도 최강이 물러나는 걸 보았는지 한숨을 푹 내쉬었다.

"설마가 역시네요."

"저 새끼, 혼자서 대체 뭘 하고 있는 거야? 저러다가 인질범들 자극시켜서 인질들 죽기라도 하면 어쩌려고."

"말한다고 해서 어디 들을 사람인가요. 어쩌겠어요, 두고 봐야지."

작전상황실에선 계속해서 사무실로 전화를 걸었다.

공조위는 어두워진 가운데 계속해서 울리는 전화 소리를 가만히 들었다.

그는 전날 자신에게 일어났던 일들을 떠올리며 생각했다.

'저 새끼, 뭔지는 몰라도 보통 새끼가 아니다. 여기서 이러고 있다간 언제 어디서 나타나서 나를 죽일지도 몰라!'

여기서 나간 수하들이 모두 죽었을 거란 건, 굳이 확인할 필요도 없었다.

조금 전에 눈앞에서 죽었던 로이왕처럼 모두 죽었을 것이다.

띠리리리릭. 띠리리리릭.

끊어졌다가 다시 울리는 전화.

그는 눈을 번쩍 뜨더니 갑자기 인질들 틈에서 벗어나 전화를 향해 내달렸다.

파바밧!

그러더니 얼른 전화를 받으며 다급하게 소리쳤다.

"투항한다! 인질들을 전부 풀어 주고 투항하겠다! 항복할 테니까 어서 와서 나를 잡아가! 어서!"

막 사무실로 들어와 공조위에게 칼을 휘두르려고 했던 최강은 그 자리에서 움직임을 멈춰야 했다.

"음……."

죽어 마땅하긴 했으나, 항복하는 놈을 죽일 순 없었다. 거기다가 공개적으로 항복을 먼저 선언했기에 그를 죽일 찬스는 더는 없는 거였다.

물론, 이대로 죽여도 되지만, 성과에 대한 결과물이 필요했기에 한 놈 정도는 살려 둘 필요가 있었다. 하여 최강은 그를 베려던 걸 멈추고 죽일 듯이 노려만 보고 있었다.

'그 선택이 너를 살렸다. 공조위.'

* * *

순순히 잡혀 수갑을 차고 차에 태워지는 공조위를 나는 가만히 지켜봤다.

그런 나에게 제라로바는 이해할 수 없다는 듯이 물어왔다.

-그냥 죽여도 되었을 텐데 왜 죽이지 않은 거냐?

"항복한다는 놈을 죽이긴 좀 뭐해서요. 그리고 최소한 한 놈은 살아 있어야 이 상황들의 전말을 말해 줄 거 아닙니까."

-이미 사형 집행 전에 감옥에서 탈출한 전력이 있는 놈이라

면서?

"지금으로서는 방법이 없네요. 잘 감시하고 지켜보는 수밖에."

유일하게 살아남을 수 있는 방법을 택한 공조위.

갑자기 그런 선택을 한 것에는 의아했지만, 그 생존 능력 하나만큼은 인정을 해 줘야 하지 싶었다.

소탕 작전이 그렇게 나라 안을 발칵 뒤집으며 끝이 났다.

다음 날 아침, 나는 한 소리 들을 각오로 신우범 원장을 만났다.

"인명 피해가 발생했더군. 그것도 민간인이 말이야."

"드릴 말씀이 없습니다. 전부 제 불찰입니다."

"나도 요원들 바디캠으로 상황이 어찌 된 건지는 봐서 알고 있네. 폭탄으로 바리케이드를 날려 버렸더군. 임기응변이 대단한 놈들이야."

"그렇다 할지라도 더 철저히 막아야 했습니다. 처벌을 내리신다면 달게 받겠습니다."

"그 큰 조직을 소탕하며 그만한 피해로 끝났으면 잘한 거지, 처벌은 무슨 처벌. 됐으니 그만 나가 보게. 보고서나 잘 올리도록 해."

"정말로 징계가 없다고요?"

"왜, 없는 징계라도 만들어 줬으면 싶은가?"

"아, 아뇨. 그런 건 아니고……."

"충분히 원하던 성과도 얻었고, 우리의 소탕 작전이 언론에 공개된 것도 아니지 않나. 그거면 됐어. 수고했어. 자네가 일을 잘 처리해 준 거야."

민간인 인명 피해가 발생한 이상, 작전을 맡은 책임자가 그에 대한 책임을 물어야 하는 게 당연했다.

이렇게 넘어가는 게 나로서는 솔직히 부자연스럽고 부담이 컸다.

마치 꼭 악의 비호를 받아 징계를 피한 것만 같은, 비리와 나쁜 짓을 저지른 것만 같은 불편한 기분이었다.

'이거 참, 기분 더러우면서도 다행스러운 묘한 기분은 뭐지……'

아무튼 그건 그렇게 넘어간다고 치고.

나는 궁금한 것을 물었다.

"그나저나 제가 알려드린 썬 아이즈의 본거지는 어찌 되었습니까?"

신우범 원장이 나를 슬쩍 보더니 시선을 돌렸다.

"흠, 그 일은 실패했네."

나는 깜짝 놀랐다.

"네? 실패라니요? 아니, 어떻게 말입니까?"

놈들은 우리가 자신들의 본진을 칠 거라는 걸 전혀 알 수가 없다.

갑작스러운 습격일 테니, 단번에 소탕할 수 있는 좋은 기회였을 터.

근데 그 습격이 실패라고 하니 대체 뭐가 잘못되었나 싶었다.

"무슨 일이 있었는지 상세히 알 수 있겠습니까?"

* * *

신우범 원장의 말을 듣고 밖으로 나온 나는 무척 허탈한 기분이 들었다.

["자네도 알다시피, 중국의 공조 없이 그 나라 조직을 소탕하고 작전을 수행하는 건 불가능한 일이야. 근데 그들의 공조를 받아 신종 마약의 제조 현장을 쳤지만, 그곳은 이미 텅 비어 있었다더군. 급하게 자리를 뜬 흔적만 남겨 두고서 말이야. 그게 왜일 것 같은가?"

"정보가 새어 나갔단 거군요."

"공안이라든가, 그쪽 사법 조직에도 놈들의 끄나풀이 존재했다는 거지."]

"그렇게 놓친 거라고. 그럼 뭐야……. 결국 우리가 한 짓은 도마뱀 꼬리만 자른 거잖아……."

더 은밀한 작전 수행이었으면 좋았을 테지만, 타국의 공조 요청은 어쩔 수 없는 선택이다.

그렇지 않고 작전을 벌였다간, 그 나라에선 범죄로 비칠 테니까.

안다. 알지만, 그럼에도 가슴을 턱 막는 답답함이 있었다.

아무튼, 빠져나간 그들 조직은 또 어딘가로 자리를 잡아 신종 마약과 그 실험을 계속해 나갈 것이다.

여기서 멈췄다간 또 언제 어디서건 퍼져나간단 얘기다.

"어? 잠깐만. 근데 신우범 원장은 왜 일이 모두 종결되었다는 듯이 말을 했을까. 본거지를 치는 걸 실패했는데."

수사를 더 이어 가라는 말도 없었다.

아무리 더 할 수 있는 게 없다지만, 정말 이렇게 끝낸다고?

그 이유를 생각하던 그때, 복도를 걷던 나는 너무도 당연하고도 순리에 가까운 동물의 법칙이 떠올랐다.

"그래, 대외적으로는 그렇다고 쳐도, 발라스 쪽에선 놈들을 가만히 놔둘 리가 없어."

나는 뒤를 돌아 다시 신우범 원장의 사무실을 쳐다봤다.

그래, 신종 마약의 일이 단순히 국가정보원의 일만은 아니었을 것이다.

필시 발라스의 사업에도 영향을 주기에 그 싹을 자르려 들었을 것이다.

근데 과연 그 엄청난 조직체계를 가진 발라스가 놈들이 그렇게 자리를 피할 걸 몰랐을까?

충분히 국가정보원의 습격 전에 무언가 추격에 이은 별개의 소탕 작전을 벌였을 것도 같은 예감이 들었다.

아니, 그래 주었기를 바라야 할 입장이려나?

"후우……. 발라스에서 끝마무리를 했다면 그것도 그거 나름대로 잘 된 일이긴 한데……. 쩝, 이거 무슨 국제적인 조직망이라도 갖췄다면 모를까. 나라 밖에서 무슨 일이 벌어지는지 나로서는 하나도 알 수가 없으니……."

알아낼 방법도, 할 수 있는 것도 한계가 가득한 나.

그게 현재 나의 위치였다.

"이 답답한 기분을 언제까지 가지고 갈 순 없어. 역시 나만의 조직을 갖춰야겠다고 마음먹은 건 잘한 것 같군."

국가정보원 내부를 둘러보던 나는 심문실로 들어가 공조위의 심문 상황을 지켜보기도 했다.

그런데 어쩐지 붕 뜬 기분이 든다.

뭔가 여기에 속해 있다는 소속감 같은 게 전혀 들지 않았다.

여기서 나는 대체 뭘까?

분명 이 나라를 위해, 가까운 사람들의 피해를 막기 위해 무언가를 한 것 같기는 한데, 제대로 된 성과를 얻지 못한 것 같은 기분만 계속 들었다.

발라스가 처리했을 거라는 짐작은 가지만, 확실한 건 아무것도 없기 때문이다.

"차라리 발라스의 조직원이라면 보다 쉽게 알 수 있었을 텐데……."

그러한 기분은 7과의 외부 사무실에 도착해서도 마찬가지다.

요원들은 하나같이 무척 기뻐하는 얼굴들이었지만 내 기분은 그다지 나아지질 않았다.

"과장님, 수고하셨습니다!"

"이제야 드디어 저희들의 첫 번째 임무가 성공리에 끝났네요. 과장님도 홀가분하시죠?"

이형석에 이어 김지혜가 밝은 목소리로 말해 왔다.

그렇지만 나에겐 저 해맑은 미소와 천진난만 속에서도 발라스의 음흉한 뜻과 시선이 느껴지는 것만 같았다.

그녀는 발라스의 눈이다.

나를 감시하는.

때문에 별거 아닌 그녀의 행동 하나하나에도 곧이들을 수 없는 편견이 존재했다.

그렇다 보니 나도 모르게 어색한 웃음으로 답을 대신할 뿐이다.

그러던 나는 시선을 돌려 최소현을 보았다.

일을 끝낸 그녀의 기분이 궁금해서다.

한데 그녀도 뭔가 얼굴에 어색함이 가득 맺혀 있는 것 같았다.

"기분은 좀 어때요? 그래도 국내에서 활동하던 놈들은 다 잡은 걸 텐데."

"모르겠어요. 전부 다 잡아 들였으니 홀가분해야 하는 게 맞는데. 이게 정말 다 끝난 게 맞는 건지 확 와닿지는 않네요."

복수.

그 어마어마한 총알 세례에 썬 아이즈 조직원들이 대부분 사살되었다.

만약 그들 중에 최소현의 파트너를 죽인 이가 있다면 그녀의 복수는 성사된 거나 다름없었다.

그녀가 7과로 들어온 목적은 모두 이룬 셈이다.

나는 팀원들을 쭉 둘러봤다.

누군가는 어정쩡한 마음에, 누군가는 임무를 끝냈다는 성취감에, 또 누군가는 집에 갈 생각만 하는 묘한 분위기와 저마다의 얼굴들.

장태열 이 인간은 정말 무슨 생각을 하고 사는지 짐작도 못하겠다. 뭔가를 바라는 듯한 저 눈빛도 마음에 들지 않는다.

임무도 없는데 사무실에 모여 있으면 뭘 하나.

그래서 모두에게 제안을 했다.

"일도 끝냈는데, 우리 회식이나 할까요?"

"술 좋지!"

나의 제안에 장태열이 가장 먼저 주먹을 움켜쥐며 반겼다.

회식을 하자니까 벌써부터 술타령은.

장태열은 벌써부터 술 마실 생각에 기분이 좋은지 마냥 들떠 있었다.

"와~! 드디어 우리도 첫 회식을 하는군요! 정말 너무너무 기다렸던 순간이에요. 그럼 우리 뭐 먹으러 갈까요?"

"회식이니까 당연히 과장님이 쏘시는 거겠죠?"

모두의 시선이 부담스럽게 다가왔지만, 이것도 다 상급자가 짊어져야 할 당연한 부담이라 여겼다.

"비싼 것도 괜찮겠지만, 그것보단 분위기 쪽으로 가는 게 어떨까요? 내가 좋은 곳을 아는데."

잠시 뒤, 나는 모두와 함께 예전에 최소현이 안내해 주었던 고깃집으로 왔다.

최소현은 자신도 오랜만에 와서 반가운지 주인아주머니와 인사를 했다.

"이모~ 오랜만이에요?"

"왜 이제야 왔어? 자주 오더니 요즘은 왜 이리 뜸했던 거야?"

"그럴 일이 좀 있었어요."

"근데 오늘은 팀원들하고 안 오고 다른 사람들하고 왔네?"

"잠깐 부서를 옮겼거든요. 지금은 여기 계신 분들이 팀원."

"오~ 그래?"

"저희 팀원 회식이니까 서비스 많이 주셔야 해요~!"

"서비스는 걱정 말고, 대신 술이나 많이 마셔 줘."

그러자 장태열이 겉옷 단추까지 풀어헤쳤다.

"술은 걱정 마십시오! 제가 오늘 아주 제대로 들이부을 테니까."

"호호, 든든해서 좋네, 그 사람."

주인의 얼굴에 미소까지 만드는 저 자신감이란.

"아주 오늘 여기에 있는 술들 다 마실 것처럼 보이네요."

장태열이 즐겁게 웃었다.

"당연하지. 얼마 만에 내 돈 안 내고 마시는 술인데."

그래, 공짜 술이 좋긴 하지.

술 좋아하는 사람이 공짜 술 마실 기회를 마다할 리 있을까.

하지만 술자리를 원한 건 오히려 나였다.

이왕 마실 기회가 생긴 거, 아주 실컷 마시고 싶었다.

"에이, 기분이다. 내일은 하루 쉽시다. 내 권한으로 모두 하루 휴가!"

모두가 만세를 외쳤다.

"야호!"

"우리 과장님 최고!"

"역시 최 과장, 시원시원하다니까! 이런 상사 밑이라면 정말 일 할 맛이 나지!"

퍼억! 퍼억!

장태열이 등을 때리며 기뻐하는데, 아주 숨이 다 막힐 지경이다. 그때, 최소현이 나오는 소주와 맥주를 낚아챘다.

"그럼 제 홈그라운드 온 기념으로다가 오늘은 제가 시원하게 말아 보겠습니다!"

* * *

늦은 밤, 신우범 원장의 사무실.

박명훈 기조실장이 그에게 묻고 있었다.

"얘기 들으셨습니까?"

"그래, 들었네."

"썬 라이즈. 놈들을 추격하여 제거하던 중, 저희 발라스의 요원들을 방해하는 세력이 나타났다고요."

"그렇다고 하는군."

"대체 어떤 놈들일까요? 현지 요원들도 썬 라이즈의 지원 세력은 아닌 것 같다고 하던데요."

"찾아내야지. 그리고 보여 줘야 하지 않겠나. 우리 발라스에 반기를 들었다는 게 어떤 의미인지 말이야."

한편, 중국 상하이의 외곽에선 피를 흘린 채 허름한 건물에서 치료를 받고 있는 이가 있었다.

나이 지긋한 중년인은 젊은 여성에게 치료를 받던 중, 문이 열림과 동시에 총을 들어 겨누었다.

하지만 곧 말끔한 정장으로 들어서는 사내를 확인하며 다시 총을 내려놓았다.

"큰 도움을 받았군. 자네들이 아니었으면 정말 손 한 번 못 써 보고 죽었을 거야."

줄무늬 정장으로 들어서던 사내는 그의 맞은편에 앉으며 미소를 머금었다.

한데 그를 보라!

놀랍게도 그는 한국에서 자취를 감추었던 정이한이었다.

"발라스의 표적이 되었으니 죽지 않은 것만도 놀라운 일이겠죠."

"발라스. 익히 얘기는 들었지. 세계적으로 각 정부와 재계에 암약하고 있는 대단한 조직이라고. 한데 그들이 왜 우리를 노린 거지?"

"당연한 걸 뭘 묻고 그러실까. 첫째, 발라스에서 발 담그고 있는 시장에 악영향을 끼친 거, 그리고 둘째로 당신들이 개발하려던 약이 얼마나 치명적일지 알아본 게 아니겠습니까?"

썬 라이즈의 수장인 자츠원 청이 정이한에게 물었다.

"보아하니 그쪽은 발라스에 관해 무척 잘 아는 것 같은데."

"알다마다. 잠시였지만 나도 그쪽 사람들이었으니까."

"그런 당신이 우리를 도운 목적은 뭐지? 표적이 되면 그쪽도 위험해질 텐데, 무슨 득이 있어서?"

"이유는 간단합니다. 당신들이 우리 쪽에 붙는 거."

"후후후, 우리 썬 라이즈를 거저 삼키겠다는 거로군. 이봐, 아무리 우리가 발라스에게 공격당해 이 지경이 되었다고 하지만, 우리가 그렇게 나약한 조직이 아니야. 그렇게 손만 뻗어서 쥐려고 하면 안 되지."

정이한이 씩 웃었다.

하지만 이어서 나오는 그의 목소리에선 정중함과 예의는 싹 사라졌다.

"훗, 목숨을 구하고 나니까 다시 본전 생각이 나시는 모양인데……. 결정 잘해야 할 거야, 자츠원 청. 지금 내가 손을 떼는 순간, 다시 발라스가 당신들을 추적할 거라는 건 굳이 설명할 필요도 없는 거 아닌가? 그걸 방해하고 있는 이쪽의 노력도 생각을 해 줘야지. 안 그래?"

"음……."

"그러니까 결정해. 이대로 나의 보호를 벗어나 놈들의 손에 죽든가…… 아니면, 함께 힘을 합하여 발라스를 무너뜨리든가. 이미 당해본 당신들이니 내 제안이 그리 나쁘게 들리지는 않을 것 같은데. 안 그런가?"

"발라스를 상대로 함께 싸우자고……."

잠시 생각에 잠기던 자츠원 청이 정이한을 예리한 눈빛으로 쏘아봤다.

"한 가지만 묻지. 당신이 과연 우리를 포용할 만큼의 능력이 될까?"

"지금처럼 당신 조직원들에게 당분간의 보호와 은신할 장소를 제공하지. 이후 조직을 재건할 수 있도록 모든 지원을 아끼지 않을 거야. 약속하건데, 잃은 걸 복구하는 데 그리 오랜 시간도 걸리지 않을 거라고 보장하지."

"음……."

"지금 이 순간에도 발라스의 추적을 막고 다른 곳으로 시선을 돌리고 있을 우리의 노력은 계속되고 있어. 거부할 거라면 그 허튼짓을 그만하고 싶은데. 아, 그리고 미리 말해 두자면, 당신들 조직은 당신이 생각하는 것만큼 내게 그리 중요하지가 않아. 그저 가지고 싶은 한 부분에 불과하지. 그러니까 어설픈 계산 따위 때려치우고 어서 결정이나 해."

"후훗, 생각할 시간 따위 없는 모양이군."

"당신이 생각하는 그 1분 1초가 내게는 손실이니까. 당신도 한 조직을 이끌어 본 수장이면 알 거 아냐? 사람을 쓰는 거 하나하나…… 엄청난 돈이 들어간다는 거."

"그렇지. 대가 없이 움직일 사람은 없으니까."

"그래서 결정은?"

"합류하도록 하지."

깔끔한 대답에 다시 정이한의 얼굴에 미소가 번졌다.

"좋군. 잘 결정했어."

정이한은 일어나 가려다가 말고 다시 몸을 돌렸다.

"아, 근데 말이야. 그 결정에 대한 뚜렷한 이유가 있을까? 그건 좀 궁금해서 말이야."

"발라스의 추격을 방해하고 막은 걸 보면, 당신이 갖춘 능력이 생각 이상이란 거겠지. 그리고 내 쪽에서도 나름 분하다고나 할까…… 이만큼이나 당했는데, 되갚아 주지 못하면 우리가 너무 억울하잖아. 안 그래?"

"이유가 뚜렷해서 좋군."

"아무리 피로 얼룩진 삶을 살았다지만, 나도 은혜는 갚아야 한다는 걸 아는 사람이야. 근데 거기에 복수의 기회까지 준다고 하는데, 마다할 이유가 있나. 발라스를 무너뜨리는 데 거들 기회를 준다면, 뭐든 따르도록 하지. 앞으로 우리 썬 아이즈는 당신의 수족이 될 것이야."

"훗, 지금까지 한 대화 중에 가장 듣기 좋은 소리로군. 좋아, 그거면 됐어."

정이한이 다시 나가려고 하자, 자츠윈 청이 물었다.

"그냥 그렇게 가는 건가?"

"당신 조직이 충분한 정비가 끝나면 간부회의의 참석 초대장이 전달될 거야. 때가 되면 부르도록 하지."

정이한이 나가 버리자 자츠윈 청은 쓴웃음을 머금었다.

"후후후, 지금까지 힘겹게 이룬 조직이거늘, 어딜 따라야 하는지도 모르고 이렇게 잡아먹힌 건가……. 이봐, 최소한 당신 이름이라도 알려 주고 갔어야 하잖아. 대체 당신 정체가 뭐야……?"

* * *

알딸딸한 기분과 몽롱한 정신으로 옥상 위에 올라 시원한 바람을 쐬니 너무도 기분이 좋았다.

확 달아오른 얼굴을 바람이 식혀 주니 편안한 기분마저 들었다.

"좋구나. 역시 이래서 술을 마시는 거지. 후우……."

그런데 갑자기 뒤에서 목소리가 들려왔다.

"어? 뭐야. 여긴 또 언제 올라왔데요?"

집에 들어가는 것 같더니, 최소현이 비틀거리면서 올라왔다.

"취했던데. 왜 안 쉬고 올라왔어요?"

"헤헤, 그게……. 딱 맥주 한 잔이 더 생각나서. 여기 올라오면…… 술 사러 갈 필요도 없이 술이 있잖아요."

"암만 내일 쉰다지만, 더 마시면 내일 힘들 텐데. 거기까지 하죠?"

"칫, 웃기고 있네. 지도 손에 맥주를 들고 있으면서."

"지~? 이봐요, 최소현 씨? 지금 나더러 지라고 했어요?"

최소현은 술 냉장고에서 맥주 한 캔을 가져와 따며 말했다.

"그래. 지라고 했다. 왜? 여긴 회사 아니잖아? 이젠 친구 아닌가?"

"허 참. 이 여자 취했네. 그래서 이젠 말도 막 놓겠다고요?"

"친구끼리 놓으면 좀 어때~? 너 몇 살인데 그렇게 팍팍하게 굴어?"

나는 팀원들 신상 내역 살펴보다가 그녀의 주민번호를 확인한 바 있었다.

한 살 더 많은 그녀.

그걸 알고 났더니 막상 나이를 공개하기가 참 뭐했다. 그걸 밝혔다간 꼭 지고 들어가야 할 것만 같은 기분 때문에.

"아유, 뭐 그럽시다. 놓든가 말든가."

"히히, 그냥 막 놓을 건 아니고. 그냥 편하게 하자고요. 그게 좋잖아?"

"아주 말을 놓았다가 말았다가. 맘대로 하세요. 굳이 거슬릴 것도 없으니까."

그녀는 바람을 쐬더니 술이 좀 깨는지 질문을 해 왔다.

"음음! 근데요. 아까는 왜 그렇게 기분이 안 좋았어요?"

"내가요?"

"네. 국가정보원 다녀온 뒤로 표정이 막 굳어서는. 뭔가 불만도 가득하고, 엄청 불편하다는 표정 지었잖아요. 회식도 그래서 한 거 아니었나?"

"대단하네. 그게 다 보였다고요?"

"딱 봐도 술 한잔 필요한 사람 같았지, 뭐."

"그게요, 사실은……."

나는 썬 아이즈의 본진 소탕에 실패했다는 사실을 알려 주었다.

얘기를 듣고 나니 이해가 가는지 그녀도 수긍하며 고개를 끄덕였다.

"기분 더러울 만도 했겠네. 아이~ 그런 놈들은 뿌리까지 뽑아야 완전히 끝나는 건데. 진짜 똥 싸고 밑 안 닦고 나온 기분이겠다……. 큭큭."

"에이, 꼭 표현을 해도 그렇게. 예쁜 얼굴로 왜 그런 말을 씁니까?"

"어어? 나 예뻐요?"

"됐네요. 말을 맙시다. 아무튼 하루 종일 찝찝하고 기분 더러웠네요. 이럴 땐 술 한잔하고 푹 자는 게 최고다 싶고……."

내가 평상에 앉자 그녀도 옆으로 앉았다.

"그럴 때! 이렇게 술친구 있으면 더 좋고~!"

"훗, 그건 그렇네요."

"그러는 의미에서 짠?"

"짠!"

바람은 시원했고, 말 나눌 친구도 있었다.

거기에 구수한 맥주를 입안 가득히 채워 놓으니, 지금으로선 지금만큼 큰 위로가 되는 것도 없었다.

그래, 잊자.

더러운 기분 계속 생각하면 뭐 하냐.

이렇게 하루를 보내듯, 모든 걸 흘려보내자.

그렇게 나는 몽롱한 정신으로 맺혔던 답답함을 모두 날려 버렸다.

빙의로
최강요원

5. 좋아합니다

빙의로
최강요원

최소현은 뭔지 모를 포근함과 따뜻함을 느끼며 천천히 눈을 떠 갔다.

유난히 따뜻한 온기가 이불 가득 품어져 있는 것 같은 기분.

나쁘지 않았다.

아니, 전날 마신 술도 많았는데, 오히려 조금 더운 감이 있지 않나 싶었다.

그래서 눈을 뜨며 천천히 이불을 걷어내려 하는데…….

"헙!"

누군가가 눈앞에 보였다.

놀란 그녀는 눈을 번쩍 떴다.

최강이 눈을 감은 채 자신의 코앞에 있어서였다.

'뭐야……! 이 사람이 왜 내 침대에 함께 누워 있는 건데?!'

그건 잠시 잠깐의 착각이었다.

눈을 돌려 둘러보니 완전히 다른 환경이었다.

최강이 자신의 침대에 누워있는 게 아니라, 자신이 최강의 침대에 누워 있는 거였다.

'뭐야, 여기 최강 씨 집이었어? 아우…… 나 미쳤나 봐. 어제 술을 어디까지 마셨더라? 아우 머리야……. 기억도 안 나. 히잉…….'

그런데 뭔가 모르게 허전했다.

가슴!

'에엥?'

전날 대체 무슨 일이 있었던 것인지, 브래지어가 풀려 있었다.

지워진 기억 속에서 설마 설마 하는 생각이 스쳤고, 행여 실수를 한 건 아닐까 걱정도 이만저만이 아니었다.

그러다가 다시 문득 눈에 들어오는 최강의 얼굴.

'근데 이렇게 가까이에서 보니까 최강 씨…… 정말 잘생겼다…….'

묘하게 미소가 지어지던 것도 잠시, 다시 현타가 밀려왔다.

'아니지! 잠깐만 혹시 밑에도? 휴, 다행히 바지는 입고 있구나. 그럼 일을 치른 건 아니라는 건데. 근데 위는 대체 왜 이러는

거냐고……!'

살짝 이불을 걷어 고개를 두리번.

침대 밑에 떨어져 있는 브래지어가 보였다.

최소현은 얼른 다리 밑쪽으로 기어 내려가 벗어둔 셔츠를 입고 브래지어를 주머니 속에 넣더니 조용하고 신속하게 그 집을 빠져나가는 모습이었다.

띠리딕!

최강은 문이 닫히는 소리를 듣고 나서야 멈췄던 숨을 내쉬었다.

"휴우우우……. 아주 숨이 멎는 줄 알았네."

사실 그는 미리부터 깨어 있었다.

눈을 떴을 때, 사실 그도 놀라긴 마찬가지였다. 지금의 상황이 어떻게 해서 벌어진 건지 조금도 기억이 나질 않아서다.

그런데 일어나려다 말고 더 깜짝 놀란 건 그녀가 상의를 벗고 있어서였다.

이대로 일어나면 그녀의 벗은 몸을 볼 것 같았고, 그러다가 그녀가 깨기라도 하면 서로 곤란한 상황이 연출될 것 같아 깼음에도 이렇게 잠깐동안 자는 척을 했던 거였다.

"아우, 머리야……. 어제 대체 술을 얼마나 마신 거야……."

다행히 최강에겐 최소현과 달리 설명해 줄 이들이 존재했다.

-어제 거기서부터 술을 다섯 개씩은 더 먹었던 것 같구나.

"정말요? 그렇게나 많이요? 뭐야…… 네 캔이나 더 먹을 동안

내 기억은 어디로 간 건데……. 크으…….”

그때, 케라의 아쉬움이 가득 담긴 목소리가 들려왔다.

-안타깝게도 별일은 없었다. 우리만 민망한 광경을 목격했을 뿐.

그 민망한 광경이 무엇일지는 최강도 알 만했다.

그래, 자신은 못 봤을지라도 둘은 봤을 거다.

아니, 최강도 솔직히 보긴 했다. 위에서 아래로 잠깐이지만.

그리고 그 순간 심장이 얼마나 미친 듯이 뛰어 대던지.

아침이라 남자의 자존심은 불끈 서지, 눈앞에 벗은 여자는 누워있지 아주 참느라 혼이 났다.

만약 서로 검증되고 허락된 관계였다면 절대로 참지 못했을 것이다.

“휴, 그나저나 죽는 줄 알았네.”

-너도 인내심은 대단하더구나. 보통 남자였다면 절대로 참지 못했을 거다.

“안 참으면요? 그때 이상한 짓 하면 저 그냥 바로 강간범이거든요? 무슨 소리를 하는 거야, 지금……. 음음!”

-흐흐, 너의 몸의 반응을 우리가 다 아는데. 솔직히 너도 그 여자하고 자고 싶었던 게 아니냐?

“그건……! 아, 아니거든요!”

-아니긴 무슨. 이 녀석아, 속일 사람을 속여라.

“아우, 됐고요. 얼른 이 숙취 좀 어떻게 해 주세요. 아주 머리가 아파서 죽겠단 말입니다."

최소현은 자신의 집 침대 위에 멍하니 앉아 있었다.

그러더니 갑자기 자기 뺨을 한 대 친다.

찰싹.

그걸로 안 되는지 한 대를 더 쳤다.

찰싹.

"미쳤다. 진짜 미쳤어……. 최강 씨가 봤으면 어떻게 하지? 혹시 어제…… 뭔가 진행 중에 잠에 든 거 아냐?"

생각이 안 나니 더 미칠 지경이었다.

대체 자신의 상위는 왜 탈의가 되어 있었던 걸까?

"설마……! 나 자고 있을 때 최강 씨가……?"

잠시 스친 생각이지만, 얼른 고개를 저었다.

자신이 아는 최강은 매너 하나만큼은 최고인 사람이었다. 그런 그가 자신에게 그런 짓을 할 리는 없었다.

그런데 그 순간, 번쩍하는 기억이 스치고 지나갔다.

취해서 서로 부둥켜안고 최강의 집에 들어선 순간, 자신이 최강의 입술에 키스를 한 기억이 떠오른 거였다.

"허업! 뭐야, 지금 이 기억? 아냐, 상상일 거야……. 이힝, 이힝……. 상상이어야 한다고……."

자신의 기억보다도 더 걱정인 건 최강의 기억이었다.

"설마, 최강 씨도 기억하는 거 아냐?"

거기에 혼자서 상의를 탈의하고 브래지어까지 푼 기억이 스치는 순간, 그녀는 민망함에 이불을 푹 뒤집어썼다.

"아냐-! 아니라고~~!"

* * *

카우라로 정신이 맑아지고 났더니 숙취로 꽉 막혔던 기억이 일시에 풀리며 전부 기억이 나기 시작했다.

"헐…… 정말 내가? 내가 진짜 소현 씨랑 키스를 했다고? 크으……."

-뭐냐, 그 아쉽다는 끝 추임새는?

"당연히 아깝죠……. 이걸 맨정신에 했어야 했는데. 기억은 얼핏 나는 것 같은데, 아무 느낌도 안 느껴진단 말이죠……. 아~ 뭔가 좋았을 것 같긴 한데……."

-흘흘, 네놈도 저 여자한테 마음이 있긴 했구나.

"아, 아니, 그건 그러니까……. 음음, 솔직히 예쁘고 그래서, 남자라면 당연한 거 아닙니까? 예쁜 여자한테 관심 가고 괜히 한 번 더 쳐다보게 되고? 그런 건 당연한 거잖아요?"

-여성미가 없긴 하다만, 저 얼굴이면 괜찮은 편이긴 하지.

"에이, 소현 씨면 괜찮은 수준이 아니라 엄청 미인이죠."

-아주 벌써부터 눈에 뭐가 씌었군그래. 그래, 잘해 봐라. 저 여자도 너한테 관심이 있는 것 같으니.

"정말요?"

-그럼 관심도 없는 여자가 너에게 입을 맞추었을까?

"그거야 뭐……. 취기에 실수일 수도 있는 거니까."

-원래 사람은 취했을 때 진심이 나오는 거다. 그리고 그렇게 격하게 입을 맞추다가 침대에서 옷까지 벗었으면 이미 끝난 얘기 아닐까?

뭔가 호응을 하다가 기억이 사라졌던 게 마지막이었다.

"아우, 왜 그때 잠에 들어서는. 끝을 봤어야지~! 멍청이. 이 등신……."

아니다. 너무 음흉한 생각은 말자.

이러다가 그녀를 볼 때마다 그런 생각이 떠오르면 머릿속만 불순해진다.

어쩐지 속이 답답했던 나는 바람도 쐴 겸 해서 어제 어지럽힌 옥상을 청소하려고 옥상으로 올랐다.

그런데 최소현이 먼저 와서 정리를 하고 있었다.

"소현 씨?"

그녀는 나를 보더니 획하고 몸을 돌리는 모습이다.

그 반응을 보니 아무래도 전날의 기억이 있기는 한 모양이다.

근데 이걸 모른 척해야 하는 건가?

아는 척하는 것도 역시 이상하겠지?

"잘 잤어요?"

"네? 아, 네……."

"여긴 내가 치우려고 그랬는데. 소현 씨가 한발 빨랐네요."

"어지럽힌 건 치워야 하니까…… 뭐……."

"그렇죠. 같이 치워요, 그럼."

청소를 하는 와중에 최소현이 머뭇거리더니 물었다.

"어제는 잘 들어갔죠? 호호, 제가 기억이 안 나서……."

"네! 그럼요! 솔직히 어떻게 들어갔는지도 모르겠어요. 여기서 캔 하나를 같이 먹었던 게 생각나는 전부라서."

"그, 그래요? 잘됐네~!"

"네? 잘돼요?"

"아, 아니 그게! 저도 그렇다고요. 호호, 한 사람만 기억이 다 있으면 그것도 이상하니까."

그녀가 살짝 고개를 숙이며 표정을 찡그리는 게 다 보였다.

급하게 옷을 입고 내 집을 나간 걸 다 아는데.

아무튼 최소현도 부끄러운지 거짓말을 끝없이 늘어놓았다.

역시 모른 척해 주는 게 답이구나 싶었던 난 그녀에게 제안을 했다.

"혹시 아침 먹었어요?"

"아뇨. 아직도 속이 아파서……."

"그럼 같이 해장이라도 할래요? 국밥 같은 거 먹으면 좀 풀릴 것 같은데."

나는 민망한 기억이 있을지언정, 계속 보고 얘기를 나누다 보면 편해지겠거니 싶었다.

그렇지만 그건 내 생각뿐이었나 보다.

"미안하지만 저는 안 될 것 같네요. 아직 속이 안 좋아서. 그럼 전 이만……."

그렇게 내려가는 그녀를 보고 있자니 어쩐지 불편한 마음이 들었다.

"근데 소현 씨 기억은 어디까지였으려나……. 어제 일은 전혀 모르나?"

그러던 중 살짝 이상한 생각도 들었다.

"잠깐. 설마 아침에 있었던 게 기억의 전부인 거 아냐?"

어쩌면 지금쯤 자신을 이상한 사람으로 여기고 있을지도 몰랐다.

여자가 잠에서 깨어 보니 홀딱 벗고 있었다고 해 보자.

그것도 혼자만!

자신이 그랬다는 기억이 없다면 필시 상대를 의심할 게 분명한 일이었다.

"망했다! 설마, 나를 술 취한 여자 옷이나 벗긴 놈으로 생각하는 거 아냐?"

저 피하는 모습을 보면 가능성이 없는 것도 아닐 것이다.

"아우, 그러면 안 되는데……!"

어떻게든 오해를 풀어야겠다고 생각한 나는 최소현의 집 앞 문까지 가 보지만, 곧 그만두었다.

"하아……. 사실대로 얘기했다가도, 자기 기억이 없으니 내가 거짓말하는 거 아니냐고 하면 뭐라고 답하나……."

말을 했다가 오히려 오해만 더 쌓일 것 같았다.

결국, 그날은 포기.

다음 날 출근을 해서도 서로 어색하여 눈치만 보고 다녔다.

그렇게 우리의 둘 사이에 생겼던, 기억은 하지만 서로 모른 척하는 그 사고는 시간의 무덤 속에 조용히 묻혀가는 듯했다.

* * *

며칠이 흘렀을 무렵.

7과에 새로운 임무가 하달되었다.

"이번에 대통령께서 유럽 순방을 하신다고 합니다. 그리고 거기에 우리 팀원들을 경호 인력에 포함시키셨습니다."

모두가 동시에 깜짝 놀랐다.

"정말요? 우리가 대통령 해외 순방 경호에 참여한다고요?"

김지혜의 물음에 이어 장태열이 물어 왔다.

"교전 지역이나 치안 불안이 있는 나라도 포함된 건가? 보통은 국가정보원까지 포함시키긴 않을 텐데. 경호원도 선별해서 데려가는 마당에 굳이 우리까지 왜?"

나는 설명해 주었다.

"그런 건 아니고, 이번 순방에서 대통령의 딸인 이담소 양의 경호를 우리가 전담해서 맡게 되었습니다. 가는 나라 중에 이담소 양이 직접 바이올린 연주를 하는 일정도 있더라고요."

그러자 이형석이 질색하며 표정을 일그러뜨렸다.

"말도 안 돼. 정말요? 진짜 그 이담소의 경호를 우리가 맡는다고요?"

"네. 왜요, 무슨 문제 있습니까?"

"아니, 다 아는 걸 지금 여기 있는 사람만 몰라? 이담소 몰라요? 청와대에서 성질 개차반으로 유명한 거?"

설명을 들어 보니 이담소의 성격이 보통이 아니긴 했다.

"경호원이면 어떤 상황에서도 위기대처 능력이 있어야 한다면서 다트를 들고 다니면서 던지질 않나, 경호원들 따돌려서 몇 번이나 징계를 받게 만드는 건 물론, 한 번은 자기 말 안 들어준다고 FM 요원한테 무슨 짓을 했는 줄 압니까? 몰래 불러서 얘기 좀 하자고 하더니 방 안에서 글쎄……!"

[꺄아아악-!]

경호원이 자신을 추행한 것처럼 찢어진 옷을 입은 채로 발견, 그로 인해 청와대가 발칵 뒤집혔다는 것이다.

"더 황당한 건, 지금 제가 얘기하는 건 빙산의 일각이란 겁니다. 그 입에 달고 다니는 입버릇이 뭔지 알아요?"

[너 짤리고 싶어! 당장 나가!]

"이거란 말이죠. 그래서 이담소 전담 경호원들이 하나같이 다른 부서로 옮겨달라고 사정 사정을 한답니다. 근데 걔 경호를 우리가 맡는다고요? 와, 고생길 훤하네요, 아주."

골치야 아프겠지만 어찌하랴.

위에서 내려온 지시인 걸.

나는 얼른 모두를 위로했다.

"아무튼 지시가 그렇게 내려왔으니까, 다들 힘겹더라도 고생 좀 해 봅시다."

* * *

같은 시간, 신우범 원장은 대통령과 함께 식사를 하고 있었 다.

"근데 갑자기 이번 순방 경호를 국가정보원에서 추천해 달라 고 하신 건 왜 그러신 겁니까?"

"우리 애 성격 안 좋다는 얘긴 자네도 들어 알고 있을 거야."

"하하, 활달하다고는 들었습니다."

"허허, 좋게 말해서 활달할 거지, 아주 성격이 보통이 아니야. 그래서 이번에 담당 경호원들을 좀 쉽게 해 줄까 싶어서 자네에 게 부탁을 한 거였네. 아무리 모른 척한다지만, 나도 그들에게 많이 미안해서 말이지."

"그러셨군요."

"경호 인력을 바꾼다지만 그래도 이왕이면 최고였으면 싶은 데. 이번에 우리 아이를 담당하게 될 요원들은 어떤 사람들인 가?"

"훗, 그 부분은 걱정 안 하셔도 될 겁니다. 말씀하신 것처럼,

정말 저희 국가정보원에서 최고라고 할 만큼 대단한 인물을 선정해 두었으니까요."

"그래? 자네가 그렇게 말할 정도면 정말 안심이군. 근데 우리 애 성격을 받아줄 수 있을까?"

"훗, 전혀 안 받아줄 테니 오히려 더 다행이지 않을까요?"

"허허, 그렇게 강단 있는 친구가 있어?"

"저도 사정해서 겨우 데려온 친구이니, 따님의 그 유명한 협박에는 쉽게 굴하지 않을 겁니다."

"잘됐군. 이거 이번에 우리 딸이 제대로 임자 만나겠어."

"훗, 능력이 매우 출중한 요원이니, 대통령님께서도 무척 흡족해하실 겁니다."

* * *

나를 포함한 7과의 요원들 전원이 대통령 집무실로 오게 되었다.

잠시 대기하고 있던 우리는 회의를 마치고 들어오는 대통령을 보며 섰고, 허리와 고개를 숙여 인사했다.

"7과 과장, 최강입니다. 7과 전원, 대통령님의 명령에 따라 경호 임무에 임하게 되었습니다."

대통령은 텔레비전에서 볼 때보다 훨씬 인자한 미소를 보였다.

"편하게 해요. 우리 아이 맡기기 전에 얼굴이나 한 번씩 보고 싶었을 뿐이니까."

"네."

대통령은 7과 요원들을 하나하나 살펴보며 악수를 권했다.

웃어 주는 그 미소에서 의외로 인간다움이 보인다고 해야 할까.

"하나같이 아주 예쁘고 잘생긴 사람들뿐이구먼. 7과는 얼굴을 보고 뽑은 모양이죠?"

인사치레 말이겠지만, 모두가 긴장을 조금 풀며 저마다 미소를 머금었다.

칭찬을 싫어할 사람은 없다는 걸 아는 것이다.

물론, 거기엔 긴장을 풀어 주고픈 배려도 깔려 있을 테고 말이다.

"그럴 리가요. 모두가 각 분야에서 뛰어난 이들만 모아 왔습니다."

"신 원장에게 들었습니다. 최강 과장이 직접 선발한 요원들이라고요."

"네, 그렇습니다."

대통령은 마지막을 내게 악수를 권했다.

"앞으로도 열심히 해 주었으면 싶고, 조금 거칠기는 할 테지만, 우리 딸 아이 잘 좀 부탁합니다. 투정이 많이 심할 테지만, 굳이 다 받아 줄 필요는 없습니다. 그저 임무에만 충실해 주세요."

"안전한 경호에 최선을 다하겠습니다."

"모두가 늠름해 보여서 안심이 됩니다. 그럼 이제 우리 딸아이를 만나러 가시죠. 여기 있는 비서실장이 안내해 줄 겁니다. 나는 결재해야 할 게 너무 많아서 오래 함께 있을 수는 없겠네요."

"네, 대통령님."

7과 모두는 대통령실을 나와서야 참았던 숨을 내뱉었다.

"휴, 긴장이 돼서 아주 죽는 줄 알았어요."

"그죠. 저도요……."

최소현의 말에 김지혜도 같은 심정이었음을 말했다.

"그래도 어떻게 잘 넘어갔네요. 근데 정말 경찰이 되어서 대통령님을 만나 뵙게 될 줄은 상상도 못 했는데. 어쩌다 보니 제 삶에 이런 기회도 생기네요."

"아무래도 보통 이런 경우는 없는 거니까요."

경호실장이 웃음을 내비치자 나는 괜히 민망했다.

내가 봐도 꼭 청와대에 관광을 온 것만 같은 모습이었다.

그래도 명색에 국정원 요원이면 경호원들에게 우습게 보이지는 않았으면 싶은데 벌써부터 이렇게 풀어진 모습을 보여서야.

하여 나는 약간의 주의를 주었다.

"너무 풀어진 모습은 좀 자제하죠. 경호실장님 앞에서 부끄럽게……."

잠시 후, 모두는 대통령 관저로 이동되었다.

그곳에서 총 네 사람이 나와 기다리고 있었는데, 우릴 보자 하나같이 표정이 확 밝아졌다.

이들의 표정에서 해방감이 느껴지는 걸로 보아, 소문의 대통령 딸이 생각 이상이 아닐까 하는 걱정도 들었다.

"새로운 경호 인력이 왔으니 자네들은 오늘부터 좀 쉴 수 있겠군."

"네, 실장님."

"가기 전에 인수인계할 사항들 알려 드리도록 하고."

경호실장이 우리의 눈치를 보며 당부했다.

"특히…… 그…… 주의해야 할 사항들 철저히 알려 드려."

"네, 걱정 마십시오, 실장님."

경호실장은 나를 보며 말했다.

"해외 순방은 모레 출발이니까 그 전까지 필요사항을 숙지하도록 해. 아무래도 경호를 하려면 대상의 성격도 알아야 할 테지만, 많이 친해질 필요가 있을 거야. 쉽지는 않겠지만, 수고들 해."

"네, 경호실장님."

경호실장이 가고 나자 네 명의 경호원들이 다가와 대통령 관저를 안내해 주었다.

우리는 그들을 따라다니며 각 위치에 대한 설명을 들어야 했고, 모든 위치의 설명을 받고 나자 영부인과 대통령의 자제인 이담소를 만날 수 있었다.

"아시겠지만, 여기 계신 분이 영부인이십니다."

"안녕하십니까, 국가정보원 7과 과장, 최강이라 합니다."

"반가워요, 나는 박미혜라고 해요. 오늘부터 우리 아이의 경호를 맡게 되셨다고요. 해외 일정에서도 경호를 맡아 주신다고 들었는데, 아무쪼록 잘 부탁해요."

그런데 이담소는 무엇이 그리 마음에 안 드는지 심통한 표정이다.

"뭐야…… 새로운 경호원이 온다더니, 하나는 완전 노땅에 전부 아마추어 같아 보이잖아. 국가정보원 요원이라더니, 청와대 경호대보단 수준이 많이 떨어지나 봐."

노땅이라며 주는 시선에 장태열이 쿨럭 기침을 했다.

얼굴을 보니 시작부터 꽤나 큰 정신적 타격을 입은 모습이다.

그뿐만 아니라 아마추어 같다는 말에 모두는 하나같이 어색한 표정을 머금었다.

아무리 아이에게 듣는 말이라지만, 충분히 비수처럼 박힐 말이었다.

요 녀석, 아주 다루기 힘들겠는데.

"아가씨로 대접해 드리려고 했는데, 아직은 꼬맹이군요. 그럼 그에 맞게 대우를 해 주면 될 것 같은데."

이담소가 나를 보며 쌍심지를 켰다.

"뭐, 꼬맹이! 나 고3이거든! 그리고 다 큰 숙녀한테 말버릇이 그게 뭐야? 부모한테 예의범절도 제대로 못 배웠어?"

어쭈, 조그만 한 게 부모까지 걸고넘어져?

그래 너 어디 한 번 해보자.

"남의 부모를 탓하기에 전에, 본인 스스로의 행동과 말투와 정신부터 먼저 가다듬어야 하지 않을까? 네가 그런 식의 행동이면 다른 사람이 누굴 먼저 탓할 것 같은데?"

그리 말하면서 나는 영부인인 박미혜에게 양해를 구한다는 표정을 살짝 내비쳤고, 그녀도 괜찮다는 뜻을 보였다.

아니, 오히려 영부인께선 약간의 흥미로움을 내비쳤다.

"누가 보더라도 잘 가르쳤을 두 분이겠지만, 너의 그런 행동 하나하나가 부모의 교육을 가장 먼저 판단하게 되는 거야. 그리고 난, 첫 만남부터 상대를 평가하는 말투 하며, 실례되는 말까지 필터 없이 마구 내뱉는 사람은 굳이 대우를 해 줄 필요 없다고 생각해. 그런 사람은 보통 인간 이하거든. 그러니까 성숙한 인간 이상의 대우를 받고 싶으면 그만큼의 성숙한 모습을 보여."

"뭐, 인간 이하? 너 말 다 했니?"

"가는 말이 고와야 오는 말이 곱다는 건 대한민국 사람이면 모르는 사람이 없는 속담 아닌가? 먼저 사과하고 앞으로 다른 모습을 보이겠다고 약속을 한다면 대통령님의 자제로서 인정하고 존중하겠지만, 계속 이런 식이라면 앞으로도 계속 무시를 당하게 될 거야. 자, 어떻게 하겠어? 관계 개선을 위해 새로 시작해 볼까?"

"됐거든! 엄마, 나 이런 인간들하고는 절대 상종 못 해. 당장 쫓아내, 어서……!"

나는 무를 수 없도록 기존에 있던 경호원들에게 웃으며 말했다.

"이만하면 더 알려 줄 건 없을 것 같습니다만. 이만 퇴근들 하시죠."

"네, 그럼 잘 부탁드리겠습니다."

"아이 하나 돌보는 게 뭐 어려운 일이라고요. 만나고 보니 성격 나쁜 꼬맹이일 뿐인 걸요."

나를 죽일 듯이 쏘아보던 이담소는 그들이 나가자 무척 당혹스러워했다.

"뭐야, 다들 어딜 가. 내보낼 사람은 이 사람들인데! 다들 얼른 안 와! 니들 나중에 다시 보면 그땐 가만 안 놔둔다! 야-!"

나는 영부인에게 말했다.

"저희는 나름대로 따님을 경호하겠습니다. 영부인께선 신경 쓰지 마시고 일 보십시오."

"그래요, 그럼."

이담소가 그녀를 마구 흔들었다.

"엄마-! 진짜 이런 것들을 내 곁에 두겠다는 거야? 제정신이야?"

영부인은 최대한 품위를 유지하려는 듯 억누른 모습으로 화를 냈다.

"쓰읍! 방금 하신 말씀 못 들었어? 네가 이러면 이 엄마 욕먹이는 거야. 아빠 얼굴에 먹칠하는 거라고. 그러니까 이분들 말 잘 듣고 경호 수칙에 따르도록 해."

"엄마, 정말……! 나 진짜 확 가출해 버린다!"

"얘가 진짜 새로 오신 분들한테 부끄럽게……! 그만하고 방으로 들어가!"

"짜증 나, 진짜."

이담소는 갑자기 우리를 슥 둘러보더니 표정을 팍 찌푸렸다.

"재수 없어……!"

문을 쾅 닫고 들어가는 딸의 모습에 영부인이 어쩔 줄 모르는 표정을 머금었다.

"첫 만남인데, 미안하네요."

"아닙니다. 저희는 괜찮습니다."

"재가 속은 그렇게 나쁜 애가 아닌데, 부모 때문에 과분한 관심을 받고 살다 보니까 저렇게 되어 버렸어요. 학창 시절 대부분을 대통령의 딸로만 살다가, 이제 임기가 다 되어 가니까 그것도 나름대로 스트레스가 되었던 것 같고요. 그러니까 조금만 이해해 주시고, 우리 아이 잘 부탁드려요."

"네."

영부인이 사라지자 김지혜가 말했다.

"저분 말씀을 듣고 보니까 이담소가 저렇게 비뚤어지는 것도 이해는 가네요. 지금쯤이면 학교에서도 '이제 너 조금만 있으면 대통령 딸도 아니잖아.' 이런 말도 듣기 시작할 텐데. 선망이 무시로 바뀌는 걸 저 시기에 견디기란 어려운 거죠."

그래, 김지혜의 말을 듣고 보니 그럴 수도 있겠다 싶다.

거기에 장난 많고 활달한 성격이면 저렇게 표출하는 것도 무리가 아니지 싶다.

나름 밖에서는 아버지의 욕을 안 먹이려고 억누르는 것도 있었을 테고.

그러니 안으로 경호원들을 더욱 괴롭히고 그랬을 것이다.

하지만 적어도 난, 도가 지나친 것까지 받아 줄 생각은 없다.

그동안은 어떻게 지내 왔는지 몰라도, 대통령의 임기가 완전히 끝난 앞으로의 생활에 적응시키기 위해서라도 참교육이 필요할 성싶었다.

그래서 난 사사건건 끼어들었다.

"아줌마, 나 샌드위치 먹고 싶어요. 어이, 거기요. 다 되면 가져다주고요."

나는 너무도 자연스럽게 최소현에게 식사 배송을 시키려는 그녀에게 말했다.

"잠깐. 우린 너의 경호원이지 시중이나 들라고 있는 사람들이 아니야. 앞으로 네 음식은 네가 스스로 가져다가 먹어."

"전에 있던 사람들은 이런 거 다 해 줬거든!"

"그게 우린 아니잖니? 그리고 여기에 있는 사람들은 하나같이 지금의 자리에 오르기 위해 힘겹게 공부하고 노력한 사람들이야. 그런 고급 인력이 고작 너의 시중에 쓰이면 그거야말로 엄청난 국가적 큰 낭비가 아닐까?"

"어차피 내가 위험해지지 않는 한, 쓰이지도 않을 능력 아닌가? 내가 여기 있으면 쓰이지도 않고 빈둥빈둥 놀리게 되는 능력이잖아. 그거야말로 세금 낭비 아냐? 그리고 경호원이면 경호 대상의 편의는 기본 아닌가?"

"아니. 우린 오로지 경호 대상인 너의 신변 보호를 위해 이 자리에 존재해. 만약에 대한 대비를 빈둥빈둥으로 치부하려는 너의 그 어설픈 촌극을 상대해 줄 이유도 없고."

"뭐……?"

"왜, 무슨 더 할 말이 있나?"

이담소의 살쾡이 같은 눈빛이 날아들었다.

"재수 없어……."

"응, 마찬가지야."

"허……!"

화가 잔뜩 나서 들어가는 이담소.

그에 주방 아주머니가 우려 섞인 목소리를 내었다.

"그렇게 너무 자극했다간 곤란해질 텐데. 감당할 수 있겠어요?"

"어차피 한 번은 겪어야 할 일이라면, 빠른 게 좋으니까요."

* * *

어깨까지 들썩이며 씩씩거리던 이답소가 잔뜩 표정을 찌푸렸다.

"최강이라고? 아주 이름도 이상해 가지고. 좋아, 니들이 나한테 이런다 이거지. 어디 그 고급 인력의 능력들, 얼마나 잘 쓰이는지 두고 보자고."

그녀는 다짜고짜 어디론가 전화를 걸었다.

"어, 나야. 오늘 새로 들어온 경호원들이 엄청 거슬리는데. 지난번에 했던 그거, 한 번 더 어때? 당연히 내가 쏘지~! 굿? 굿~!"

짧은 치마에 화장까지 하고서 귀여운 체크 모자까지 걸친 이답소가 문을 나섰다.

갑작스러운 그녀의 외출에 최강이 다가왔다.

"잠깐. 지금 어딜 가는 거지?"

"친구들하고 놀러. 왜, 안 돼?"

"이렇게 갑자기? 그런 일정은 없었잖아."

"어이, 이봐. 나 미성년이야. 충분히 친구들하고 갑자기 연락해서 놀러 다닐 나이라고."

"입시에 바쁠 나이가 아니고?"

"그딴 건 머리 나쁜 애들이나 고생고생해서 하는 거고. 난 다르거든."

그사이 최소현이 주방 아주머니에게 물었다.

"아줌마, 쟤 공부 잘해요?"

"네, 전교 1등. 내신도 1% 미만."

"올……. 발랑 까진 줄 알았더니 의외네."

이담소는 밖으로 홱 하고 나가버렸다.

최소현이 피식 웃어버리는 최강에게 다가왔다.

"지금 웃고 있을 때가 아니지 않아요? 따라가야죠."

"그래야지. 구색은 갖춰야 하니까."

이형석이 운전대를 잡고, 김지혜가 이담소를 밀착하여 옆에 앉았다.

이담소는 홍대 거리에 도착해서는 친구들과 만나 음식을 먹고 노래방에 가는 모습이었다.

"아주 신이 났구나. 애새끼 노는 거나 구경하려고 이 짓 하는 게 아닌데."

장태열의 거친 언행에 최강의 목소리가 무전으로 날아들었다.

[지금은 그게 우리가 해야 할 일이니까 어디로 튈지 감시나 잘해 주세요.]

"한다 해. 근데 무슨 일이야 있겠어?"

[그 혹시 모를 일에 대비해야죠. 그리고 이담소가 우리를 어떻게 곤란하게 만들려는 건지도 알 수 없는 거고요.]

아니나 다를까, 이담소가 신나게 놀다가 친구들과 장난스럽게 웃기 시작했다.

"자, 준비됐지?"

"우리야 준비됐지."

"히힛, 그럼 작전 시작!"

* * *

최소현은 카운터에 있다가 이담소가 화장실로 갈 때면 따라
가고는 했다.

'뭐야…… 얘는 안에서 물만 마시나. 왜 이렇게 화장실을 자
주 가.'

그런 그녀를 보며 이담소가 한마디 했다.

"그만 좀 따라다닐래? 이 안에서 무슨 일이 생긴다고 이래.
어차피 출입구 다 먹고 있을 거면서."

"그래도 혹시 모르는 거니까."

"어유, 어유, 누가 초짜 아니랄까 봐. 혹시고 나발이고. 내
친구들 불편하게 하지 말고 적당히 거리 유지해."

쏘아붙이고 사라지는 그녀의 행동에 최소현이 그녀를 한 대
쥐어박을 듯 행동을 취했다.

"아휴, 저 싸가지. 내가 진짜 대통령 딸만 아니었으면 신성한
교육 한 번 시키는 건데."

[심정이야 이해하지만, 참자고요.]

"당장이야 참는다지만, 이게 시작일 거라는 게 암담하네요."

다시 카운터에 가 있던 최소현은 방에서 누군가가 나오자 따라 움직이려다가 멈칫했다.

이담소의 친구들 중에 선글라스를 끼고 머리를 땋은 아이가 있었다.

그 아이가 나와 화장실로 향하고 있어서다.

"친구 하나 화장실 갑니다."

그런데 외부를 지키고 있던 장태열이 후문으로 나오는 이담소의 친구를 보더니 무전을 했다.

"그 친구 지금 후문으로 나가는데?"

최소현은 이상하다고 생각했다.

"친구들만 놔두고 나간다고? 외부음식 반입금지 아닌가 ……."

최소현은 방으로 다가가 내부를 살폈다.

이담소가 체크 모자를 쓰고 문을 등진 채 춤을 추며 노래를 부르는 게 보였다.

확인을 마친 최소현은 자리로 돌아갔으나, 1시간 후 소스라치게 놀라고 말았다.

"헤헤……."

"뭐야, 니들?"

다른 친구가 최소현의 복장을 하고서 웃고 있어서였다.

"담소는 아까 전에 나갔는데. 몰랐어요? 경호원들이 뭐 이래……. 가자, 우린."

"그래."

방안에서 머리 스타일까지 바꿔가며 복장도 바꿨음을 알아 차린 최소현이 급하게 무전을 했다.

"큰일 났어요. 이담소가 한 시간 전에 여길 빠져나갔대요!"

[뭐?!]

차에 있던 김지혜가 얼른 노트북을 열며 감시관제센터로 들 어갔다.

특정 아이디로 접속한 그녀는 곧장 주변 방범 카메라들을 살폈고, 한 시간 전에 노래방을 빠져나간 이담소를 추적하기 시작했다.

"홍대 밖으로 빠져나가서 택시를 탔어요! 그리고 이후에는 방향이……!"

그런데 때마침 그때였다.

지금까지 조용하던 최강의 목소리가 흘러들어왔다.

[이담소는 내가 잘 따라다니고 있으니까 안심해도 됩니다. 아무래도 KDC 방송국 쪽으로 향하는 것 같은데……. 아무튼 다들 이쪽으로 오도록 해요.]

최소현은 다급히 노래방을 나와 장태열과 만났다.

"최 과장님 얘기 들었어요?"

"어. 근데 뭐야, 그 녀석. 이담소가 빠져나가는 걸 다 알고 있었으면서 지금까지 아무 말 안 한 거였어?"

좋아합니다 285

"아무튼 빨리 가 보자고요."

* * *

이담소는 예상대로 방송국으로 들어갔다.

아는 사람이 있던 모양인지 누군가가 마중을 나와 웃으며 반기고는 안으로 데리고 들어가고 있었다.

내가 왜 팀원들에게 아무 말도 안 하고 혼자서 쫓아왔냐고?

이담소가 자신의 계획을 성공했다는 생각을 품게 하고 싶어서다.

그리고 그 생각이 얼마나 어리석은 것인가를 알려 주고 싶었다.

"네가 뛰어 봐야 내 손바닥 안이지."

-어린 것이 아주 귀엽게 노는구나.

"그동안 당해 왔던 경호원들은 그렇게 생각 안 할걸요? 저 애가 하는 행동 하나로 그들의 경력은 실패로 점칠 되니까요. 저 철없는 행동 하나하나가 남의 인생 망친단 말이죠."

-그래서 어떻게 혼내 줄 생각이냐?

"벗어날 수 없는 답답함이 뭔지 제대로 알려 줘야죠."

손목 안쪽에 새겨진 룬을 만져 투명하게 변한 나는 방송국으로 들어갔다.

그녀의 위치를 찾는 건 어렵지 않았다.

이담소가 노래방을 나온 직후 몰래 다가가 목 뒤로 바늘 추적 장치를 찔러 넣은 바 있었다.

마법으로 투명하게 변하여 찔러 넣었기에 느낌이 있었더라도 잘못 느꼈거니 싶어 지나갔을 것이다.

하여 핸드폰으로도 간단히 그녀가 있는 위치를 파악할 수 있었고, 그로써 시끄러운 공연장 안으로 들어오게 되었다.

"세븐 바이크. 나도 쟤들 노래는 좋아하는데. 손거울에 비춘 그대가 내 애창곡이란 말이지."

짝사랑하는 남자를 늘 근처에서 손거울로만 지켜보는 여자에 대한 노래였다. 남자도 늘 시선에 닿아 있는 그녀를 마음에 두고 있었고, 노래 마지막에는 남자가 손거울 가득 들어오며 서로 마음을 확인한다는 내용이었다.

짤막한 노랫말 하나하나를 이어 이야기를 만드는 걸 보면 작곡가들이나 가수들이 얼마나 대단한지 새삼 느끼게 된다.

"와아아아아-!"

함성과 함께 가수의 인사가 이어지고, 곧 노래가 흘러나오기 시작했다.

내가 좋아하는 거울에 비춘 그대였다.

그러면서도 중앙에 있는 이담소의 모습을 바라봤고, 그 와중에도 라이브로 듣는 그 노래가 무척 좋았다.

그리고 공연이 끝날 무렵, 나는 이담소의 등 뒤에서 말했다.

"그럼 이제 집으로 돌아가야지?"

녀석이 화들짝 놀랐다.

"어맛, 깜짝이야!"

진심으로 놀란 표정이었다.

표정 좋고. 내가 원하던 표정이거든.

"어, 언제부터 여기에 있었어?"

"요 자는 좀 붙였으면 싶은데."

"됐거든!"

이담소는 나를 확 밀치고는 사람들과 함께 썰물 빠지듯 사라졌다.

방송국을 나와 택시를 타고 떡볶이 거리로 온 그녀는 이미 약속되어 있었던 모양인지 그곳에서 노래방에서 헤어진 친구들과 다시 만나고 있었다.

저런 행동을 보면 경호원들이 더는 친구들을 쫓지 않을 거라는 걸 아는 것 같았다.

영악한 것.

그렇지만 결코 나의 손아귀에선 벗어날 수 없다.

-너를 따돌렸다고 여기는 모양이구나.

"절대 그럴 일 없다는 걸 보여 줘야죠."

나는 안으로 들어가 바로 옆 테이블에서 주문을 했다.

"아줌마, 여기도 떡볶이 주세요!"

나를 본 이담소가 흠칫 놀라는 게 보였다.

나는 활짝 웃어 주며 화답해 주었다.

그녀의 친구들도 나를 보고는 먹던 걸 뱉어 냈다.

"품! 뭐야?! 니 경호원 아냐? 우리가 여기 있는 걸 어떻게 알았지?"

"보통은 여기까지 오는데 한참 걸리잖아."

이담소는 혹시나 하는 표정을 머금더니 자신의 몸을 막 뒤지기 시작했다. 그러다가 내가 꽂아 둔 목 뒤의 추적 장치를 발견, 황당하다는 듯이 나를 쏘아봤다.

"너 미쳤구나? 감히 나한테 이딴 걸 달았어?"

추적 장치를 컵으로 찍어 부숨으로써 화를 표출한 그녀는 친구들에게 양해를 구했다.

"미안한데. 나 오늘은 여기서 헤어질게. 더는 못 있겠다."

당장에 그곳을 나온 그녀는 택시를 갈아타며 서울 도심 곳곳을 돌아다녔다.

사람들 많은 시내도 돌아다니고 갑자기 빌딩으로 들어가 숨기도 했다.

하지만 그때마다 보여 주는 내 얼굴에 귀신을 보듯 놀라는 표정이다.

"헙! 뭐야, 당신……!"

"밤도 늦었는데, 오늘은 그만하지."

"됐거든!"

나는 또 뛰어 도망치려는 그녀에게 손을 뻗었다.

"아샤이 무루아 에파뭐아."

그리고 잠들어 버리는 그녀를 얼른 받아들었다.

"미안하지만, 나도 하루 종일 이러고 다니고 싶진 않아서. 벗어날 수 없다는 것쯤은 충분히 각인시킨 것 같고. 오늘은 여기까지 하자고."

* * *

꿈에서 잔뜩 시달리던 이담소가 화들짝 놀라며 깨어났다.

"허업!"

일어난 그녀는 자신이 자기 방 침대에 누워 있는 걸 알며 눈이 커졌다.

"뭐야, 나 어떻게 여기에 있어?"

자신이 집에 돌아와 있다는 것도 놀랍지만, 아무리 도망쳐도 바로 근처에 있던 최강의 모습이 떠오르자 소름이 끼쳤다.

"귀신이야, 뭐야……. 대체 어떻게 그렇게 쫓아올 수 있는 건데……."

그런 생각도 잠시, 그녀가 대뜸 화가 난 표정을 머금었다.

"아니지. 그것보다 나를 어떻게 여기에 데려다 났냐는 게 중요한 거잖아."

곰곰이 생각에 잠기던 그녀가 점차 기막혀하는 표정을 지어 갔다.

"설마……!"

최강은 대통령 관저 바깥쪽에 있다가 성큼성큼 다가오는 이담소를 볼 수 있었다.

"보아하니 잘 잘 모양이군."

이담소는 최강에게 다가오더니 허리춤에 손을 얹고 큰 소리로 말했다.

"너 혹시 나한테 약 썼니? 그걸로 나 기절시켜서 여길 데려온 거야?"

"아닌데."

"아니긴! 아닌데 왜 내가 기억도 없이 여길 와 있는 건데? 미성년자한테 이래도 돼? 아니지, 성인이라고 해도 그건 불법이잖아!"

"아침부터 목소리가 너무 크지 않나? 그러다가 다들 깨시겠다."

"말해. 빨리 말 안 해?"

그녀의 소란에 곧 대통령과 영부인까지 밖으로 나왔다.

"아니, 이게 무슨 소리인가? 우리 애한테 약을 써서 기절을 시키다니?"

최강은 얼른 답했다.

"그런 거 아닙니다. 따님께서 뭔가 오해를 하신 모양입니다."

이담소는 최강을 쫓아낼 좋은 기회라고 여기며 달려들었다.

"오해는 무슨! 그럼 말해 봐. 그때 그 빌딩에서 나 어떻게 여기로 데려온 건데? 내가 그 이후로 왜 아무 기억이 없는 거냐고?"

"최면이거든."

"뭐?"

최강이 대통령 부부를 앞에 두고 간단히 설명했다.

"보시다시피 제 손 안에는 그림이 그려져 있습니다. 이 그림
을 통해 순간 최면을 걸 수 있고, 그로써 상대를 일시적으로
최면이나 기절을 시킬 수 있죠. 예를 들자면……."

최강은 얼른 장태열을 불렀다.

"장태열 요원? 잠깐 이쪽으로."

최강에게 언제나 말을 놓던 그였지만, 대통령이 있어서인지
예의를 갖췄다.

"네, 과장님."

"잠깐 여기에 서서 내 손바닥 좀 봐 줄래요?"

"네."

"살짝 흔들 테니까 집중해서 봐요."

"네……."

"아샤이 무루아 에파뤄아."

그 말이 떨어지기 무섭게 장태열이 그 자리에서 쓰러졌다.

털썩.

최강은 보라는 듯 놀라는 대통령 부부에게 설명했다.

"이렇게 순간 최면을 걸 수가 있는 겁니다. 이제 이해가
되셨죠?"

마법을 쓴 거였지만, 참 잘 둘러대는 최강이었다.

대통령 부부도 처음 보는 놀라운 능력이지만, 최면의 하나라고 하니 그렇게 믿는 눈치였다.

"음음, 거 참, 대단한 능력자구먼. 그런 최면도 다 있다니."

"그러게요."

최강이 말했다.

"따님께서 저희들을 따돌리기 위해 너무 밤늦게까지 바깥을 다니는 것 같아 어쩔 수 없이 안전을 이유로 최면을 걸어 집으로 데려오게 되었습니다. 최면은 건강상의 부작용도 없으며, 오히려 푹 잔 것처럼 개운할 테니 하루를 보내는 활력에 도움이 될 겁니다."

그러자 대통령이 이담소에게 웃으며 말했다.

"아무래도 너 제대로 임자 만난 것 같구나. 허허."

"아빠……! 이게 이렇게 그냥 넘어갈 일이야? 아니, 혹시라도…… 그 최면 같은 거 걸어서 나한테 나쁜 짓을 했을 수도 있는 거잖아. 안 그래?"

최강은 곧바로 반박했다.

"지금 제가 차고 다니는 시계 하며, 외투의 단추에도 실시간으로 녹화가 되는 장치가 달려있습니다. 원하신다면 어제 있었던 일 모두 다 보여 드릴 수 있습니다."

대통령이 다시 딸 이담소를 보았다.

"이렇다는데?"

최강은 자신만만한 표정을 짓고 있지, 모두 자신만 바라보지, 이담소는 얼굴이 붉어져서는 발로 바닥을 마구 밟아 댔다.

"아이, 진짜! 전부 짜증 나!"

이담소가 방으로 들어가는 걸 보며 최강이 대통령에게 고개를 숙였다.

"아침부터 소란스럽게 하여 죄송합니다."

"아니네. 나도 한 번은 겪어야 하는 일이라고 생각하고 있었어. 그보다 난 자네 대처가 참 마음에 드는군. 그런 장치까지 두고 있는 걸 보면 저 녀석이 억울한 누명을 씌우는 건 불가능할 테고. 앞으로도 안심은 되겠어. 내가 일전에 저 녀석 때문에 아주 능력 있는 친구를 잃었거든."

매우 마음이 쓰린 듯이 말하는 대통령.

최강도 들어서 알고는 있다.

이담소가 자기 옷을 찢어 성폭행범으로 몰아붙인 그를 말하는 걸 것이다.

하지만 최강의 몸에 부착된 장치들이라면 그럴 일은 없다.

"이곳에서 찍히는 건 하루 후에 전부 지우고 있으니 그것도 걱정은 마십시오."

거기에 대통령이 걱정하는 부분까지 해소해 주니, 대통령은 그의 일 처리가 무척 마음에 들었다.

"그래, 앞으로도 이렇게만 해 주게."

"네."

하지만 이담소는 이렇게 끝낼 생각은 추호도 없었다.

방으로 들어와 잔뜩 화가 난 얼굴로 앉아 있던 그녀는 팔짱을 끼고 이를 빠득 갈았다.

"좋아, 1차전은 나의 패배라는 걸 인정하지. 근데 과연, 2차전에도 그럴 수 있을까? 흥! 아주 세계적으로 개망신을 시켜 주겠어. 두고 봐, 내가 어떻게 하는지……!"

* * *

스아아아아앙-!

대통령 전용기가 하늘 높이 상승했다.

고도가 안정되자 모두가 편히 움직이기 시작했다.

"와, 비행기를 안 타 본 건 아니지만, 설마 대통령 전용기를 탈 줄은 몰랐네요."

최소현은 최근 자신이 겪는 일 하나하나가 신기한 모양이다.

하긴, 경찰이 할 수 있는 일은 아니니까.

이것도 다 7과에 몸담고 있기에 겪을 수 있는 일들이다.

"소현 씨는 계속 이런 일 하는 거 괜찮아요?"

"네?"

"사실 썬 아이즈 사건 해결되면 다시 경찰로 돌아갈 줄 알았거든요."

"사실 뭐…… 그럴까도 생각을 안 해 본 건 아닌데. 이 일도

재미있는 것 같고……. 그래서 딱히 나가라고 하지 않으면 계속
해 보자. 뭐 그런 생각으로다가……."

그녀가 나를 쳐다보며 어색하게 웃었다.

"자격 없는 사람이 여기에 계속 머무는 건 역시 불편할까요?"

그녀의 속마음에 갈등이 존재하는 모양이다.

하여 나는 웃음과 함께 확답해 주었다.

"자격 없는 사람이 여기 어디에 있다는 거죠? 매일 직접 지도
하며 무술 훈련도 시키고 있는 저입니다. 하나같이 능력 있는
내 부하 직원들이고요. 제 팀엔 자격 없는 사람이란 없죠."

"뭐야……."

"답이 마음에 들어요?"

"뭐, 좀……."

"후후, 이럴 때 보면 나도 은근히 멋진 말 잘한다니까."

최소현이 황당하다는 얼굴로 웃었다.

"뭐라고요? 헐……?!"

"솔직히 좀 심쿵하지 않았어요? 헤헷."

"호호, 아니거든요? 누가 그런 거에 넘어가요? 유치하게."

그런데 때마침 그때, 같이 앉은 우리 둘에게 이담소가 다가와
비아냥거렸다.

"잘들 논다. 아주 놀러 왔지? 어디 여행 가니?"

여기서 민망해하거나 어색해하면 녀석만 기뻐할 일이다.

해서 나는 최대한 능청스럽게 답했다.

"왜, 우리 꼬맹이 화장실 가려고? 경호원 오빠가 거기까지 따라가 줄 순 없는데. 이 언니라도 보내 줄까?"

"뭐? 미쳤나?"

"그럼 어설픈 도발은 관두고 네 자리에나 가지. 애들 장난에 놀아줄 여유는 없거든."

"허! 내가 가든 말든! 네가 무슨 상관인데? 웃겨, 아주. 내 마음대로 할 거거든?"

홱 돌아서서 가버리는 이담소의 모습에 최소현이 걱정스러워했다.

"최강 씨 컨셉은 알 것 같은데요. 저러다가 너무 엇나가면 어쩌죠?"

"대통령께서도 크게 신변에 위협만 되는 게 아니면 적당한 교육 정도는 허용해 주시는 것 같았습니다. 그러니 이번 기회에 철부지 코스프레는 그만두게 만들어 줘야죠."

"에효. 두 사람 싸움에 괜히 우리만 고생하는 게 아니었으면 싶네요."

"그러니까 소현 씨도 너무 저 녀석 부탁 들어주고 하지 말아요. 다 같이 도와줘야 내가 하는 행동도 힘이 붙는 거니까."

프랑스에 이어 영국까지 바쁜 일정을 소화하며 대통령과 그 가족들을 보호하는 나날이 이어졌다.

함께 다닐 때에는 대통령 경호실장의 명령을 듣다가도 우린 개별적으로 이담소의 경호에 힘썼다.

그리고 한 층을 다 빌려 대통령 가족들을 모시고 나서야 우리에게도 쉴 여유가 생겼다.

"휴, 경호라는 게 쉬운 일이 아니었네. 그냥 따라만 다니면 되는 줄 알았더니."

장태열이 소파에 축 늘어지며 내뱉은 소리였다.

이형석이 함께 그 옆으로 늘어지며 동감했다.

"그러게요. 해외라서 그런가, 사람들을 신경 써서 쳐다봐야 해서 신경도 잔뜩 예민해지고. 그래서 그런가 따라다니면서도 더 긴장되고 몸에 힘만 들어가던 거 있죠."

무언가를 신경 써서 살핀다는 것.

그 역시도 고된 노동이란 걸 모두가 알게 된 것 같았다.

"다들 교대로 씻고, 쉬도록 하죠. 불편하겠지만, 언제든 대응할 수 있도록 복장은 늘 갖추도록 하고요."

* * *

최소현은 씻기 위해 샤워실에 들어왔다가 욕조 위에 털썩 앉았다.

"휴우, 경호라는 게 쉬운 게 아니구나. 겸사겸사 해외도 구경하고 좋겠구나 싶었는데. 이건 뭐 따라다니기 바쁘니. 어휴, 최소현. 안 하려던 거 하느라 참 고생한다."

그러던 중 세안을 하는데 며칠 전 비행기에서 최강이 해 준 말이 떠올랐다.

["자격 없는 사람이 여기에 어디에 있죠? 매일 직접 지도하며 무술 훈련도 시키고 있는 저입니다. 하나같이 능력 있는 내 부하직원들이고요. 제 팀엔 자격 없는 사람이란 없죠."

"뭐야……."

"답이 마음에 들어요?"

"뭐, 좀……."

"후후, 이럴 때 보면 나도 은근히 멋진 말 잘한다니까."

"뭐라고요? 헐……?!"

"솔직히 좀 심쿵하지 않았어요? 헤헷."

"호호, 아니거든요? 누가 그런 거에 넘어가요? 유치하게."]

말은 그렇게 했지만, 그녀는 자신도 모르게 가슴을 매만졌다.

"그땐 진짜 아주 심장 터지는 줄. 뭐야, 갑자기 ……. 그렇게 훅 들어오면 나더러 어쩌라고…… 멋있게."

그녀는 순간 깜짝 놀라 고개를 확확 저었다.

"아니, 잠깐만. 나 지금 뭐하고 있니? 최강 씨가 잘생기고 멋진 건 사실이지만, 그렇다고 내가 이러는 건 좀 오버 아닌가? 정신 차려, 최소현. 저 사람은 그냥 네가 부하 직원이니까, 친구라도 위로해 주려고 한 말일 뿐이야. 착각하지 말라고."

하지만 생각 안 하려고 해도 간혹 그가 하는 무모한 일에는 걱정도 되고 자꾸만 그 모습들이 순간적으로 떠오르고는 했다.

거기다가 얼마 전에는 술에 취해 키스까지.

몸이 먼저 갔던 건지, 마음이 먼저 간 건지 이젠 자신도 알 수가 없었다.

그에게 관심이 가도 크게 가 있다는 걸 더는 부정할 수가 없었다.

"근데 가만 보면 어쩔 땐 야성미가 있다가도, 또 어쩔 땐 한없이 부드럽고……. 일처리 하는 거 보면 그때는 또 멋있고……. 의외로 색다른 면이 참 많은 사람이야. 그지?"

그녀는 싱글벙글 웃는 자신의 표정을 거울에서 발견했다. 그리고는 다시 현실을 직시했다.

"뭐야, 방금 전 이 바보 같은 표정은? 설마, 나……. 최강 씨 앞에서 이렇게 웃고는 하는 건 아니지?"

최소현이 씻고서 어색한 표정으로 최강의 눈치를 살필 때였다.

그녀는 그들이 나누는 대화를 듣게 되었다.

"어렸을 때는 엄청 영재였대요. 중학교 때 벌써 대학 얘기가 나올 만큼 대단했다고 해요."

"근데 어쩌다가 고3까지 학교를 다녀?"

"아버지가 대통령이 된 이후부터 관심 있던 수학이나 과학에서 완전히 손을 뗐다고 하더라고요. 그렇지만 워낙 머리가 좋았던지라 대충 공부를 해도 전교 1등은 놓치지 않았던 거죠."

장태열이 무척 부럽다는 듯이 말했다.

"누구는 매일같이 코피 쏟아 가며 공부하고 운동해서 겨우 국정원에 들어갔는데. 그런 게 누구한테는 대충 해도 되는 거라니. 묘하게 상대적 박탈감이 느껴지네. 휴~."

최소현이 물었다.

"혹시 지금 이담소 얘기하는 거예요?"

최강이 고개를 끄덕였다.

"네. 어려서부터 굉장한 영재였다고 하네요. 그런 애가 어쩌다가 저렇게 비뚤어진 건지. 조금 안타까운 마음이 들기는 해요. 바로잡아 주지 못한 그 흔들림 하나 때문에 노력하고 꿈꿔오던 것들을 손에서 놔 버렸으니까요."

그만한 영재라면 과학자나 의사, 아니면 개발자 같은 꿈도 있었을 것이다.

그런데 국가적으로도 큰 인재가 될 그런 아이가 환경적 변화로 스스로를 포기했으니 안타까운 일이긴 했다.

"지금 고3이면 딱 중학교 때부터 그런 부담을 안고 살았겠네요. 아버지가 대통령이 된 시기였을 테니까."

중학교 2학년.

아버지가 대통령이 됨으로써 어린 나이에 감당하기 어려웠을 변화들.

그것도 쉽지 않았을 텐데.

그녀의 이런 방황에도 이유는 있구나 하고, 이해해 보려는 최소현이었다.

* * *

독일에서는 이담소가 바이올린 연주를 했다.

그 감미로운 연주를 보며 나는 녀석의 의외의 모습을 발견한 것 같았다.

좀 하는데?

연주가 끝나자 공연장 모두가 박수를 보냈다.

영재라더니, 연주 자체도 충분히 찬사를 받을 만큼 대단했다.

-저 녀석, 악기를 무척 잘 다루는구나.

"그러게요.

-그러고 보면 이 세계에는 악기가 무척 다양한 것 같다. 우리 세계엔 그런 게 부족했는데. 기껏해야 피리나 나팔, 북 정도였거든.

"이건 제 생각이지만, 음악의 발전이 때론 폭력적인 사람의 성향을 억눌러 주는 게 아닌가. 그런 생각이 드네요. 마음도 편안해지고."

그와 함께 이담소의 거친 방황도 억눌러 줬으면 하는 바람도 함께 가져 본다.

연회를 마친 우린 차량 경호를 하며 호텔로 이동하고자 했다.

그런데 막 이동하려던 찰나, 대통령이 독일 장관과의 회담 일정이 잡혀 차량을 따로 타고 가야 하는 상황이 발생했다.

"대통령께서 다른 일정이 생기셔서 따로 움직여야 할 것 같

아. 정 팀장과 함께 최 과장이 영부인과 담소 양을 호텔까지 안내해 줬으면 하는데."

"네, 그렇게 하겠습니다."

"그럼 이따가 보자고."

그 과정에서 차를 따로 태워야 하나, 같이 태워야 하나 살짝 갈등했지만, 함께 태우는 게 더 보호하기 좋다는 게 정 팀장의 생각이었다.

하여 그를 선두로 호텔로의 이동이 시작되었다.

쫘아아아아……!

그런데 가는 도중에 억수 같은 비까지 쏟아졌다.

시야 확보가 어려워진 우리는 최대한 신속하게 호텔로 이동하려 했으나, 일이 생기고 말았다.

독일 경찰 차량의 안내를 받으며 가던 중, 미끄러지던 트럭한 대가 미처 멈추지 못하고 경찰 차량과 사고가 난 것이다.

끼이이이익!

쾅당!

앞선 사고를 보며 나는 무전을 해 보았다.

"A차량, 무슨 일입니까?"

[앞에서 사고가 난 것 같다. 멈춰 있으면 위험하니 우리가 방향을 잡겠다. B, C 차량은 우리를 뒤따르도록.]

그런데 그 쏟아지는 비에 바깥으로 시선을 주는데 우리를 뚫어져라 쳐다보는 사내가 하나 보였다.

나는 어쩐지 지나는 내내 떨어지지 않는 그 시선이 마음에 걸렸다.

"뭔가 이상한데……."

-목적지까지 빨리 가는 게 좋을 것 같다. 아까 그 시선, 단순히 호기심으로 쳐다보는 시선이 아니었어.

케라의 말이다.

나도 같은 생각이었다.

하여 얼른 다시 무전을 했다.

"정 팀장님, 뭔가 이상합니다. 목적지까지 속도를 좀 더 올렸으면 하는데요."

[그러고 싶지만, 비가 와서 그러기가 어렵다. 거기다가 안내하는 경찰 차량이 없어서 신호도 문제가 돼.]

비에, 사고에, 거기에 교통 체증까지.

경호 대상 차량은 멈춰 서지 않는 게 가장 중요했다.

앞 차량에서도 여러 경로를 찾아 이동하는 걸 테지만, 결국 많은 차량으로 인해 경호 차량도 멈출 수밖에 없었다.

그런데 막 선두 차량이 멈춰 섰을 때였다.

갑자기 길을 가던 사람이 우산을 버리더니 선두 차량 밑으로 무언가를 던져놓는 광경이 보였다.

"뭐야……!"

콰과과과광-!

놀랄 새도 없이 정 팀장이 탄 차가 불길에 휩싸이며 높이 떠올랐다가 뒤집어져서 떨어졌다.

"B차량, 어서 경로를 이탈해! 어서……!"

우리도 얼른 내려 주변을 경계하려 했다.

그런데 수없이 많은 사람들이 곳곳에서 나오더니 경호 대상 차량은 물론, 우리에게까지 총알을 퍼부었다.

타다당! 타다다다당! 타당!

놀라 도망치는 시민들도 여기저기서 푹푹 쓰러졌다.

나는 이해가 안 되었다.

대체 왜……?!

타국의 대통령 가족을 왜 노리는 거지?

이게 국가적인 분쟁이 될 걸 몰라?

이유는 몰라도 어떻게든 막아야 했다.

그런데 대응 사격을 하며 영부인과 이담소가 탄 차량으로 다가가려 하는데, 누군가가 차량으로 다가더니 차 천장 위에 무언가를 붙이는 게 보였다.

"아니!"

총을 겨누며 쏘려고 했으나 사내가 스위치를 들어 보였다.

손으로 손목과 이어진 선을 가리키는데, 순간적으로 자신의 손과 스위치가 떨어지면 폭탄이 터질 거라는 뜻임을 알 수 있었다.

"크윽! 이것들이……!"

스위치를 쏠까, 머리를 쏘고 쓰러지기 직전에 달려들면 잡아

낼 수 있을까 고민하는 찰나, 그사이에 나에게도 총알이 쏟아졌다.

타다다당!

티딕! 틱! 틱!

급하게 엄폐물을 찾아 피하는데, 뒤에서 고함 소리가 들려왔다.

"김지혜!"

놀라 뒤를 보니 김지혜가 어깨에 총을 맞고 쓰러져 있는 게 보였다.

"지혜 씨!"

그사이 몇몇이 영부인과 이담소가 탄 차량으로 접근, 폭탄으로 협박하자 운전석 경호원이 어쩔 수 없이 문을 여는 것 같았다.

아무리 방탄 차량이 지급되었다고 하지만, 앞선 차량처럼 폭탄에는 어쩔 도리가 없어서다.

탕-!

문이 열리자 어김없이 총이 쏟아졌고, 문을 연 사내는 운전석 경호원을 끌어내리더니 자신이 차를 몰고 빠르게 사라져 가고 있었다.

부아아아앙……!

나는 곳곳에 있는 적들에게 총을 쏴 순식간에 모조리 쓰러뜨렸지만, 이미 멀어져 가는 차량을 뒤따라 달려가는 건 불

가능했다.

"크읙! 젠장-!"

* * *

장태열과 이형석이 병원으로 김지혜를 데려왔다.

그들의 손과 옷은 피로 얼룩져 있었다.

두 사람은 무척 걱정스러웠지만, 수술실로 들어가는 그녀와
는 어쩔 수 없이 멀어져야 했다.

"대체 이게 다 뭐란 말입니까? 그 사람들 대체 뭐냐고요?"

"모르지. 어디든 과격 집단은 있는 거니까. 그게 아니면 우리
가 독일과 친해지는 것에 불만을 가졌거나."

"그나저나 지혜 씨는 괜찮을까요?"

"피를 많이 흘리긴 했지만, 급소는 피한 것 같아."

"그럼 괜찮다는 거죠? 그죠?"

"그렇게 말해 주고 싶지만, 솔직히 장담은 못 해. 치명상이
아닌 환자들 중에서도 급작스러운 결과가 많았거든."

그는 과거 임무에서 어깨에 총을 맞고 병원으로 갔던 동료가
갑작스러운 패혈증으로 목숨을 잃었다는 보고를 받은 적이 있
었다.

치명상이 아니었으니 죽지는 않겠지 하고 안심했다가 청천
벽력 같은 소식을 듣고 만 것이다.

떠올리고 싶지 않던 기억이 트라우마처럼 기억에 숨어 있다가 슬금슬금 기어 나왔지만, 그는 얼른 털어 내며 이형석을 위로했다.

"그래도 잘 이겨 낼 거야. 그렇게 믿자고."

"네, 그래야죠. 무사할 겁니다, 지혜 씨는."

그제야 뒷일이 걱정스러웠을까, 장태열이 몸을 돌려 중얼거렸다.

"근데 최강 이 자식은 대체 어디로 사라진 거야?"

빗길 속에서 끝까지 빼앗긴 차량을 뒤쫓아 달리던 그의 모습이 장태열이 봤던 최강의 마지막 모습이었다.

달려서는 차를 따라가지 못할 것인데, 그는 그렇게 사라져 버리고 말았다.

"최강, 들리면 대답해. 야, 최강!"

[치지지직. 치지지직.]

무전도 비에 젖은 때문인지 상태가 좋지 못했다.

여러모로 답답함이 많았던 그는 애꿎은 벽을 때렸다.

퍽!

"미치겠네, 진짜……."

* * *

대통령은 독일 국방부 장관과 만나던 도중 아내와 딸이 납치되었다는 소식을 듣고 깜짝 놀랐다.

"뭐! 아니, 어떻게……?! 아니, 이럴 게 아니라 당장 가지. 어떻게든 당장 구해내게! 어서!"

"독일 경찰과도 협력 중에 있고, 지금 서둘러 납치 차량을 추적 중에 있습니다. 하니 바로 상황실로 가시죠."

"알았네. 안내해 주게."

잠시 주춤하던 비서실장은 그런 대통령에게 주저하다가 말했다.

"그리고 선두지휘를 했던 장 팀장은 안타깝게도…… 현장에서 목숨을 잃었다고 합니다. 그의 팀원 전원 다요……."

"아……."

대통령은 자신의 가족도 걱정이었지만, 그 일로 아끼던 사람이 죽자 현기증을 느꼈다.

저녁때면 함께 술도 마시고, 내년이면 딸이 중학교에 들어간다고도 들었던 것 같은데.

그런 그가 죽었다고 하니 충격이 매우 컸다.

벽을 짚으며 상심하던 그는 긴 한숨을 쉬다가 물었다.

"최강, 그는 어떤가? 그의 팀은?"

"팀원 중 하나가 총에 맞고 병원에 실려 갔는데, 최강 과장의 위치는 아직 파악이 안 되는 것 같습니다. 팀원들의 말에 의하면 탈취당한 차량을 뛰어서 끝까지 쫓아갔다고 하는데, 그 이후로 연락이 두절되었습니다."

"그렇군. 알았네. 일단 상황실로 가지."

그러나 잠시의 시간이 흘렀음에도 소득은 없었다.

"대통령님."

"뭔가? 상황이 어찌 되어 가는 거야? 저들이 뭐라고 하던가?"

"그게……. 차량에 있던 추적 장치와 GPS 수신 장치로 차량은 찾았지만, 그 안에 영부인과 담소 양은 없었다고 합니다."

"그럼 차량을 바꿨다는 거지 않나?"

"아무래도 그런 것 같습니다. 감시 카메라로 추적 중에 있긴 하지만, 기반 시설이 한국 같지는 않아서 시간이 좀 더 걸릴 것 같습니다."

대통령은 암담함에 의자를 찾아 주저앉았다.

"그럼 이제…… 놈들의 요구를 기다리는 것밖에는 할 수 있는 게 없다는 것이군."

잠시잠깐 최강을 떠올리며 희망을 걸어 보지만, 그의 얼굴에선 여전히 그늘이 걷히지 않았다.

* * *

두건을 얼굴에 쓴 채로 끌려온 영부인과 이담소가 한구석으로 밀쳐 넘겨졌다.

"아흑!"

"어익! 담소야, 담소야……!"

두건이 벗겨진 순간 둘은 서로를 찾아 부둥켜안았다.

총을 겨누고 있는 험상궂게 생긴 사내의 모습에 이담소는 바짝 겁을 집어먹고 울음을 터뜨렸다.

"어헝, 엄마 이게 뭐야……. 이 사람들, 우리한테 왜 이러는 건데……. 허어엉!"

"조용히 해! 조용하지 않으면 맞을 줄 알아! 알았어!"

사내가 독일어로 말하자 이담소는 얼른 울음을 그쳤다.

영부인은 딸이 제2외국어로 독일어를 배우는 걸 알기에 얼른 물었다.

"왜…… 뭐라고 하는데?"

"조용히 안 하면 때리겠데."

"그럼 시키는 대로 하자. 저 사람들을 자극시켜서는 안 돼. 그러니까 가만히 있자. 그럼 아빠가 어떻게든 우릴 구해 주실 거야."

그사이 손이 뒤로 묶인 최소현이 끌려와 천장에 거꾸로 매달려졌다.

그리고 사내들 사이에서 여러 말이 오갔다.

"이 여자는 뭐야?"

"경호원 같은데?"

"그럼 죽여 버리지 뭐 하러 데려왔어?"

"그래도 여자잖아. 여자를 죽이는 건 꺼림칙하다고."

"쳇, 그럼 저대로 매달아 둬. 인질이야 하나라도 많으면

좋아합니다 311

좋겠지."

사내들은 그렇게 대화를 나누고는 방을 나가 버렸다.

내내 정신을 잃은 듯 눈을 감고 있는 그녀.

이담소는 불안한 듯 주변을 살피다가 작은 목소리로 그녀를 불렀다.

"언니! 언니……! 좀 일어나 봐요! 얼른!"

바로 그때, 최소현이 눈을 번쩍 떴다.

그리고는 영부인과 이담소에게 속삭였다.

"영부인, 담소 양. 걱정 마세요. 여긴 어떻게 해서든 제가 빠져나가게 해 드리겠습니다."

이담소가 답답하다는 듯이 말했다.

"지금 그 꼴로 뭘 하겠다고 그런 소리를 해. 그리고 저 사람들 총을 가졌단 말이야."

최소현은 애써 환한 미소를 지어 보였다.

"아까는 차에 폭탄이 붙어 있어서 아무것도 못 했고, 지금도 그다지 상황이 안 좋아 보일 테지만 걱정 마. 아직은 상황이 생각했던 것보다 심각하지 않은 것 같으니까."

"뭐라는 거야, 이 언니는……. 그냥 잠자코 있어. 가만히 있으면 죽이지는 않을 것 같으니까. 저 사람들 화나게 하면 언니를 가장 먼저 죽일 거란 말이야. 그러니까, 가만히. 응?"

그럼에도 최소현은 미소를 잃지 않았다.

"뭐, 어차피 가만히 있어도 최강 씨가 구해 주러 올 테지만,

그래도 우리도 나름 도망치려는 노력 정도는 해 줘야 하지 않을까?"

"글쎄 안 된다니까!"

잠시 뒤, 사내 하나가 들어왔다. 그는 최소현의 얼굴을 이리저리 살피더니 음흉한 표정을 머금었다.

그리고는 대뜸 바지춤을 풀어갔다.

이담소와 영부인은 최소현이 곧 끔찍한 일을 당하겠구나 싶어 눈을 질끈 감았다.

사내의 행동 하나만으로도 곧 일어날 상황은 충분히 예측이 가능했기 때문이다.

그러나 바로 그때였다.

최소현이 눈을 번쩍 뜨더니 그대로 이마로 사내의 얼굴을 들이박았다.

퍼억!

"어억!"

사내가 휘청거리는 사이 그 반동을 이용해 걸려 있던 고리에서 빠져나온 그녀는 몸을 휘돌려 똑바로 서더니 사내를 향해 돌아섰고, 다시 앞으로 휘돌며 두 발로 사내의 얼굴을 찍어 찼다.

퍼억!

철버덕.

손발이 다 묶이고서도 사내를 기절시킨 최소현은 이리저리

기며 사내에게서 칼을 꺼냈고, 곧 손발을 풀고 사내의 총까지 챙기며 영부인과 이담소에게 씨익 웃어 보였다.

"자, 이제 가실까요?"

"우와! 언니 짱! 어떻게 그런 게 가능해?"

"가르쳐 준 스승이 보통이 아니거든. 어떤 상황에서든 탈출이 가능해야 한다면서 이런 걸 얼마나 많이 시도하게 했는지. 그땐 진짜 힘들었거든."

"그 사람이 누군데? 여기 나가면 나도 만나게 해 줘라. 나도 배울래. 그런 거."

"이미 만났어. 그 사람이 바로 최강이거든."

"뭐? 그 재수탱이가? 진짜?"

그녀들이 있는 곳은 꽤나 큰 저택이었다.

복도에 있는 사내들 몇은 칼로 어떻게 처리했으나 결국 들켜 총격전으로 이어졌다.

최소현은 죽인 이들에게서 탄창을 챙겨 두었기에 꽤나 버틸 수 있었고, 근접 거리에서 우르르 달려드는 사내들도 놀라운 몸놀림으로 총을 쏘며 모조리 쓰러뜨렸다.

그런 그녀를 보며 이담소를 혀를 내둘렀다.

"말도 안 돼. 저 언니가 저렇게 대단한 사람이었어?"

그러나 사상자가 늘어가자 적들도 이판사판으로 나왔다.

처음엔 최대한 인질을 안 다치게 하고 제압하려 했지만, 상대가 너무 뛰어나 이젠 그럴 수가 없게 된 것이다.

내려가려고 했던 그녀들은 다시 2층으로 몰렸고, 최소현도 총알이 떨어져 다시 칼을 잡아야 했다.

처걱. 처걱.

"에이, 총알이 떨어졌네."

"뭐야, 그럼 우리 이제 죽는 거야?"

"죽기는 왜. 이 언니, 칼 잘 쓴다?"

"아무리 그래도 칼로 어떻게 총을 이겨."

"훗, 좁은 복도에서는 충분히 가능해. 뒤에 있는 사람은 앞서 있는 사람 때문에 쉽게 총을 못 쏘거든."

퍼석! 퍼석!

문을 뚫고 들어오는 총알에 자세를 낮춘 최소현은 그들이 문을 열고 들어오기를 기다리면서도 창문을 통해 밑을 내려다봤다.

창 옆으로 옥상과 이어진 외부 우수관이 달려 있는 걸 본 그녀는 두 사람에게 말했다.

"제가 시간을 끌고 있는 사이 이걸 타고 밑으로 내려가세요. 할 수 있겠어요?"

영부인은 무섭긴 했지만, 지금은 방법이 없었기에 그녀의 말에 따랐다.

"해 볼게요."

"조심하세요. 2층이긴 해도, 웬만한 3층 높이는 돼서 놓치시면 큰일 나요."

"소현 씨도 조심하세요."

"호호, 제 걱정은 말고요."

이담소도 최소현이 걱정인지 얼른 말했다.

"멋진 언니, 죽으면 안 돼. 꼭 살아."

"호호, 앞으로도 계속 그렇게 불러 주면 생각해 볼게."

"미쳤나 봐. 자기 목숨 걸린 일에 생각해 보고 말 게 어디 있어."

"얼른 내려가기나 해. 저 사람들 곧 들이닥칠 거야."

그녀들이 막 창문을 나갈 찰나, 최소현은 사내들의 발걸음 소리가 가까워지는 걸 들으며 표정을 굳혔다.

"최강 씨, 어디예요. 나도 더는 못 버틴다고요. 그러니까 얼른……. 빨리요……."

바로 그때, 사내들이 문을 박차고 들어왔고, 우수관을 타고 내려오던 두 여자는 안에서 총소리와 함께 번쩍거리는 불빛을 보며 벌벌 떨어야 했다.

그리고 두 사람이 겨우 내려왔을 무렵, 둘은 갑자기 창을 깨고 떨어지는 물체를 보아야 했다.

와장창!

콰광-!

수류탄이라도 터진 듯 2층 방이 산산조각이 나는 가운데, 둘은 막 떨어진 두 사람을 보았다.

최소현이 사내 하나를 쿠션 삼아 몸을 날린 거였다.

사내는 그대로 기절했지만, 최소현도 무사치는 않은지 쉽게 일어나질 못했다.

"끄응……."

"언니 괜찮아요?"

"뭐야…… 내려왔으면 도망을 쳤어야지……. 여기서 이러고 있으면 어떻게 해……."

그런데 바로 그때, 어디선가 날아온 총알이 최소현의 허벅지에 박혀 들었다.

탕!

"아흑!"

"언니……!"

놀란 최소현은 비틀거리면서도 끝까지 영부인과 이담소를 두 팔 벌려 보호했다.

그리고 곧 그녀들에게 여섯이나 되는 사람들이 총을 겨누며 다가왔다.

"이 죽일 것들이…… 네년들 때문에 우리 동료가 몇이나 죽었는 줄 알아!"

최소현은 고통스러운 가운데 웃음을 지었다.

"쟤들 지금 뭐래니?"

"우리 때문에 동료가 많이 죽었대요."

"먼저 납치한 건 지들이면서, 누굴 탓하는 거야? 등신 같은 새끼들……."

"언니, 이제 우리 어떻게 해요⋯⋯."

솔직히 이 처지에선 최소현도 답이 없었다.

아무리 생각해도 빠져나갈 방법이 떠오르질 않았다.

"그러게⋯⋯. 여기서부터는 나도 방법이 없네. 어쩌지⋯⋯. 헤헤."

"지금 웃음이 나와요?"

"그렇다고 울 순 없잖아? 그래도 여기서 나 죽으면, 이 언니가 너를 멋지게 지켰다는 건 기억해야 한다? 알았지?"

"언니⋯⋯ 어흐흐흑! 어흑!"

"울지 마. 나 아직 안 죽었잖아."

사내들 중 하나가 선두에 있는 사내에게 물었다.

"어떻게 할까요?"

"이 경호원 여자는 당장 죽여 버려, 당장!"

그 말을 알아들은 이담소가 눈을 질끈 감으며 외쳤다.

"언니⋯⋯!"

타당! 탕! 타다당! 탕! 탕!

최소현은 끝이구나 싶어 눈을 질끈 감았다.

'아, 이렇게 죽는구나. 이게 이렇게 위험한 일로 번질 줄은 정말 꿈에도 몰랐는데. 처음 온 다른 나라에서 제대로 구경도 못 해 보고 이렇게 죽다니. 좀 억울한데. 이럴 줄 알았으면 잠깐 심쿵했던 마음이라도 최강 씨한테 전할 걸 그랬나?'

그런데 의외로 생각할 시간이 길다.

왜지?

이유가 궁금했던 그녀는 살며시 눈을 떴다가 깜짝 놀랐다.

"뭐야……."

놀랍게도 자신을 향해 날아들던 총알들이 빗물과 함께 시간이 멈춰 버린 듯 허공에서 멈춰 있었기 때문이다.

"이게 어떻게……."

그리고 바로 옆에서 총을 쏘며 멋지게 등장하는 사내가 있었다.

탕! 탕! 탕! 탕!

저벅저벅 빗길을 뚫고서 다가오는 사내.

그는 다름 아닌, 최강이었다.

"최, 최강 씨가 여길 어떻게……! 뭐야, 정말 우릴 구하러 온 거야?"

최소현은 갑자기 가슴이 벅차오르며 눈물이 맺혔다.

최강이 총을 쏘는 족족 사내들은 이마를 꿰뚫려 쓰러졌고, 허물어지며 쓰러지는 그녀를 최강이 빠르게 다가와 부축했다.

"소현 씨!"

"뭐에요. 너무 늦었잖아요. 나 혼자서 얼마나 힘들었는데."

"미안해요. 내가 더 빨리 왔어야 했는데."

"그래도 뭐……. 왔으니 됐죠. 고마워요, 구해 주러 와 줘서. 오기를 바라긴 했지만, 진짜 올 줄은 몰랐거든요."

"나도 정말 안 한 짓 없이 다 한 것 같습니다. 당신이 걱정돼서 미칠 것만 같았거든요."

"네?"

최강은 그녀의 다리에 난 상처를 보며 안타까워 했다.

"그냥 나 믿고 가만히 있지……. 왜 나서서 이렇게 되냐고요. 내가 조금만 늦었으면 어쩔 뻔했어."

"그래도 가르쳐 준 건 써먹어 봐야 하니까……. 나름 노력은 해봐야 하잖아요."

"다음에는 최대한 안전한 방법을 택해요. 나 믿고. 알았어 요?"

최소현은 순한 양처럼 대답했다.

"네……."

그런데 대뜸 그때, 이담소가 최강에게로 와락 안겨들었다.

"오빠……!"

"어억!"

"아항……! 얼마나 무서웠다고……! 아하아아앙-!"

"어…… 그래. 무사해서 다행이야."

어색한 미소로 서로를 바라보던 두 사람은 이담소를 다독이 며 얘가 왜 이러나 싶었다.

하지만 생전처음 이런 경험을 하여 얼마나 무서웠을까 하고 생각하면 이해도 되었다.

그럼에도 최강은 언제까지 이러고 있어야 하나 난감하여 비 내리는 하늘만 보았다.

"비가 참…… 많이도 오네……."

* * *

[뉴스 특보입니다.

대통령 가족인 영부인과 그 자녀가 독일에서 납치되었다가 구출되었다고 합니다.

구출 과정에서 사살된 이들은 독일 전직 군인들로, 10년 전 군부대 폭발 사건의 피해자들과 그들의 가족으로 밝혀졌습니다. 현지에선 수년간 독일 정부에 피해 보상을 요구하였으나 묵살당하여 이러한 일을 저지른 것으로 추측하고 있다고 전해집니다. 현재 대통령과 그 가족들은 안전상의 이유로 유럽 순방을 마치고 귀국을 결정했다고 전했습니다.]

어플을 통해 대한민국 뉴스를 확인하던 이담소는 핸드폰을 내려놓고 침대에 누워 천장을 보았다.

그리고 구출 당시 안내되었던 방에서 최강이 했던 말을 떠올렸다.

[이런 말씀 드리기 죄송하지만, 여기 계신 세 분 모두는 오늘 본 것에 대해 전부 기억에서 지워야 합니다. 말해도 누구도 쉽게 믿지 못하겠지만, 새어 나가면 제가 곤란해질 수 있으니 부탁드리겠습니다.]

"비밀……. 비밀로 해 달라고……."

억수같이 떨어져 내리던 빗방울과 함께 멈추었던 총알들이 아직도 그녀의 뇌리에 충격으로 박혀 있었다.

끔찍한 결과를 예상했지만, 결과는 판타지였다.

"근데 그게 말이 되나? 초능력자야? 대체 정체가 뭘까?"

그리고 보면 골탕 먹일 생각으로 도망쳐 다닐 때도 그렇다.

어딜 가든 그는 항상 시야에 있었다.

아무리 택시를 타고, 다시 바꿔 타도 귀신처럼 따라붙어 눈앞에 있던 그 남자.

"그래…… 어쩐지. 아무리 능력이 좋아도 그렇지. 그렇게까지 따라올 수가 없는 건데. 도저히 말이 안 되는 거였거든."

하지만 초능력자라면?

뭔가 이해가 될 것도 같았다.

그러나 그 무엇보다도 절체절명의 위기 속에서 나타난 그 남자는 너무도 멋졌다.

탕! 탕! 탕! 탕!

그 어떤 영화에서도 그렇게 멋있는 장면은 보지 못한 것 같다.

빗속을 걸어오며 적들을 모조리 물리치는 그의 모습이란, 주인공을 구하는 정말로 완벽한 최고의 히어로였다.

"뭐야……. 왜 멋있고 그래……."

그리고 안겨들었을 때 느껴지던 그 따뜻한 온기는 아직도 잊을 수가 없었다.

포근하고 듬직했던 그의 품.

"몇 살일까? 그래도 10살쯤은 극복할 수 있지 않나?"

* * *

한편, 최소현은 최강과 함께 호텔 내 커피숍에 와 있었다. 두 사람은 서로를 빤히 쳐다보는 중이었다.

최강은 어디 물어볼 테면 물어봐라 하는 시선이었고, 최소현의 눈빛엔 그동안의 의문을 오늘 반드시 풀겠다는 강한 집념이 깃들어 있었다.

"당신이죠?"

"다짜고짜 당신이라고 하면, 아무도 못 알아듣습니다."

"그때 나 칼에 긁혔던 상처, 그리고 병원에서도. 다 당신이었죠?"

"……."

최강이 씨익 웃고 말자 최소현이 황당해했다.

"뭐예요, 그 웃음은? 빨리 대답해 봐요."

"비밀로 해 달라니까, 반대로 캐묻는 겁니까?"

"그거야……!"

최소현이 주변을 둘러보더니 목소리를 낮췄다.

"다른 사람들한테만 말 안 하면 되는 거잖아요. 아무튼 말해 봐요. 당신 맞는 거죠?"

케라가 머릿속에서 한숨을 쉬었다.

-하아, 더는 부정을 못할 것 같구나.

제라로바도 말했다.

-그만한 걸 봤으면 그동안 있었던 신비한 일들과 끼워 맞추는 건 당연한 거겠지.

최강은 쓴웃음을 머금으며 고개를 저었다.

'진짜 도움 1도 안 되네.'

뭔가 빠져나갈 궁리라도 대신 해 주면 좋으련만, 둘 다 낙담으로 결론을 내렸다.

이 둘에게는 도움을 받기 어렵겠다고 여겼을까, 최강이 그녀에게 자신의 생각을 말했다.

"이렇게 살았고, 대통령님의 가족도 모두 구출했습니다. 그럼 된 거 아닌가요?"

최소현이 팔짱을 끼었다.

"그럼 그동안 내가 특별하다고 생각해 왔던 나는 뭐가 되는데요?"

그녀가 한쪽 다리를 내밀었다.

총알이 박혔던 그녀의 다리는 지금은 멀쩡해져 있었다.

"그리고 이 다리. 당신이 만지니까 갑자기 다 나아 버리는 이 다리는 또 어떻게 설명할 거고요?"

"음. 기적이네요."

"이 사람이 진짜……!"

최강이 난감해하며 주변 눈치를 살폈다.

"목소리 좀 낮춥시다. 누가 들을까 걱정스럽네요."

"그러니까 빨리 말해요. 하나도 빼먹지 말고."

"다 봤으면서 뭘 더 설명합니까?"

"그럼 그게 다 진짜라고요? 나 병원에서 죽을 뻔했을 때, 그때도 다 최강 씨가 그런 거고?"

영부인과 이담소야 돌아간 이후로는 볼일이 없을 테니 그렇다 쳐도, 최소현은 앞으로도 한 사무실에서 쭉 봐야 할 사람이었다.

거짓말을 한다고 해서 통할 사람도 아니거니와, 차라리 충분히 이해시키고 협조하게 만드는 게 앞으로의 분란을 막는 최선일 것 같았다.

"내가 총알에 맞고도 며칠 만에 병원을 탈출했던 것과 소현 씨의 생명이 위험했던 두 번째 수술에서 흉터 하나 없이 모두 다 나았던 것들. 그게 우연일 수는 없는 거겠죠."

"맞아요. 나도 설마하면서도 당신을 의심했던 게 바로 그것 때문이었거든요. 나하고 비슷한 일이 있었던 사람. 병원 관계자들이 쉽게 깨어나지 못할 거라고 했던 사람이 병원을 그렇게 멀쩡히 탈출했을 리 없으니까. 그리고 내 수술 때도 최강 씨가 다녀갔다고 했고 말이죠. 게다가 나한테 무슨 일만 생길 때마다 묘하게 당신이 근처에 있었거든."

"훗, 그래도 울버린이 아닌 게 얼마나 다행입니까?"

"나 지금 장난 칠 기분 아니거든요?"

"하아, 오늘 좀 피곤한데. 소현 씨는 상처는 물론이고 체력까지 전부 회복되어서 하나도 안 피곤하겠지만 난 아니거든요."

"저 아직 안 끝났어요. 도망갈 생각 마요."

그녀를 찾고자 수많은 마법을 써 왔던 최강은 너무 지쳐 있어 대화도 속전속결을 원했다.

"좋습니다. 그럼 서로 신속하고 빠르게 질문하고 답하도록 하죠."

"좋아요. 그럼 그 능력은 뭐죠?"

"마법."

"진짜요?"

"다음 질문."

"혹시 죽은 사람도 살릴 수 있어요?"

"아뇨. 최소한 숨은 붙어 있어야 살릴 수 있습니다. 항상 최상의 상태로 회복시키고요. 어떤 소설이나 영화에서는 마법사들이 몇백 년을 산다고 하는데, 아마도 이런 능력 덕분에 병 없이 살아가는 게 아닐까 싶네요."

"하늘도 날 수 있어요?"

"아직 모릅니다. 저도 배워 나가는 중이라서."

"배운다고요? 아니, 무슨 고대 마법서라도 있다는 거예요?"

"네, 있습니다. 바로 이 머릿속에."

"머릿속에 있다니? 그건 또 무슨 말이에요?"

"죽다 살아났을 때, 타 차원의 무언가가 제 안으로 들어왔어요. 그 덕분에 마법을 얻었고, 몸을 수련할 수 있는 방법도 터득했죠."

"그러니까 사후세계 체험으로 그런 능력을 얻었다는 거예요?"

"네."

"와……."

"그럼 이제 질문에 대한 답은 충분히 되었겠죠? 소현 씨니까 전부 말해 주는 것이란 걸 잊지 말았으면 좋겠네요. 그럼 비밀을 꼭 지켜 주리라 믿고, 전 이만 일어나 보겠습니다."

최강이 일어나려 할 때, 최소현이 머뭇거리다가 얼른 다시 질문을 던졌다.

"그럼 마지막으로 딱 한 가지만 더……! 그때…… 최강 씨가 그랬잖아요. 내가 걱정되서 미칠 것만 같았다고요. 그건 무슨 뜻으로…… 한 말이에요?"

최강은 일어나려다 말고 다시 앉아서 그녀를 빤히 쳐다봤다.

솔직히 당시만 생각하면 이 여자가 다칠까 초조해서 돌아 버릴 것만 같았다.

길가에 세워진 오토바이를 타고 달려도 추적에 실패하자 호텔로 가서 최소현의 물건으로 추적 마법을 쓰고 다시 추격.

다시 오토바이를 탄 채로 무엇이든 통과할 수 있는 마법으로 그야말로 미친 듯이 도로를 질주했다.

그래야 앞에 차가 있어도 모조리 뚫고 지나갈 수 있어서다. 그때는 정말이지 마음이 급한 나머지 누가 보든 말든 개의치 않았던 것 같았다.

그리고 자신이 그렇게까지 했던 이유는 더는 부정할 수 없는 자신의 감정 때문이었다.

최강은 말똥말똥한 눈으로 자신을 바라보는 그녀에게 말했다.

"눈치 빠른 소현 씨라면 충분히 그게 무슨 뜻인지 알아차릴 수 있을 거라고 보는데. 아닌가요?"

최소현이 살짝 부끄러운 듯 고개를 돌렸다.

"그, 그렇긴 해도…… 짐작보단 확실한 대답이 그만큼 확실하니까……."

"좋아합니다, 내가. 최소현 씨를."

"네?"

"이만하면 짐작이 충분한 확신이 되었을까요?"

"아……. 네. 뭐……."

"그럼 이번엔 내가 묻죠. 소현 씨는 나를 어떻게 생각하죠?"

"……."

"뭐야……. 내 감정은 그렇게 닦달해서 캐묻더니, 자기의 감정에 대해선 말하기 싫은 건가요?"

"아뇨. 그런 게 아니고요."

"그럼 바로 대답 들을 수 있을까요?"

"저도…… 마찬가지라면요? 그럼 우리 어떻게 되는 건데요?"

"그럼 뭐, 서로 좋아하는 게 되겠죠. 근데 대답이 좀 추측에 가까워서 만족스럽지는 못하네요. 아무튼 이만 올라가 봅시다. 경호에 공백이 생겨서 언제까지 이렇게 자리를 비울 수는 없습니다. 그러니까 얼른 일어나요."

최강이 먼저 일어나서 가 버리자 최소현은 뭔가 아쉽다는 표정을 머금었다.

"뭐야……. 이렇게 가버린다고? 무슨 결론이 있어야 할 거 아냐, 결론이……. 그냥 서로 좋아하는 거 알았으니까 그걸로 끝이라고? 뭐가 이래……."

하지만 최강의 말처럼 죽은 경호원들이 많기 때문에 경호의 공백이 있는 건 사실이었다. 하여 그녀는 얼른 자리에서 일어나 최강을 뒤따라갔다.

* * *

최소현은 뒤늦게 홀로 대통령 가족이 머무는 층으로 올라갔다.

그런데 막 그녀가 도착했을 때, 문을 빼꼼 열며 환하게 웃는 이담소가 보였다.

"언니-!"

"응?"

최소현을 시녀 대하듯 하던 그녀의 행동은 오늘 있었던 그녀의 영웅적인 모습으로 180도 달라져 있었다.

문을 활짝 연 이담소는 갑자기 뒤를 보더니 영부인에게 말했다.

"엄마, 소현 언니 왔으니까 나 이제 언니랑 같이 자도 되지?"

"같이 잔다고? 나랑?"

최소현은 이게 무슨 뚱딴지같은 소리인가 싶었다.

보아하니 영부인도 딸을 말리는 눈치다.

"얘는 그 일을 겪고도 너는 겁도 안 나니? 어딜 나간다고 그래?"

"어차피 여기 층이 다 비었잖아. 그리고 경호원을 바로 옆에 두고 자는 것보다 안전한 게 어디 있다고 그래. 내가 경호원들 훈련하는 것도 봤지만, 아마 여기 있는 사람들 다 덤벼도 소현 언니 하나 못 이길걸? 엄마도 다 봐서 알잖아. 안 그래?"

경호원들 표정에 씁쓸함이 스쳤다.

그녀의 말 한마디에 자신들의 수준이 바닥으로 처박혔다. 고층에서 떨어져 콘크리트에 얼굴을 들이박는 느낌이랄까.

그러면서도 경호원들은 최소현에게 시선이 갈 수밖에 없었다.

대체 어떤 모습을 보였기에 이담소가 저렇게까지 말하나 싶어서다.

그들과 시선을 마주치는 최소현도 난감하기는 마찬가지다.

"아니, 얘는 무슨 말을 그렇게……."

잠시 영부인과 어색한 미소를 주고받던 최소현이 이담소를 불렀다.

"저기 담소 양?"

그러나 이담소는 최소현에게 한 번 웃어 주더니 다시 영부인에게 말했다.

"그러니까 나 오늘은 소현 언니랑 잘게. 알았지? 언니랑 같이 있고 싶단 말이야. 응?"

"아휴, 얘가 정말……."

최소현은 난감해 했다.

"내 얘기는 안 들리니? 내 의견은 안 중요한 건가?"

영부인이 최소현을 보았다.

"최소현 요원, 괜찮을까요? 얘가 도통 말을 안 들어서……."

그렇다고 이 악동과 함께 자라고?

최소현은 마음 속 깊이 사절을 외쳤다.

그리고는 최대한 공손하게 거절코자 했다.

"저기 어려운 건 아닙니다만, 지금은 경호 인력이 부족한 상황이라……."

그런데 하필 그때 경호실장이 끼어들었다.

"호텔 밑으로도 독일 경찰들이 상당수 배치되어 있는 상황이어서 경호에는 문제될 게 없다고 보는데. 최소현 요원, 부담스러워하지 말고 담소 양의 부탁을 들어주도록 해요."

"네?"

거부감 가득 담아서 표정을 지어 보여도 세 사람 모두가 답을 원하듯 쳐다만 보고 있었다.

결국 최소현은 어쩔 수 없이 이담소의 억지를 받아들여야 했다.

"네…… 그렇게 하죠……. 호호."

* * *

바로 맞은편 방으로 들어온 최소현과 이담소.

"이 넓은 방에서 단둘이……. 휴, 참 심란하네."

그런 최소현의 마음도 모르고 이담소가 신이 나서는 다가와 그녀의 팔을 잡아끌었다.

"언니, 언니! 이쪽으로 좀 와 봐요."

"응? 아니, 왜 그러는데? 어어……!"

잠시 뒤, 최소현이 황당한 얼굴로 이담소를 쳐다봤다.

"이걸 날더러 입으라고? 진짜?"

"네. 이 옷 진짜 귀엽죠?"

"나는 토끼, 언니는 여우. 엄청 귀엽겠죠~?"

최소현의 얼굴에 절망이 내려앉았다.

지금 귀까지 달린 여우 잠옷을 입으란다.

자신의 성격으로는 결코 할 수 없는 딱 질색인 취향.

최소현은 적극적으로 거부했다.

"아니. 난 절대로 못 해. 죽어도 안 해. 너는 내가 여기 놀러온 줄 아니? 이런 걸 어떻게 입으라고 그러니?"

떼쓰고, 조르고, 안기고.

그 무한 반복의 고통에 항복한 최소현은 결국 여우 잠옷을 입게 되었다.

"힝, 정말……. 이게 뭐야……."

잔뜩 울상인 그녀를 보며 이담소가 때굴때굴 구르며 웃었다.

"으히히히힛! 아, 웃겨. 언니, 그렇게 입으니까 진짜 귀엽다. 아까 봤던 여전사는 어디 갔어요?"

"웃지 마라. 헐크처럼 확 찢어 버리는 수가 있어. 정말 너 오늘 힘들었을 거 같아서 부탁 들어주는 거야. 그러니까 적당히 해."

잠시 뒤, 둘은 한 침대에 누워 대화를 나누기 시작했다.

"근데 말이에요. 최강 오빠의 그 비밀이요. 그 능력의 정체는 뭐였을까요?"

'마법이라더라. 얼마나 황당한지.'

최소현은 그 말이 목까지 올라왔다가 내려갔다.

아무리 비밀을 공유하는 사이라지만, 그걸 더 폭넓게 공개했다간 일만 더 복잡해질 것이기에 꾹 하고 참았다.

"그러게. 나도 많이 놀랐지 뭐."

"나 진짜 처음 본 거 있죠. 초능력이라는 게 영화에서만 나오는 줄 알았는데. 와, 그게 진짜 있을 줄 누가 알았겠어요."

죽음의 경계에서 딸려 왔다는 신기한 능력들.

지금의 최강을 보자면 전화위복이 아닐까 싶지만, 그런 경험
이 결코 좋다고는 못 할 것이다.

말 그대로 정말로 죽다 살아난 것이니까.

끔찍한 경험의 결과이기에 어떻게 보면 불쌍하단 느낌도 들
었다.

"막 총알도 허공에서 멈추고, 심하게 다친 상처도 치료하고.
혹시 그것 말고도 다른 능력이 있을까요?"

"호호, 그야 나도 모르지."

이담소가 눈을 게슴츠레 뜨며 그녀를 의심스럽게 쳐다봤다.

"정말 몰라요? 같이 일하면서 정말 한 번도 못 본 거예요?"

"알았으면 그 상황에 내가 그렇게 놀랐겠니? 직접 본 게 아니
었으면 진짜 누구한테 말하건, 정신 병원에 들어갈 일인걸."

"하긴. 그걸 어딜 가서 말한들 누가 믿기나 하겠냐고요. 아,
근데요. 우리 납치당할 때 차도 막 바꿔 타고 그랬는데. 최강
오빠는 우릴 어떻게 찾은 거래요?"

"그러게. 그건 나도 경황이 없어서 못 물어봤는데. 대체 어떻
게 찾은 거지?"

"아무튼, 오늘 진짜 멋있었어요. 그래서 나 결정했어요."

"응? 결정? 무슨 결정?"

"졸업하는 대로 곧장 오빠한테 시집가려고요."

"쿨럭!"

금수저 영재 소녀의 폭탄 발언에 최소현은 정신을 차릴 수가 없어 계속 기침만 해 댔다.

〈4권에서 계속〉

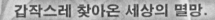

갑작스레 찾아온 세상의 멸망.

사람을 죽이면 죽일수록 강해지는 약탈자들과 갑자기 나타난 괴물들.
사람이든 사물이든 만져서 고칠 수 있는 능력을 얻은 고물상 주인 이성필.
위험해진 세상을 성필은 주변 사람들과 함께 헤쳐 나간다.

황폐해진 세상을 고쳐 나가는 아포칼립스 판타지!

해우 현대판타지 장편 소설
DONG-A MODERN FANTASY STORY